ISTANBUL
ISTANBUL

BURHAN SÖNMEZ

イスタンブル、イスタンブル

ブルハン・ソンメズ
最所篤子 訳

小学館

ISTANBUL

イスタンブル、イスタンブル

ブルハン・ソンメズ

最所篤子 訳

ISTANBUL ISTANBUL
by Burhan Sönmez

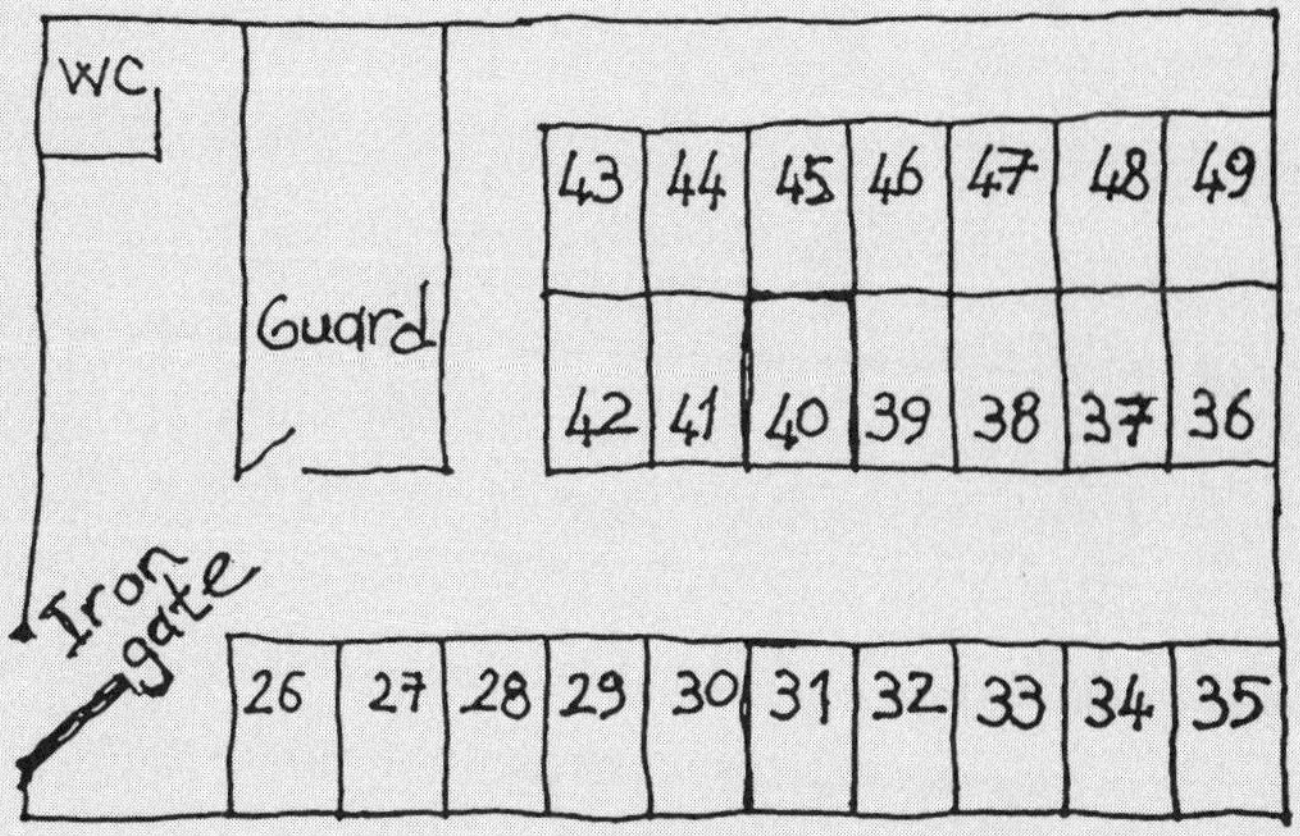
WC
Guard
43
44
45
46
47
48
49
42
41
40
39
38
37
36
Iron gate
26
27
28
29
30
31
32
33
34
35

もくじ

クヴァンツに捧ぐ

一日目
学生デミルタイの話
鉄の門

「じつは話せば長いのですが、かいつまんでお話しします」と僕は始めた。「イスタンブルに、誰も見たことがないような大雪が降りました。真夜中にふたりの尼僧が悪い知らせを携えて、カラキョイの聖ゲオルギオス病院からパドヴァの聖アントニオ教会に向かおうとすると、軒下に死んだ小鳥がたくさん落ちていたほどです。その四月は氷がユダの木の花を砕き、剃刀《かみそり》のように鋭い風が野良犬たちに嚙《か》みつくようでした。四月の雪なんて聞いたことがありますか、ドクター？　じつは話せば長いのですが、かいつまんでお話しします。吹雪のなかを滑ったり転んだりして先を急ぐ尼僧たちのひとりは若く、ひとりは老けていました。もうすぐガラタの塔にたどり着こうというときに、若い尼僧が連れに向かって言いました。わたしたちが丘を登ってくるあいだ、男がずっとついてきます。年嵩《としかさ》の尼僧は答えました。男が真っ暗闇の嵐のなかを尾《つ》けてくるなら、狙いはひとつしかないわ」

遠くで鉄の門の音が聞こえ、僕は物語をやめてドクターを見た。

僕らの牢《ろう》は寒かった。僕がドクターに物語をしているあいだ、床屋のカモはむきだしのコンクリートの床で体を丸めていた。上に掛けるものはなく、僕らは子犬のように身を寄せ合って暖をとった。ここ何日か、時間はしんと立ち止まり、今が昼か夜かもわからなかった。わかるのは、痛みとは何かということだった。毎日、拷問されるために引き立てられていきながら、心臓を万力のように締め上げる恐怖を繰り返し生きる。痛みに身構えるその短い幕あいの間は、人間も動物も、正気の者も狂気の者も、天使も悪魔もみな同じだ。鉄の門の軋《きし》る音が廊下に反響すると、床屋のカモが身を起こした。「俺を連れにきたな」と彼は言った。

僕は立ち上がり、ドアのところへ行って鉄格子の嵌《はま》った小さな窓から外を覗《のぞ》いた。鉄の門の方から誰が来るのか見分けようとする僕の顔を、通路の明かりが照らした。誰も見えなかった。たぶん奴《やつ》らは入り口で待っているのだろう。光が眩《まぶ》しく、僕は瞬《まばた》きをした。向かいの牢に目をやった。今日、奴らが傷ついた動物を投げ込むみたいにあそこに投げ込んだ若い娘は、死んだだろうか、生きているだろうか。

通路の物音が消えていくと、僕はまた座り、ドクターの足と床屋のカモの足の上に自分の足を載せた。僕らは温《ぬく》もりを求めて裸足《はだし》を押しつけ合い、互いの顔の近くで熱い息を大切に吐く。待つことにもコツがいるのだ。僕らは無言のまま、壁の向こう側から響いてくるくぐもった金属音やがたがたいう物音に耳を澄ませた。

ドクターは、僕が放り込まれるまでに、もう二週間この牢にいた。僕は血みどろだった。翌日気がついてみると、ドクターは僕の傷を綺麗《きれい》にしてくれただけでなく、自分の上着を僕に掛けてくれていた。毎日、いろいろな尋問チームが僕らに目隠しをして引き立てていき、数時間後に、半ば気を失った僕らを連れ戻した。でも床屋のカモは、三日間ただ待っていた。牢に入って以来、尋問にも連れて行かれず、名前を呼ばれることもなかった。

最初は、縦横がそれぞれ一メートルと二メートルしかない部屋は狭いように思えたけれど、やがて僕らはそれに慣れてしまった。床と壁はコンクリートで、ドアは灰色の鉄でできていた。その内側には何もない。僕らは床に座っていた。足が痺《しび》れると立ち上がって室内を行ったり来たりした。時折、遠くに悲鳴が聞こえると、顔を上げ、通路から漏れてくる薄暗い光のなかで互いの顔を観察した。暇つぶしに眠ったり喋《しゃべ》ったりした。僕らはひたすら寒く、日ごとに痩《や》せていった。

また鉄の門の錆《さ》びた軋る音がした。尋問官たちは誰も連れて行かずに去っていこうとしている。僕らは念のために耳を澄ませて待った。扉が閉まると音は絶え果て、廊下に人の気配はなくなった。「畜生どもめ、俺を連れてかなかったな。誰も連れてかねえで行っちまった」深い息をつきつき、床屋のカモが言った。顔を上げて暗い天井を見つめてから、床で丸くなった。

ドクターが僕に続きを話すように促した。

「ふたりの尼僧が前も見えないような雪のなかを……」と物語を始めようとしたとたん、いきなり床屋のカモが僕の腕をつかんだ。「おいガキ、物語を作り変えてもっとましなやつにしたらどうなんだ？　ただでさえ寒くてかなわねえんだ、このコンクリの床で凍えそうなだけでも参ってるのに、なにも雪やら吹雪やらの話をしなくたっていいだろう」

カモは僕らを味方か敵か、どっちだと思っているんだろう？　カモが怒っているのは、この三日間、寝ながら大声でわめいていたよと僕らが言ったからだろうか？　だからカモは、あんな白い目でこっちを睨《にら》むんだろうか？　奴らに目隠しされて連れて行かれ、肉をずたずたに裂かれたなら、両腕を広げられ何時間も吊《つ》り下げられたなら、カモも僕らを信用するようになるかもしれない。だが今は、僕らのことばとぼろぼろの体で納得してもらうしかない。ドクターが彼の肩を優しく抱いた。「ゆっくりおやすみ、カモ」そう言うと、宥《なだ》めるように横たわらせた。

「それまでこんなに暑いイスタンブルを知る者は、誰ひとりいませんでした」と僕は改めて話しはじめた。「じつは話せば長いのですが、かいつまんでお話しします。真夜中にふたりの尼僧がよい知らせを携えて、カラキョイの聖ゲオルギオス病院からパドヴァの聖アントニオ教会に向かおうとすると、軒下でたくさんの小鳥たちが嬉しげに囀《さえず》っていたほどです。冬のさなか、ユダの木のつぼみは今にも弾《はじ》けて花開きそうで、野良犬たちは熱に溶けて湯気になって消えてしまいそうでした。真冬に灼熱《しゃくねつ》の砂漠のようになったイスタンブルをご存じですか、ドクター？　じつは話せば長いのですが、かいつまんでお話しします。猛烈な暑さのなかをよろめき歩く尼僧たちのひとりは若く、もうひとりは老けていました。もうすぐガラタの塔にたどり着こうというときに、若い尼僧が連れに向かって言いました。わたしたちが丘を登ってくるあいだ、男がずっとついてきます。年嵩の尼僧は言いました。男が真っ暗闇のなか、ひと気のない通りを尾けてくるなら、狙いはひとつしかないわ、強姦《ごうかん》よ。ふたりはびくびくと怯《おび》えながら丘を登っていきました。人っ子ひとり見えません。突然の熱波のせいで、誰もかれもがガラタ橋へ駆けつけ、金角湾の浜辺で日光浴をしていたのです。それに今は真夜中なので、通りは静まりかえっていました。若い尼僧が言いました。男がさっきより近づいてきました。頂上に着く前に追いつかれてしまうでしょう。では走りましょう、と年嵩の尼僧が言いました。ふたりは長いスカートを穿《は》き、かさばる修道服を着ていましたが、それにかまわず、看板屋や、レコード店や、書店の前を飛ぶように駆けていきました。どの店も閉まっていました。後ろを振り返り、若い尼僧が言いました。男も走ってきます。ふたりはもう息が切れ、汗が背中を滝のように流れていました。年嵩の尼僧が言いました。追いつかれる前に、二手に分かれましょう。そうすれば、少なくともわたしたちのうちのひとりは逃げおおせます。ふたりは、これから自分たちの身に何が起きるのか皆目見当もつかないまま、それぞれ別の通りに走り込みました。若い尼僧はいくつも通りを抜けてあちらこちら走り回りながら、立ち止まって後ろを見てみたほうがいいかしらと考えました。でも聖書の物語を思い出し、遠くから街を最後にひと目見ようと足を止めた者たちの轍《てつ》を踏まないように、狭い通りにひたと目を据えたまま、闇のなかをしきりに方向を変えながら走り続けました。今日は呪われていると言っていた人たちは正しかったわ。真冬の熱波は災厄の前触れだと巫女《みこ》たちがテレビで話していたし、近所の少しおつむの足りない者たちが、一日じゅう缶をがんがん叩《たた》いていました。しばらくして自分の足音の木霊《こだま》しか聞こえないことに気づき、若い尼僧は街角で足をゆるめました。見知らぬ通りの壁にもたれるうちに、道に迷ったことがわかってきました。通りに人影はありません。足元を犬にじゃれつかれながら、尼僧はとてもゆっくりと壁伝いに進んでいきました。じつは話せば長いのですが、かいつまんでお話しします。若い尼僧がようやくパドヴァの聖アントニオ教会にたどりついてみると、もうひとりの尼僧はまだ戻っていませんでした。早速、連れに降りかかった不運について話すと、教会は大騒ぎになりました。いざ捜索隊が年嵩の尼僧を捜しに出発しようとしたとき、門が開き、息せき切って髪を振り乱した当の尼僧が駆け込んできました。老女は腰掛けに座り込み、何度か深呼吸すると、水をコップに二杯飲みました。若い尼僧は好奇心を抑えきれず、何があったのかと問いただしました。年嵩の尼僧は言いました。道から道へと走ったけれど、男を振り切れなかったのです。とうとうもう逃げられないと観念しました。若い尼僧が尋ねました。それでどうしたのです？　街角で立ち止まったの。すると、男も立ち止まったわ。それで？　スカートをたくし上げたの。それで？　男はズボンを下げたわ。それで？　わたしはまた走り出したの。そうしたら？　当然でしょう。スカートをたくし上げた女は、ズボンを下げた男よりも速く走れるものよ」

床に横になったまま、床屋のカモが笑いだした。僕たちがカモが笑うのを見たのはそれが初めてだった。彼の体は、夢のなかで奇妙で不思議な生き物たちと戯《たわむ》れているかのように、ゆらゆら揺れていた。僕は最後のくだりを繰り返した。「スカートをたくし上げた女は、ズボンを下げた男よりも速く走れるものよ」床屋のカモが吠《ほ》えるような声で笑いだしたので、僕は身を乗り出し、口を塞いだ。そのとたん、彼は目をかっと見開いて僕を凝視した。看守が僕らの声を聞きつけたら、ぶちのめされるか、罰として何時間か壁を背に一列に立たされる。次の拷問タイムまでの残された時間をそんなふうにして過ごしたくなかった。

床屋のカモは座り直し、壁に寄りかかった。深呼吸を繰り返すうちに真顔になり、いつもの表情に戻った。前の晩にどぶにはまり、目を覚まして自分がどこにいるのかわからない酔っぱらいみたいだった。

「今日俺は、自分が燃えてる夢を見たよ」と彼は言った。「地獄の一番底にいて、奴らがほかの連中の火のなかから薪をとっては、そいつで俺の火をかき立てるんだ。なのにさ、こん畜生、俺はそれでも寒いんだよ。ほかの罪人どもが上げる悲鳴で、俺の鼓膜は破裂しては治るのを千回も繰り返した。火はどんどん燃え盛るのに、俺の焼け具合はまだ足りないんだ。あんたらはいなかったよ。全員の顔を見てみたけど、医者も学生もいなかった。俺はもっと火が欲しくて、わあわあ泣いて懇願した。肉にされにいく動物みたいにさ。金持ちに説教師、へぼ詩人、冷酷な母親たちが俺の前で燃えながら、炎の向こうからこっちを見ていた。俺の心臓の傷は焼けず、灰にもならず、記憶は溶けて無になるのはお断りだという。金属が溶けて流れるくらいの炎に巻かれてるのに、忌々《いまいま》しい過去は思い出せるんだ。悔い改めよ、と奴らは言った。だがそれで足りんのか？　悔い改めりゃ、魂は救われたのか？　おまえらみんな地獄の囚人だ！　畜生どもも！　だが俺はどこにでもいるただの床屋だったんだ。家に食い物を持って帰り、本を読むのが好きで、だが子どもがいなかった。俺たちの人生のすべてがうまくいかなくなって、もうどうしようもなくなっても、妻は俺を責めなかった。俺は責めて欲しかったのに、あいつは俺への悪態さえ出し惜しみした。俺は酒に酔っては、素面《しらふ》のときに思ってることを言いまくった。

ある晩、あいつの前に立って、自分はみじめなろくでなしだと言い、あいつが俺を嘲《あざけ》り、怒鳴りつけるのを待った。蔑《さげす》みの表情を見つけようとした。だが妻が顔をそむけたとき、そこに見えたのは、悲しみだけだった。女の何より腹が立つのは、いつだって自分より一枚上手だってことだ。俺の母親も含めてね。こういう話をすると、あんたら俺を変人だと思うだろうが、構うもんか」

床屋のカモは髭《ひげ》を撫《な》で、顔を鉄格子から差し込む光のほうへ向けた。三日間、体を洗えていないのは別にしても、その汚らしい髪や伸びた爪、初日から漂わせていた饐《す》えたパン生地みたいな異臭から、外にいた頃もカモが水を避けていたのは明らかだった。僕はドクターの臭いには慣れてきたし、自分の臭いはずいぶん大目に見るようになっていた。でもカモの臭いはますます強烈になり、それは彼の魂を押しひしぐ不吉な予兆のようだった。黙りこくっていた三日間の後で、カモはひたすら話し続けた。

「俺が妻に会ったのは、ウインドウに『床屋のカモ』と看板を出し、理髪店を開いた初日だった。あいつの弟が学校に上がるんで、散髪のために連れて来たんだ。俺は坊主に名前を訊《き》き、自己紹介した。俺はカミルっていうんだけど、みんなにはカモって呼ばれてる。わかったよ、カモ・アービ、と坊主は言った。俺は坊主になぞなぞを出し、学校が出てくる笑い話をしてやった。姉、つまり俺の未来の妻は隅っこに座って俺たちを見ていたが、声をかけて訊いてみると、高校を出たばかりで、実家で裁縫の仕事をしていると言った。彼女は俺から目をそらし、壁にかかった乙女の塔の写真とその下のバジル、青い縁の鏡と剃刀の刃と鋏《はさみ》を見ていた。坊主の髪にすり込んだ香水を少し差し出してやると、片手を広げ、小さな手のひらを鼻のところへ持ち上げて、目を閉じたまま吸い込んだ。そのとたん俺は、彼女が伏せた瞼《まぶた》の下で見ているのは自分だと夢想した。生きてるかぎり、あの目以外のどんな目も、俺に触れさせたくないと思った。レモンの香りのコロンと花柄のドレスをまとった妻が店を出ていったとき、俺は戸口に立って、その後ろ姿を見つめた。彼女の名前は尋ねなかった。それが、小さな手をして俺の人生に入ってきたマヒゼルさ。そして俺は、彼女がそこから出ていくことは絶対にないと思ってたんだ」

「その晩、俺は古井戸へ戻った。メネクシェ界隈《かいわい》の、生まれ育った家の裏庭に井戸があってね。ひとりになると、よく井戸の上に身を乗り出して暗闇を見下ろした。日が暮れたことにもまったく気づかず、井戸とは全然関係ない世界が他にあることなんか思い出しもしなかった。闇は静かだった。静かで、神聖だった。俺は湿った匂いに酔い心地になり、うっとりと眩暈《めまい》を起こした。会ったこともない親父《おやじ》にそっくりだと誰かに言われるたびに、それともおふくろが俺をカモと呼ばず、カミルという親父の名で呼ぶたびに、俺は息せき切って井戸へと走った。暗闇の空気で肺を満たし、井戸のなかにすっかり身を乗り出して、堕《お》ちていくことを思い描いた。おふくろから、親父から、子ども時代から、自由になりたかった。畜生どもめ！　おふくろの許婚《いいなずけ》は、おふくろを孕《はら》ませた後、自殺した。おふくろは家族に縁を切られても俺を産み、許婚の名をつけた。俺が外で遊んでもいい年頃になっても、おふくろは時々俺を胸に抱き、乳首を口に含ませては泣いた。俺が味わったのは乳ではなく、おふくろの涙だった。俺は目を閉じて指で数を数え、こんなことはもうじき終わると繰り返し自分に言い聞かせた。ある晩、暗くなりかけた頃、井戸に身を乗り出してたら、おふくろが見つけて俺の腕をつかんで引っ張り出そうとした。そのときさ、おふくろが乗ってた石が急に滑ったんだ。落ちていくおふくろの悲鳴が今も聞こえる。井戸から死体が引き上げられたのは夜中だった。おふくろが死んだ後、俺はダールシュシャファカ（貧しい孤児に教育機会を与えるため一八六三年に設立された慈善組織）の孤児院で暮らし、猫も杓子《しゃくし》もきりもねえ身の上話を聞かせる寮で、白日夢を紡ぎながら眠りに落ちた」

　カモは僕らが話を聞いているか確かめるようにじっと見つめた。

「マヒゼルとの婚約中、俺は彼女に小説や詩の本を贈った。俺たちの学校の文学教師は、人間は誰でも自分だけの言語を持っていて、花で通じる相手もいるし、本でわかり合える相手もいる、とよく言っていた。マヒゼルは家で型紙を切り抜き、服を縫った。ときどき小さな紙切れに詩を書いて、それを弟に持たせてよこした。俺は彼女の詩を理髪店に大事にしまっていた。いい匂いの石鹸《せっけん》と一緒に、一番下の引き出しに入れた箱のなかに。商売は順調で、お得意の数もどんどん増えていった。ある日、散髪に来て、にっこり笑って帰っていった客のブン屋が、店のドアから外へ出たとたん銃で撃たれた。ふたりの襲撃者は地面に横たわったブン屋に駆け寄って、頭にもう一発撃ち込んだ後、叫んだ。愛するか、去るかのどちらかだ、友よ！　翌日、まだ血が染みついた通りに、ブン屋に弔意を示そうと大勢の群衆が集まった。俺も、散髪の義理があるから付き合って、葬式にも行った。俺は政治を信用してなくてね。俺が身近に感じた政治的な人間といったら、学校の文学教師のハヤッティン・ホジャ《先生》くらいだものな。先生は政治のことを口にしたことはなかったが、俺たちはよく、社会主義の雑誌が先生のファイルから覗いているのを見つけた。俺が政治に懐疑的なのはガチだよ。人間で成り立っている政治が、どうやって世界を変えるっていうんだ？　優しさは社会を救い、幸福にするとか主張する人間は、人間のことを何も知らないんだ。この世に利己心なんかないみたいな顔しやがって、畜生め！　人間の本性の根本は、我執と、強欲と、敵愾心《てきがいしん》さ。俺がそういう話をすると、客は反論して、なんとか俺に改心させようとムキになった。詩を愛する者がどうしてそんなことを考えるんだ、順番待ちの客のひとりが言った。その男は鏡の隣に立ち、そこに俺が貼っておいた『悪の華』の詩の数節を朗読してみせたよ。暴力がやむ兆しはなかった。近所の通りで人が撃たれる音がよく聞こえた。一度はひどい姿《なり》で店に駆け込んできた若い常連に、警察に捕まる前に銃を隠してくれと頼まれたこともある。そうやってたまに誰かに手を貸すこともあったけど、だからって政治に首を突っ込むつもりなんかなかった。俺にとって生きてる意味は、ただ家を買う金を貯めることと、父親になることと、マヒゼルと夜を過ごすことだけだったからな。だが、なぜかマヒゼルは妊娠しなかった。結婚して二年目に俺たちは医者のところへ行き、それで子を作れないのは俺のせいだとわかった。

　ある晩、店を閉めようとしたとき、男が三人がかりでひとりを襲ってるのに気づいた。襲われてたのはハヤッティン・ホジャだった。ほら俺の学校の文学教師さ。俺はナイフをつかんで駆けつけ、そいつらの手や顔に切りつけてやった。不意打ちにあった襲撃者たちは退却し、闇のなかへ消えていった。ハヤッティン・ホジャは俺を抱きしめた。俺たちは歩きながら息もつかずに喋り続け、サマトヤの居酒屋に入った。ふたりで互いの近況を話した。ダールシュシャファカの後、ハヤッティン・ホジャは二度、学校を変わり、授業時間を減らして今はその分、政治活動をもっと熱心にやっていた。先生は国の未来を案じていた。俺がフランス語とフランス文学を学ぶために大学に入ったのは聞いてたが、働くために二年目に退学したことは知らなかった。そう俺が話すと、先生は悲しそうにした。今も詩に興味があるのか、と訊かれ、俺は先生の授業で暗記したボードレールの詩をいくつか呟《つぶや》いた。先生は誇らしそうに俺に微笑《ほほえ》みかけ、その笑顔を見て、俺は詩の朗読コンクールで一等賞を獲った時のことを思い出した。俺たちはラク（トルコで愛飲される、アニスシードを原料に使った蒸留酒）のグラスをちりんと触れ合わせた。ハヤッティン・ホジャは俺が結婚したと聞いて喜んでくれたが、当人はまだ独身だった。どうやら数年前に生徒のひとりに惚《ほ》れ込んだが、思いを打ち明けなかったらしかった。その娘が学校を出てから結婚したと聞き、先生は諦めてひとりでいようと決めた。俺たちは夜明けまで酒を酌み交わした。俺は詩を暗誦《あんしょう》し、先生は愛した娘に寄せて書いた詩を朗読した。どうやって家に帰ったのかわからない。翌日、酔いが醒《さ》めてから、俺はハヤッティン・ホジャの詩のなかでマヒゼルの名を聞いたことを思い出した。

ひと月後、俺はハヤッティン・ホジャの葬式に行かなかった。先生は、学校を出ようとしたとき、頭に一発撃ち込まれたんだ。そのファイルから、俺に捧《ささ》げた詩、嵐をついて馬を駆る勇者たちを謳《うた》った詩が見つかった。先生の友達がそれを届けてくれた。その晩、俺はマヒゼルにしがみつき、どうか捨てないでくれと懇願した。どうしてわたしがあなたを捨てるの、おかしなわたしの旦那さん、と彼女は言った。俺は理髪店の石鹼の引き出しに何年もしまっておいた箱を家に持って帰ってきていた。それを開け、婚約していた頃、マヒゼルが俺に詩を書いてくれた紙切れを取り出して、読んでくれと彼女にせがんだ。紙切れは薔薇《ばら》とラヴェンダーの香りがした。マヒゼルが詩を読むあいだ、俺は彼女のブラウスを脱がせ、乳房を吸った。俺は乳を吸いたかったのに、彼女の胸に滴る涙の味しかしなかった。三月《みつき》が経《た》った。ある晩、マヒゼルがまた泣きながら、俺に矢継ぎ早に質問を浴びせた。その声は震えていた。彼女は訊いた。誰がハヤッティン・ホジャを撃ったの？　先生は一度だってわたしに無体なことはしなかったわ。幾晩も、俺は寝言でホジャは死んで当然だと繰り返していたらしかった。ほかに俺は誰のことを言った？　と俺は訊いた。まさかほかにもいるの？　とマヒゼルは言った。俺は母親の命にかけて誓った。俺は無関係だ、夢のなかで言ったことばに意味なんかない、と。俺はコートを着て、寒い外に出ていった。何という妄想！　疲れ果てた俺の魂。愚かな老いぼれ。俺の魂は、かつては炎の翼をもっていた。ほんのわずかな風をもとらえ、大空を翔《かけ》た。ああ、病にあえぐ男よ、役立たずの駄馬よ。この世に灰となって果てぬものがあるか？　俺の魂、みじめな、老い呆《ぼ》けた、救いがたいろくでなし。湧き立つ命の喜びも、愛の奔流も、もはやおまえに届くことはない。時が鼓動を止める。息をしながら、俺は自分自身が――俺の自己が溶解していくのを感じる。ここはどこなんだ。どうやって俺は井戸の上にたどりつき、石を取り除《の》け、蓋を上げたのだ？　俺は正気を失っていた。井戸のなかに身を乗り出し、叫んだ。おふくろ！　俺の口をこじ開け乳房を突っ込んだとき、なぜ乳ではなく涙を与えた？　おふくろ！　俺の貧弱な体にしがみついたとき、なぜ俺の名ではなく死んだ親父の名前を、熱に浮かされたように繰り返した？　あんたが俺をカモではなくカミルと呼ぶとき、親父を思い浮かべてるのを知ってたよ。最期の晩も、おふくろはカミルと叫んだね。俺はあんたが乗ってた石がぐらついてたことを知っていた。おふくろ、あんたは落ちる運命だったのさ！　あんたは、俺が生まれたのは親父のおかげだと言った。俺のこの命は親父に貰《もら》ったのだと。ふざけるな！　死人は死んで消えちまったんだ！　あんたは光がどんなに残酷かわかっちゃいなかった。光はものごとの外側しか見せてくれない。光は俺たちが内側を見ることを邪魔するんだ」

床屋のカモは、その最後の数語をまるで自分に向かって呟くように言った。まず首を前に折り、それから後ろにぐいとそらして壁に打ちつけた。「癲癇《てんかん》の発作だ」とドクターは言い、急いでカモを床に寝かせた。ドクターは、いつやってくるかわからない新しい囚人仲間のためにとっておいたパンの切れ端をカモの歯のあいだに押し込み、舌を噛まないようにした。僕はカモの足を押さえた。カモは体の制御を完全に失い、痙攣《けいれん》していた。口から泡を吹いていた。

牢の扉が開いた。看守が僕らの上にのしかかるように怒鳴った。「何ごとだ？」

「仲間が癲癇の発作を起こしている」とドクターが言った。「何か強い匂いのするものがあれば、意識を回復させてやれるんだが。香水とか玉ねぎとか」

看守は牢に足を踏み入れ、言った。「おまえの仲間がおっ死《ち》んだら教えろ。死体を片づけるからな」だが、念のためにカモの上に身を乗り出し、その顔を確認した。看守は血と、黴《かび》と、湿気のひどい臭いがした。その息から漏れるアルコール臭から、当直の前に酒を飲んでいたことがわかる。彼はしばらくして身を起こし、床に唾を吐いた。

　看守がドアを閉めたとき、今日連れてこられた娘の顔が、向かいの牢の鉄格子越しに見えた。その左目は塞がれていて、下唇は裂けていた。今日は彼女にとってここでの初日だが、傷の色を見れば、ずっと前から拷問を受け続けていたのは明らかだった。ドアが閉じられるや、僕は床にしゃがんだ。カモの両脚をしっかりと押さえながら、僕は顔をコンクリートに押しつけて、ドアの下の隙間から看守の足を観察した。看守は彼女のところに戻ったまま、じっと待っていた。なぜわかったかと言えば、看守の足が動かなかったからだ。あの子は格子窓から離れなかったんだろうか？　暗い牢のなかで座っているんじゃないのか？　看守は悪態もつかず、娘の牢の扉を叩くことも、彼女を脅し、牢に乗り込んで壁に突き飛ばすこともしなかった。一方で、カモの体は弛緩《しかん》したり強張《こわば》ったりを繰り返していた。握りしめた僕の手から脚を振りほどこうと暴れた。両腕を広げ、牢の壁にばたばたと打ちつけた。最後にひきつけた後、カモの痙攣はやみ、あえぐような呼吸も落ち着いた。向かいの牢を覗いていた看守は、娘をそのままにして立ち去った。通路の足音が遠ざかっていくと、僕は立ち上がって外を見た。娘が鉄格子のところに見えたので、頷《うなず》いてみせたが、彼女は動かなかった。しばらくすると彼女は奥に引っ込み、闇に消えた。

　ドクターは壁に寄りかかって脚を伸ばした。カモの頭を膝に載せる。

「こうすればしばらく眠れるだろう」とドクターは言った。

「僕らの声は聞こえてるんですか？」僕は訊いた。

「こういう状態でも聞こえる患者もいるが、そうでない患者もいるよ」

「カモが自分のことをあんなに僕らに話すのはよくないです。注意しましょう」

「そうだね。カモは慎んだほうがいい」

ドクターがカモを見る目つきは、患者ではなく自分の息子を寝かしつけているみたいだった。

ドクターはカモの額の汗を拭き、髪を撫でつけてやった。

「向かいの女の子はどんな様子だね?」ドクターは尋ねた。

「顔じゅう、古傷だらけです。見るからにずっと痛めつけられてたって感じで」僕は言った。

僕は床屋のカモの穏やかな寝顔を眺めた。カモの客が彼を変人だと思ったのも当然だ。どうしてこんな男が詩を愛するんだろう? カモはまるで一日中、外で遊び惚《ほう》けて疲れきった子どものように眠っていた。その瞼の下で、彼は今、彼の井戸の上に身を乗り出し、闇を見つめている。彼は何度も何度も湿った石にしがみついた。しっかりと動かない石を信用せず、井戸のなかに垂らしたロープにつかまって降りていき、水に身を浸した。井戸のなかで、カモは北であり、南でもあった。東と西を支配した。井戸の外での存在はさっぱりと拭い去られ、彼は井戸のなかの井戸となり、水のなかの水になった。

「どれくらい伸びてた?」カモが薄目を開けて呟いた。

「半時間だね」ドクターが言った。

「喉が渇いた」

「ゆっくり起き上がりなさい」

カモは座り直し、壁に寄りかかった。ドクターが差し出したペットボトルから水を飲んだ。

「気分はどうかね？」ドクターが訊いた。

「ちぇ。疲れたけど、ぐっすり寝た気もする。こいつを持ってることを先生に言っときゃよかったな。おふくろが死んですぐの春に始まったんだ。長くは続かなかったけどね。何週間かしたらよくなった。けど過去は蘇《よみがえ》ってとり憑《つ》くっていうだろう。マヒゼルに捨てられた後、発作がまた始まりやがった」

「ここではデミルタイとわたしが君の面倒をみよう。なあカモ、今から大事なことを言うからね。話をするのはいいことだ。だがこういった獄房ではルールがある。誰が拷問に屈して、秘密を白状してしまうかわからない。ここで聞いたことを誰かが尋問官に話してしまうかしれん。雑談するのは構わんし、悩みを分かち合って時を過ごすのはいいが、それぞれの秘密は自分だけに留《とど》めておかないといけない。わかるね？」

「俺たちは金輪際お互いに真実を言わねえってことか？」とカモが言った。少し前のいかつい男は消え、代わりにそこにいるのは眠たげな病人だった。

「自分の秘密は自分だけのものにしておきなさい」とドクターは応じた。「われわれは君がここに連れてこられた理由を知らないが、知りたくないんだよ」

「俺がどんな人間か知りたいと思わねえのか？」

「いいかね、カモ。もし外にいるなら、わたしは君に会いたくもないし、君と同じ場所にいたくもないよ。だがここではみんなが苦痛のなすがままだ。われわれは絶えず死と抱き合っている。誰も誰かを裁く立場にはない。なあ、一緒にお互いの傷を癒そうじゃないか。ここにいるわれわれは、もっとも純粋な人間存在だ。つまり苦しんでいる人間だ。それを忘れないようにしよう」

「あんたは俺を知らない」とカモが言った。「俺はまだなんにも話しちゃいない」

ドクターと僕は顔を見合わせ、黙ったまま待った。

床屋のカモは、ことばを一つひとつ注意深く選び、口に出す前に慎重に吟味しているようだった。

「さっきも文句を言ったが、俺の記憶力はごうつくばりの金貸しみたいでね。ことばということばを囲い込みたがる。おい、へぼ学生、おまえがした話に出てくるあのセリフ、あれを言ったのが孔子ってことになってるの、知ってるか？　俺の店の鏡の上に、国旗と並べて半裸の女のポスターが貼ってあってな。ポスターの下のほうにそのことばが書いてあるんだ。娘は派手な色のスカートを穿いて、それをたくし上げてる。すんなりした脚で全力疾走してる。恥じらうみたいに、俺と順番待ちの客のほうを振り向きながらな。その脚のあいだに〝スカートをたくし上げた女は、ズボンを下ろした男より速く走れるものよ〟って書いてあるんだ。ときどき、客たちは娘の美しさに見惚《みほ》れ、この世のものとは思えないって顔で見つめていた。この女と一緒になれたら、幸せ過ぎてほかのことなんかどうでもよくなるだろうと妄想してね。ある日、客の作家がポスターを見てため息をついた。『ああ、ソーニャ！』それを聞いた俺たちはみんな、それが娘の名前に違いないと考えた。散髪の順番が来て、作家は椅子に座ると滔々《とうとう》と喋りはじめた。そのうち作家は俺に、俺自身のことを話しだした。奴に言わせると、俺はロシア人みたいな魂の持ち主なんだそうだ。俺が驚いたのを見て、客はこれまで散髪に来るたびに俺が言ったことを繰り返した。

もしロシアに生まれてたら、俺はカラマーゾフ家の一員か、地下室の男みたいに暮らしてるか、それともソーニャの父親のマルメラードフ並の人間の屑《くず》だったろう。ドストエフスキーの登場人物たちについて、作家が話してくれたことの全部が俺に当てはまった。ドストエフスキーが書いたのは、同じ心理状態の人間たちなんだ。まず『罪と罰』のマルメラードフ、それから『地下室の手記』の第一部、そして最後に『カラマーゾフの兄弟』全体でね。連中に大差はないが、そのちょっとした違いのおかげで、それぞれがとんでもない人生の旅をすることになる。ソーニャの父親のマルメラードフはぶっ壊れてる。自分がみじめだと知っていて、自責の念に満ちている。運命の犠牲になった哀れなろくでなしだ。ソーニャはそのみじめな父親を熱愛している。ああ、ソーニャ。美しく貧しい娼婦《しょうふ》よ！　その愛が手に入るなら、彼女のために惨《むご》たらしい殺人を誰がためらう？　それから地下生活者か、あいつは自分のどす黒さを顕《あら》わにすることで他人の浅ましさを暴き、それを憤怒《ふんぬ》として表現した。自分に似た人間を見つけ、そいつらの顔に鏡をつきつけてやりたいという絶え間ない衝動が、奴の魂をずたずたにする。翻ってカラマーゾフの兄弟たちの旅路はまったく違う。奴らは自分自身と、他者と、人生そのものとさえ敵対している。マルメラードフのようにやけっぱちでもなければ、地下生活者みたいに自分のみじめさを他人の正体を暴く道具だとも思っていない。奴らのみじめさはすなわち、逃れられない運命、ひたすら膿《うみ》を流し続ける傷なんだ。彼らが足掻《あが》くのは、人生を受け入れるためじゃなく、人生と争うためだ。苦しむのは、血を流してそれを人生の顔に塗りたくってやるためだ。そんな人生が今、俺の前にも新しいページを開いたってわけだ。なんだおまえら！　そんな面《つら》して見るんじゃねえ。地獄で焼かれてるあいつらみたいに俺をじろじろ見るな。三日間おまえらに耳を貸してやっただろう。おまえらの話を聞いて、拷問でやられたおまえらがうんうんうなるのも聞いてやったんだ。今度はそっちが耳を貸したっていいじゃないか」

　カモは馬鹿にするような目を僕らに向け、水のボトルを再び口元に運んでから、続けた。

「この先、何が待ってるのか俺は知らん。釈放されるのか、おまえらみたいに拷問に連れてかれるのか？　痛みは肉体を奴隷に変えるが、恐怖は魂に同じことをする。だから人間は肉体を救おうとして魂を売るんだろう。俺は怖くないよ。俺は拷問屋たちに話しかけ、まだおまえらに話してない秘密を聞かせてやるつもりだからな。

　知りたきゃなんでも言ってやる。魂を丸ごと奴らの手に乗っけて、訊かれたことに答えるさ。仕立屋は上着を裏返して裏地を引っ剝《ぺ》がす、俺も自分の肝をもぎ取り、奴らの前に開陳する。奴らが知りたい以上のことを話してやる。はじめ奴らは興味を持ち、役に立つかもしれんと思って俺の言うことを何でも書き留めるだろう。だがそのうち、俺の話に不安になってくる。俺が、奴らの知りたくない奴ら自身について話してると気づくからさ。この人生で、人間がもっとも恐れるものは自分自身だ。奴らもまた恐れ、俺を黙らせようとするだろう。俺に喋らせせようと拷問にかけた男たちが、俺の両腕を広げて吊り下げ、電気ショックを食らわせ、血にまみれさせ、俺の舌を止めようとするだろう。奴らは俺と同じで真実に恐怖する。俺は自分自身についてすべてを告白し、奴らが見たくない奴ら自身の一面を突きつける。奴らは愕然《がくぜん》として見つめるだろう。初めて鏡をのぞき込んだ化け物のように。奴らは壁にぶつかるまで後ずさる、何をしたって自分を変えられないから、思いつく唯一の解決策は、鏡を叩き割ることだ。つまり、俺の顔と骨さ。だが舌を切り取ったってなんにもならない。俺のうめきが奴らの耳を塞ぎ、その心をただひとつの真実という牢獄に閉じ込めるからだ。いい気味さ、わが家にいても、奴らは冷たい汗をかいて真夜中に目を覚まし、とびきり強い酒を何本も喉に流し込む。だが逃げ場はない、真実はそいつの頸《けい》動脈のなかを流れている。受け入れるか、手首を切るかのどっちかだ。奴らはみんな、愛情深い妻がいて、奴らを両の腕《かいな》に抱いて慰め、煙草《タバコ》に火をつけ、震える指のあいだに挟んでくれる。奴らは、自分自身の真実を発見するのを死ぬほど恐れながら生きている。ああそうか、だからこの三日、俺を尋問に連れて行かなかったんだ。俺が怖いからだな」

床屋のカモは、深い深い奈落の底から語っていた。奈落のふちから、奈落のもっとも暗い片隅から。彼は長く隠れすぎたのだ。彼は打ちのめされ、ひどく損なわれていた。損なわれたから隠れたのか、隠れたから損なわれたのか、それを知る方法はない。カモにとってそれほど慕わしい暗闇は、僕を息詰まらせた。目隠しされ、鉄の門から引き出されるとき、僕は自分が知っている世界の外へと連れて行かれる。僕は方角のありがたみを思い知った。頭のなかで滅茶《めちゃ》苦茶《くちゃ》に渦巻くことばに必死にしがみつこうとした。闇のなかで考えるのは容易ではない。生は僕のすぐ隣にあり、僕はそこに戻りたかった。

カモは疲れたように、半眼で見つめていた。ほんのわずかな光が牢のなかに差し込んでも、彼は落ち着かなくなる。たぶん、だからカモはいつも眠っていたいのだろう。

「俺が井戸の上に乗り出してても、おふくろがやめろと言わなかったことが一度だけあった」と彼は言った。「その日、おふくろは焚火《たきび》の夢を見た。それは悩んでいる何かを乗り越えるというしるしでね。妙な話だが、俺が初めて焚火の夢を見たのは、この牢屋に入ってからなんだ。俺の過去は凍りついたままなのに、どんな苦悩を乗り越えられるっていうんだろうな?」

「今この時間も、いつかは終わるんだ、昔の日々が過ぎ去ったように」とドクターが言った。

「君の夢は、君がここから出て、また自由の身になるというお告げだよ」

「自由? マヒゼルを失ってから、何もかも変わっちまったよ。俺のなかの石はみんなぐらぐらだ」

「君は自分を虐《いじ》めているんだ。誰だって遅かれ早かれその種のことを経験するものだよ」ドクターは少し間を置いてから続けた。「カモ、ここでは楽しいことを考えなさい。みんなで外にいる夢を見ようじゃないか。たとえば、オルタキョイの岸で対岸を眺めながらお喋りをしているんだと想像しよう」

ドクターは、僕らをここから連れ出し、外界に連れて行くのが好きだった。そのやり方を僕にも教えてくれた。苦しみをかこち続けるよりも、外の世界について空想を膨らませるほうがいい。牢のなかで時間は静止した。肉体が囚《とら》われているからだ。でも心が外に出かけていくと、再びチクタクと動きはじめる。精神は肉体よりも強い。ドクターは、それは医学的に証明できると言った。ここにいながらにして、僕らは時折、外の世界を夢想し、たとえば海岸を散歩する人々の幸福をお相伴した。オルタキョイの海岸近くに浮かべたボートの上で大音量の音楽に合わせて踊っている人々に手を振った。互いに腕を回し合う恋人たちとすれ違った。水平線に太陽が沈みかける頃、ドクターは道端の露店で緑色のすももを一袋買い、微笑みながら最初の一個を僕に差し出した。

先週、朦朧《もうろう》とした僕を、奴らが牢に押し込んだ。僕は口が渇いて、ことばにならないことを呟いた。ドクターは、僕が水を欲しがっているのだと思い、助け起こして水をくれようとした。僕は目を開いて「水はいいです、緑のすももをください」と言った。それから二日間、僕らはそれを種に笑った。

ドクターはカモに、君も緑のすももはどうかね、と尋ねた。

カモはその物語に感心しなかった。カモの頭の働き方は、僕らとは次元がずれていた。「過去だよ、ドクター」カモは言った。「俺たちの過去が……」

ドクターは、すももを差し出そうとするように宙に浮かせた手を下ろした。「われわれの過去は、どこか遠すぎて手の届かないところにある。代わりに明日に目を向けようじゃないか」ドクターは言った。

「なあ知ってるかい、ドクター。神様だって過去を変えられないんだぜ。神は全能で、現在と未来を支配してるのに、過去には触れない。となると俺たちはどうなるのかな、神様でも過去を変える力がないならさ？」

　初めてドクターはカモに憐《あわ》れむような眼差《まなざ》しを向け、それから微笑した。「わたしの知っている理容師はみんな話好きでね。みなサッカーか女の話をする。なぜ君はこういう話をするのかね？　わたしが客なら、もう君の店には行かないよ。理容師は大学に行かないほうがいいのかもしれんな。でないと、われわれ男はどこでサッカーや女性の話をすればいいのかね？」

「教育を受けなかったとしたって、俺は同じことを訊いたと思うよ」

「こう考えたらどうだ、カモ。お母さんと過ごした君の子ども時代は不幸だった。だが、奥さんに出会って君は過去から解放された。同じことがまた起きるだろう。これから新しい幸福を見つけければ、昔を忘れられるよ」

「新しい幸福？」

　ドクターは深呼吸した。冷えきった両手をこすり合わせる。天井を見上げた。診察室で、気難しい患者に何と返答するのが最善か、考えようとしているみたいだった。そのとき、僕らは鉄の扉の重苦しい音を聞いた。

　僕らは互いに顔を見合わせた。入ってくる尋問官たちが交わす軽口が聞こえた。僕らは必死に耳を澄まし、通路で彼らが話していることを聞きとろうとした。

「ゲロったかい？」

「あと一日か二日ありゃ、吐くさ」

「今日は何だった？」

「電気ショック、吊り下げ、高圧放水」

「名前と住所は聞き出せたのか？」

「それはもう知ってるよ」

「こいつは大物なのかい、それとも雑魚《ざこ》かい？」

「この老いぼれは、でかい魚さ」

「房は？」

「四〇号」

それは僕らの牢だった。

僕らは冷たい足を互いの足に載せ合い、温もりの最後のひとしずくをとらえようとした。僕らは今にもここを出て、二度と戻らないかもしれない。あるいは正気で出ていき、気が触れて戻ってくるかもしれない。人間が、魂のない獣に変わってしまうかもしれない。

「俺を連れに来たな」とカモが言って、鉄格子に顔を向けた。「いいとこへ来たじゃねえか」

足音が近づいてきた。ドアが開いた。ふたりの看守が、がっしりした老人の両脇を支えている。運ぶのに苦労していた。男は胸に首を落とし、顔も体も血だらけだった。「おまえらの新しい友達だぞ」ドクターと僕が立ち上がり、男を運び入れてそっと床に寝かせた。看守たちはドアを閉めて去っていった。

「凍ってるも同然だ」ドクターは言った。老人を診て、まだ出血しているのか、どこか骨折していないか確かめた。瞼を引き上げ、薄暗い光で瞳孔を調べる。ドクターは男の片足を取り、さすりはじめた。僕はもう片方を両手で挟むように持った。それは氷のようだった。床屋のカモが言った。「俺が床に寝るよ。そいつを俺の上に載せればいい。コンクリに当たらねえようにしてやらねえと」

ドクターと僕は男を抱え、カモの背中の上に寝かせた。僕らはその両側に横たわり、彼を抱いた。昔、人々は牛や犬と身を寄せ合って暖をとった。この獄房は、僕らを時の始まりへと連れ戻す。僕らは赤の他人を抱擁し、彼に命を与えようとしていた。

「カモ、大丈夫かね？」

「俺は平気だよ、ドクター。しかしこいつは裸で雪に埋められてたみたいだな」

「雪？」

「ああ、俺が捕まった日は、雪がずっと降ってたよ」床屋のカモは言った。

「どうやら今年は冬が早いようだね。わたしが捕まった日は、素晴らしい陽気だったんだが」

僕はドクターと床屋のカモが話しているのを聞いていた。ふたりは途切れなく喋っていて僕が会話に加われるような間がなかった。この三日間、カモは僕を無視するか、きつく当たるかのどちらかだった。僕のことを時々は〝学生〟と呼んだが、たいていは〝ガキ〟と呼んだ。僕はもう十八歳で、カモがドクターに示す敬意の幾分かでも払ってもらえてもよさそうなものだった。逮捕されたとき、これからどんな試練が待っているかは承知していたが、まさか面倒な囚人仲間もその試練のひとつだとは想像もしなかった。痛みは果てしがなく、耐えるか、負けるかのどちらかだ。だが、カモにはどう反応していいかさっぱりわからなかった。逮捕されたとき、文民警察官のひとりが僕を〝ガキ〟と呼び続けながら、車のなかで僕の指を砕いた。「おいガキ、命を粗末にするもんじゃないぞ、さっさと吐いちまえ」彼はそう言い放った。「僕はガキじゃない」と言うと、警官は両手を僕の首にかけて、絞めようとした。もうひとりの警官が止めたのに違いない。それとも、それが奴らのいつもの手だったのだろうか。奴らは僕の本名を知っていて、誰に会うつもりだったのかと訊いた。僕は、奴らが僕を知っていたことよりも、待ち合わせの時間と場所を知っていたことに驚いた。「僕はガキじゃありません。大学生です。授業に行くところだったんです。待ち合わせって、なんのことですか、僕にはちっともわからない」「ならどうして逃げた?」尾けられていると気づいたとたん、僕は最初の角を曲がり、駆け出したのだった。「遅刻してたんです。僕、ただ授業に間に合おうとしただけです」

三十分後、僕は待ち合わせ場所のイスタンブル大学図書館前のバス停に連れて行かれた。奴らは僕に、バス停で待てと命令し、もし逃げようとしたら撃つと言った。文民警察官たちが車を降りて散開した。それぞれの見張り場所から、僕とバス停で待っている人々に目を配りはじめた。僕は腕時計に目をやった。午後二時三分前だった。僕らの待ち合わせのルールはとても厳格だ。決められた時刻より三分以上前に到着してはいけない。もし相手と会えなければ、三分以上待ってもいけない。僕は目の前でバスを降りてくる人々を見ながら、待っている相手を見つけることを恐れた。自分が頻繁に使うこのバス停に、こんなに人がいることに驚いた。どこもかしこも学生や、観光客や、スーツ姿の男たちでいっぱいだった。時間は刻々と過ぎていく。二時二分前。道路を挟んでこちらを見ている人たちを確かめていった。群れのなかでは、誰もが同じように見える。落ち合うことになっていた相手が、車の流れを縫い、急ぎ足で道路のこちら側に渡ってくる人々のなかにいても不思議はなかった。きっと罠《わな》だと気づくだろう。きっと警官が僕を見張っているのを妙に感じるだろう。僕の取り乱した表情から、僕が捕まったことを見て取り、たちまち人混みに紛れるだろう。腕時計を見た。二時一分前。咄嗟《とっさ》に、近づいてきたバスの前に飛び出した。衝撃で僕は撥《は》ね飛ばされた。悲鳴が聞こえた。数人が僕の腕を肩にかついで車に運んだ。奴らは後部座席で僕を殴りはじめた。「誰だったんだ？　どいつか言え、こん畜生」奴らは銃口を僕の口に押し込んだ。僕は目を開けられず、頭がぐるぐる回っていた。「五秒やる。そしたら引き金を引くぞ」五秒後、奴らは僕の口から銃を引き出し、睾丸《こうがん》を締め上げた。悲鳴を上げたかったが、奴らに口を塞がれた。涙が僕の顔を滂沱《ぼうだ》と流れた。

　どんなに覚悟できているつもりでも、現実の痛みは心を麻痺《まひ》させる。痛みは時間を静止させ、未来の感覚を失わせる。現実は消え去り、全宇宙が肉体に閉じ込められる。この瞬間に永久に凍りつき、二度と次の瞬間は訪れないような気がする。それは床屋のカモが過去に閉じ込められているのと似ていた。僕は彼の言うことが理解できた。だけどなぜ今なんだろう。何十億年もの時間のなかで、なぜ僕らは、僕が痛みに悶《もだ》えている今この瞬間にいなければならないのだろう。無意味な問いを自分に向かって繰り返しながら僕は思った。それは熱いガラスに触って手を火傷《やけど》した子どもが、あらゆるものに怯えるのに似ていた。僕は痛み以外の定義を知らず、時間のこと以外、何も考えられなかった。問いに答えてくれると思えば、ドクターに質問しただろう。ドクターは痛みについて考えないことが、それについて考えるよりも、痛みへの抵抗力を高めると信じていた。だが終わりのない時間がやってきて僕の肉体上に集結するとき、僕は思考を止められなかった。何十億年もの時間の流れのなかで、なぜ僕らは、僕が苦痛に踏みにじられている今この瞬間に存在しているんだろう？

ドクターが顔を上げ、僕に声をかけた。「大丈夫かね？」

「大丈夫です」

「起きたほうがいい。カモが凍えてしまう」

僕らは上着を脱ぐと、床に広げた。床屋のカモは上着を着ていなかった。老人をその上着の上に寝かせた。ドクターは老人の脈をとり、首筋に触れた。指を何本か濡らして老人の乾ききった唇に押しつける。老人が咳《せ》き込んだ。胸が激しく波打った。

僕ら三人は、壁に背中を寄りかからせ、並んで座った。老人の顔と伸びた髪を見つめた。足はほとんどドアに触れていた。そこに横たわっていると、その体はまるで墓のなかの骸《むくろ》のように牢を占領した。僕らはその同じ墓にすでに埋葬されていた。都市は古い都市の廃墟《はいきょ》の上に築かれ、死者は土になった古い死者に埋められる。イスタンブルは僕らが棲《す》む地下牢ごと呼吸し、僕らの肌には死者の臭いがまといついていた。古い都市の残骸と古《いにしえ》の人々の刻印が、僕らの心に押されていた。僕らの背負う荷は重かった。苦痛が僕らの肉を、ああも酷《ひど》く責め苛《さいな》むのはそのせいだ。

「こいつは助かりそうか？」と床屋のカモが訊いた。「助からなきゃ、もう少し場所ができるだろ、今までみたいに。三人でもぎゅう詰めだったのに、四人だぞ。これでどうやって横になりゃいいんだ？」

ドクターはカモに答えなかった。まるで神聖な書物に触れるように、老人の心臓に手を当てた。目を閉じて待っている。そこには死者を蘇らせ、痛みを癒す澄んだ穏やかさがあった。「戻ってこい、戻ってこい」ドクターは呟いていた。僕が気を失って運び込まれたときも、同じように僕を見つめ、戻ってくるのを静かに待ったのだろうか？　自分の呼吸に耳を澄ませるよりも、僕の呼吸に耳を澄ませたのだろうか？

僕は立ち上がって、鉄格子に顔を押しつけた。向かいの牢の娘も、鉄格子のところにいた。僕は彼女に頷いてみせた。相手の表情の変化を、何らかの反応を探した。話すことはできなかった。ほんの微《かす》かなささやきも、通路に反響して看守に届いてしまう。僕は相手を指し、声を出さずに口を動かして、「大丈夫？」と尋ねようとした。彼女は僕を探るように見つめ、やがて頷いた。彼女は休息をとったようだった。眠っていたのかもしれない。下唇についた血は綺麗になっていたが、片目はまだ塞がったままだった。彼女は左手を鉄格子の高さに上げ、人差し指で宙に文字を綴《つづ》りはじめた。何を尋ねているのか、僕が理解できずにいると、それに気づいた彼女はもう一度書いた。「新しく来たキュヘイラン爺《じい》はどう？」彼女は老人の名前を知っている。老人が誰かを知っている。同じように僕も宙に文字を書いた。「助かりそうだ」と書き、名乗った。「僕の名前はデミルタイ」

少女がほっそりした指で自分の名前を書いていると、老人のうめき声がして、僕は振り返った。老人は目を開けていた。自分がどこにいるのか確かめようとしていた。覗き込んでいるドクターとカモを見上げ、周囲の壁と天井に目を泳がせた。寝ているコンクリートを両手で撫でた。

「イスタンブルか?」しわがれた声で言った。「ここはイスタンブルか?」

老人は目を閉じ、そのまま眠りに落ちた。その顔には、今まさに気を失おうとする人間らしからぬ、妙に幸せそうな表情が浮かんでいた。

二日目
ドクターの話

白い犬

「キュへイランさん、あなた、この牢屋がイスタンブルだと思ったんですか？　今、われわれは地下にいますが、上にはたくさんの通りや建物があるんですよ。街は地平線の端から端まで広がっていて、空だってそれをすっかり覆うには足りないほどだ。地下では東も西もないが、地上で風に気をつけていてごらんなさい。風がボスポラスの海に出会い、サファイア色の波を立てるのを丘から眺められます。お父上からいろいろと聞いていたイスタンブルの初めての眺めが、もしこの獄房のなかでなく、船のデッキからの景色だったなら、キュへイランさん、あなたにもわかるでしょう。この都市が三方の壁と鉄のドアでできているのではないということがね。遠方から船で着く人々がまず目にするのは、右手にある雲のような霧をまとった王子の島々《プリンスィズ・アイランズ》です。その影を見たら、翼を休めるために波間に降りた鳥の群れかと思うでしょう。左手には街の城壁が海岸線全体に沿って蛇のようにうねり、先端の灯台まで続いています。やがて霧が晴れ、色が増えていきます。村で壁掛けの絨毯《じゅうたん》をうっとりと見つめたように、あなたはたくさんのドームや優美な尖塔《ミナレット》を見つめます。壁掛けに織り込まれた絵に見とれながら、あなたは自分のまったく知らない人生が、自分が存在しない別世界で紡がれているところを夢想しましたね。それが今、船に運ばれて、その生活の只中《ただなか》へと乗り込もうとしているんです。人間は、ため息の合間につく息でできている。人生は卑小だ、あなたはそうひとりごちます。水平線に伸びる城壁、塔やドームが林立する広大な都市を見て、それを新しい空だと思います。

デッキの上で、風が女の赤いショールをとらえ、船を先導するように岸へと運んでいく。あなたは人混みに紛れ、そのショールのように石畳の道をあてどなく歩いていきます。ガラタ広場に出ると、物売りたちの喧《やかま》しい呼び声に囲まれながら、ポケットから煙草の包みを出して紙煙草を巻きます。見ていると老婆が一人、羊を引き綱に繋《つな》いでゆっくりと道を歩いていきます。少年が老婆に大声で呼びかけます。お婆さん、犬の首に綱をつけてどこに行くの？　老婆は振り返ってまず羊を見、次に少年に目をやります。おまえさんの目は節穴かい、この羊を犬と取り違えるなんて、と老婆は答えます。あなたは老婆の後ろについて歩き出します。若い男がすれ違いざまに、同じことを言います。お婆さん、犬の散歩かい？　老婆は振り返ってまた羊を見ると、ぶつぶつと呟きます。これは犬じゃない、羊なんだよ。おまえさん、こんな日の高いうちから酔っぱらっているのかね？　またしばらく行くと、別の誰かが声をかけます。どうしたどうした、そんなしょぼくれた犬の首に綱なんかつけて。その時、人通りが絶え、物売りたちの声もしんと静まります。腰の曲がった老婆はあなたに気づいて尋ねます。おまえさん、あたしの頭がどうかしちまったんだろうか。あたしゃ犬を羊だと思い込んでいたのかね？　頭が空っぽになったら、この辺もみんな空っぽになっちまった。残ったのはあんたとあたし、それにこの哀れな畜生だけ。老婆が話しているあいだ、あなたは引き綱に繋がれた動物を見ています。ここに見えるのは羊か、それとも犬なのか？　あなたは、疑念とともに始まったイスタンブルの一日は、疑念に満ちた人生の約束ではないかと不安になります。

老婆はゆっくりと、綱を引き引き歩み去っていきます。あなたは彼女ではなく、自分の周囲を、人間が作り出したものを見回します。塔も、像も、広場も、城壁も、造ったのは人間だ。勝手に地面から生えてきたわけではない。海も陸地も人間より前から存在していたが、都市の世界は人が創造したものだ。あなたは都市が人間から生まれ、花が水に依存するように、人間に依存していることを理解します。自然の美と同じく、都市の美しさもそこに存在するものに宿ります。不格好な岩は寺院の扉に、割れた大理石は堂々とした彫像になる。だから、とあなたは考えます。街では、羊が犬であっても驚いてはいかんのだ、と。

あなたは太陽が家々の屋根の向こうに沈むまで、街をぶらつきます。古色蒼然《そうぜん》とした路傍の泉盤《せんばん》で冷たい水を飲んでいると、犬の吠える声が聞こえ、顔を上げてそちらのほうへ目を向けます。赤いショールがそよ風に乗ってひらひらしながら、ガラタから海に向かって飛んでいく。人生とは何と奇妙な冒険か。海からやってきたショールが海へと帰っていく。あなたは考えます。街の人間たちはどこへ帰るのだろう、と。犬の吠える声が聞こえた通りを目指し、あなたは鉛のように重い足取りで歩きます。まるで探している印がそこにあるかのように、初めは香りに、次には立ち上る煙に導かれていきます。やがて現れたのは荒れ果てた中庭でした。近づいて塀の向こうを覗いてみると、三人の若者が地面に座って焚火で肉を焼き、ワインを飲みながら笑ったり冗談を言い合ったりしているのです。ひとりが小声で何かの調べを口ずさんでいます。あなたは羊の皮と引き綱が三人の傍らにあるのを見て、それが老婆の羊だと気づきます。この連中は一日中、老婆をつけ回してからかっていたあの若者たちじゃあないか。老婆はとうとう彼らの策にはまり、羊を犬だと思い込んで綱を解いてしまったのでした。そして三人は羊を捕まえ、大急ぎでこの中庭に担いでくると宴《うたげ》の支度をしたというわけです」

じっとわたしから目をそらすことなく物語を聞いていた老キュヘイランは、笑った。わたしは学生のデミルタイに倣って、最後のくだりを繰り返した。「三人は羊を捕まえ、大急ぎで宴の支度をしたというわけです」老キュヘイランはいっそう笑った。

「ドクターは話がうまいなあ」老人は言った。「でもあたしの心の声は、やっぱりこの牢獄がイスタンブルだと言うんですよ。親父が昔、さんざんイスタンブルの話をしてくれたおかげで、ほんとうのことで何が作り話なのか区別がつかなくなったもんです。子どもの頃は、城壁が端から端まで伸びている地下都市についての物語や、じつは墓地に住んどって夜だけ出てくる行方知れずの人たちの話が、親父が見たほんとうのことなのか、『千夜一夜物語』の話なのか、さっぱりわからんかった。おっしゃるとおり、生きるとはまっこと奇妙な冒険です。あたしなんか、二週間前に遠くの村の軍事警察署で目隠しをされ、暗い廊下を歩かされ、目を開けたら、親父のイスタンブルにおったんですから」

老キュヘイランは話しながら、両手を動かした。宙を手探りし、まるで煙草を挟んでいるように二本の指を口の前に構えた。

「夜になると、親父はよくランプの灯りで壁に手の影を映しては、指で器用に街を作ったもんです。それを使ってイスタンブルの話をしてくれてね。長い影はフェリーで、もっと長い影は列車って具合に。それから木陰で待っている若者の影を映し出すんです。若者は何を待っているんだろうね、と親父が尋ねると、恋人を待ってるんだ、とあたしら子どもは声をそろえました。ところが親父は、どうしてもそういうふうに話を進めようとせんのです。若者を地下牢に閉じ込め、盗賊の巣窟に放り込み、あたしらが絶望した頃になってようやく、若者と恋人を再会させるんですわ。イスタンブルは広い、どの壁の向こうにも違う人生があり、どの人生の向こうにも違う壁がある、と親父はよう言うとりました。イスタンブルは井戸のように深くて狭い。ある者はその深さに酔いしれ、ある者はその狭さに息を詰まらせる。そして親父は言うんです。おまえたちに、わたしがこの目で見たほんとうのイスタンブルの話をしてやろう。物語をしながら親父は壁に指で影絵を映し、あたしらを狭苦しい家から連れ出して、ランプの灯から生まれ、あたしらの夜をその広大さで包み込む未知の都市へと導くんです。ドクター、あたしは親父の物語を聞いて育ちました。だからわかるんですよ。このドア、この壁、この井戸みたいな暗い天井。これが親父が話してた場所だとね」

「まだ初日じゃないですか、キュヘイランさん。決めつけるのは気が早いですよ。まず二、三日、様子を見てはどうですか？」

「ドクター、あなたが物語をしてくだすったおかげで、ずいぶん長くここにいるような気がしてきましたよ。ところで今は昼ですか、それとも夜ですか?」

「さあどうでしょう。食事がくれば、朝だとわかりますが」

たいてい、尋問官たちは夜に作戦に出かけた。新たな獲物を探しにいくのだ。彼らが新しい犠牲者を捕えた時だけが、われわれが安心して眠り、ほっと息がつける時間だった。ただ、これは必ずそうとは限らない。獲物によって一人ひとり処方が違うからだ。わたしがここに連れてこられた最初の五日間のように、囚人を獄房に戻すことなく、昼も夜も絶え間なく苛むこともある。

「今日の朝食は何だろう」わたしは言った。

「食事の内容が変わるんですか?」

「もちろんです。パンとチーズが同じだったことはありません。パンが古いこともあるし、うんと古いこともある。チーズが黴《か》びていることもあるし、腐っていることもある。料理人は食事にいつも変化をつけるんです」

老キュヘイランは微笑んだ。この二時間、彼は両膝を折り曲げ、壁に寄りかかっていた。顔の傷は腫れ上がり、体じゅう痣《あざ》だらけだった。目だけが輝いていた。彼は前に身を乗り出し、肩に掛けた上着を撫でた。「誰も来んかね?」鉄格子のところに立っているデミルタイに声をかけた。

デミルタイが戻ってきてしゃがんだ。しょんぼりと首を振った。「誰か来れば鉄の門の音がします」彼は言った。

「連れて行かれるとき、何か言っとらんかったか？」

「いいえ何も」

　老キュヘイランが眠っている間に、彼らが来て向かいの牢の少女を連れて行った。老人はその娘のことを心配し、デミルタイにしきりに質問を浴びせていた。

　老キュヘイランは、軍の駐屯地で二週間拷問を受け、それからここまで長い旅をしてきた。少女は同じく手錠をかけられ、四人の武装した兵士に見張られながら、彼と道中を共にしてきたのだった。老キュヘイランは見張りたちが小声で交わす会話を盗み聞き、彼らがしばらく旅をしてきたこと、少女が自分よりもさらに奥地の出身であることを知った。旅のあいだ、少女はひと言も口をきかず、乾いた血がこびりついた唇を、ただの一度も動かさなかった。小休止のあいだにパンを与えられても口にせず、水だけを飲んだ。老キュヘイランは少女に自分と自分の村の話をして、無言で耳を傾けている彼女に「あんたの沈黙を信用しとるよ」と言った。少女は表情で応え、わかっているというように頷いた。初対面のふたりは、ひとつの暗い穴から別の暗い穴へと旅をしていくところだった。苦痛のふちにぶつかると時間の流れは変化する。だからふたりは互いを信頼した。

「あんたに名前を言わんかったか？」老キュヘイランが尋ねた。

「言いました」デミルタイが答えた。「というか、書いてくれました」

「なんて書いた？」

「ジーネ・セヴダ」

「ジーネ・セヴダか」老キュヘイランが繰り返した。その顔が明るくなった。「あんた、あの子は口がきけないんだと思うかね？　ひょっとすると、話せるのに、囚人だから黙っとるのかな。あんたには、宙に指で言いたいことを書いたんだね。はて、旅のあいだ、どうしてそうやってあたしに返事をせんかったんだろう。見張りがおったからだろうか」

老キュヘイランは、煙草を喫《の》むように指を唇に当て、深く吸い込んだ。そして煙をふかすように息を吐き、後ろの壁に頭をもたせかけた。彼は長いこと宙を見つめていた。壁から壁へと天井の闇を凝視した。また指を唇に当てて、一服する。その仕草は、人がひとりでいるときに、何かの動作を思い浮かべようとするのに似ていた。手と唇を使って煙草を吸うふりをする。空想上の煙草を吸いながら、彼はこちらへ頭《こうべ》をめぐらせた。目が合った。

大真面目《おおまじめ》な顔で、彼はポケットから煙草入れを出す身振りをし、それをデミルタイとわたしにすすめた。一瞬、虚をつかれたものの、わたしはそのすすめを断らなかった。老人の空っぽの手に載った煙草入れからシガレットペーパーを取り、そこに煙草を二つまみほど載せた。わたしは煙草喫みだが、紙煙草を巻けなかったので、老人が煙草を巻くのを見てその真似《まね》をした。彼はまたポケットに手を入れて、マッチの箱を出す仕草をし、それぞれの存在しない煙草に火をつけた。床屋のカモは、わたしたちのちょっとした遊びにまったく気づいていなかった。彼は何時間かぐっすりと眠っていた。膝を曲げて壁に寄りかかり、頭を胸に沈めていた。

「一番困るのは、吸殻を揉《も》み消す場所を探すことでね」と老キュヘイランが言った。「たいていは壁の穴を探して、吸殻を突っ込むんですわ。まあ見つからなけりゃ床に捨てるしきゃありませんが。一度、真っ暗闇の牢屋で目を覚ましたことがありましてね。ドアがどこにあるかも見えないんで、手探りしなきゃなりませんでした。壁に寄りかかって、煙草を巻いたんです。ところがマッチを擦ったとたん、部屋がぱっと明るく照らされました。人間の歯や、顎の骨や、切り落とされた指が漆喰《しっくい》の中に埋まっとるのが見えました。奴らは死んだ犠牲者を、監獄の漆喰壁に塗り込めとったんです。あたしはびっくりして壁を触りました。そして部屋全体を調べてみました。マッチが手のなかでまだ燃えとることも忘れてね。指が熱くなって、悲鳴をあげてマッチを床に投げました。火傷した指は二日もずきずきしとりましたよ」

わたしは、老キュヘイランがごっこをしているのではないことに気づいた。彼の頭のなかのその出来事は、現実に起きたことなのだった。紙煙草を巻くときに膝に落ちた煙草の葉を払う仕草、マッチの火が燃え尽きて、指先をふっと吹く様子など、その身振りを見ていると、指に挟んだ煙草がそこにあると思っているのは明らかだった。わたしも虚実をおもちゃにすることを好むが、デミルタイと一緒にイスタンブルを散策することを空想はしても、やはりこの牢獄に繋ぎ留められたままだった。それが自分の限界であることを、わたしは知っていた。わたしの理性はどんなときも、空想の手綱を離さない。それに、自分ひとりでこのゲームをしようとは考えたこともなかった。だが、老キュヘイランにとって妄想かどうかは問題ではない。すべては現実なのだ。彼はひとりでいても、四方の壁や暗闇に新しい命を授けてこの遊びができる。だからこの牢がイスタンブルだと言ったときも、彼は本気だった。こと老キュヘイランに関するかぎり、非現実などというものはなかった。外に出る必要を感じることなく、彼は世界を内側へ持ってくる。空間だけでなく、時間をも超えて。そういうわけでこの牢はイスタンブルであり、煙草の煙があたり一面に濃く立ち込めていた。

煙草の煙の匂いがますます強烈になり、室内に充満した。わたしは両手でそこらを扇ぎ、煙を払おうとした。自分のしていることを信じたかった。それは美しい夢から目覚めたくないのと似ていた。わたしたちは子どもに帰ろうとしていた。

煙草を揉み消す場所を探していると、デミルタイが片手を差し出した。「灰皿どうぞ」その空っぽの手は少しの間、宙に留まり、それから目に見えない灰皿をわたしの足の間の床に置いた。わたしは煙草を揉み消し、その後、デミルタイも同じことをした。

「デミルタイ」と老キュヘイランが、目を丸くしていった。「あんた今、灰皿を出してあたしに手品を教えてくれたね。何日も、どこか吸殻を入れるところがないかと苛々しとったんだ。おかげで一件落着だよ」

老キュヘイランは何か考えているようだった。髭を撫で、わたしに顔を向けた。

「ドクター」と老キュヘイランは言った。「都市では、犬が犬だと、どうしてわかるんでしょうな？　都市では人間が丘を削ってでっかい建物を建てます。街灯が月や星の代役を務めます。人間が自然のありとあらゆる部分をすっかり変えられるんなら、犬はどのあたりまで犬なんですかね？」

「都市では、存在は人間次第なんですよ。人間を知れば、命あるすべてのものを知るというわけです。犬も含めてね」そうは言ったものの、自分のことばの正しさを疑っていた。わたしも似たような問いを自分に問いかけ、何がもっとも正解なのかと考えをめぐらせたものだったから。

「ドクター、人間は人間をどれだけちゃんと知ることができるんでしょうかね？　ドクターは、ご自分がメスで開いて、心臓やら肝臓やらを調べた体の持ち主の患者たちを、ほんとうにご存じでしたか？　あたしが子どもの頃、親父はランプの明かりで壁に手の影を映しては、イスタンブルの話をしてくれました。イスタンブルの人間はこういう影でできているんだ、と言ってね。親父が言うには、人々は自分の体の半分をどこかに残して、残りの半分で街へ行ったのだそうです。親父は別にそれが悪いとは思っとりませんでした。わくわくしとりましたよ。影たちはえらく魅力的で、夢中にならんわけにはいきませんでしたからな。時折夜になると、親父はあたしらの住んどったあばら家で、珍しい果物の話をしては、それを想像してごらんと言いました。一度、オレンジについて話してくれたことがあります。布きれを指してその色を教え、皮をむく仕草をしながら、オレンジの房がどんなかを話してくれました。そんなこんなであたしらはみんなして空想上の大宴会を開いて楽しんだってわけです。都会の住人はいろんな幻を作りますが、あたしたちの存在はその幻のなかに作られました。煙草がなくたって煙草を吸い、その香りを味わえる。それはあたしらが貧しかったからでしょうかね？　それとも存在というものへの考え方が違っとったからでしょうか？　親父は教えてくれませんでしたが」

わたしは貧しい人々が、病のなかで白昼夢に心惹《ひ》かれる姿を見てきた。彼らは消毒液の匂いがする病院の廊下でぐったりと待っていた。彼らは重い病に倒れ、呆気《あっけ》なく死んでいく。今際《いまわ》の際の息をしながら、見えているのは世界の半分だけだった。その表情に責める色はなく、ただ好奇心があった。彼らの生への欲望を、わたしは老キュヘイランに見出《みいだ》していた。

「人間は自分自身であることに満足しない唯一の生き物なんですよ、ドクター。鳥はただ鳥のまんま、卵を産んで空を飛びます。木は緑の葉をつけ、実を結んでりゃあいい。だが人間は違う。人間は空想の味を覚えちまった。今あるもので満足できないんです。銅から耳飾りを作りたい。石で宮殿を造りたい。その目はいつも見えないものに注がれとります。街は夢の国だ、親父はよくそう言っとりました。無限の可能性があって、街に住む人たちは自然の一部じゃないんだとね。あの人たちは自然の彫刻家だ。建設し、組み立て、創造する。そうやって自分自身を形作るんです。形作るその道具も作りながらね。人間は、初めはつまらん大理石の塊です。だが街に出て、自分の存在をとてつもなく立派な彫像に変えちまった。だから、昔ながらの垢《あか》抜《ぬ》けない自分を馬鹿にするんです。街じゃ他人を嘲ることは神聖な行為で、人は自分と違う人間はみんな、自分より格下だと思っとる。連中はせっせと土をコンクリートに、水を血に、月を目的地に作り変えます。何もかもを変えちまうんです。そうやって変えていくと、時間の流れが速まります。時間の流れが速まると、人間の欲望はとめどがなくなります。こと人間に関するかぎり、昨日は死んで去ったもの、今日は不確かなものです。犬も愛も死も不確かです。人々はそういうものすべてに、疑いと情熱が等分にこもった目を向けます。こういうことをよく知っとった親父は、街では別人でした。村に帰ってきた親父は、いつもあたしらの知らない他人でね。親父は子どもたちを抱くのもためらって、元の自分に戻るまで待っとりましたよ。

親父はこうした癖を、深い海に潜る潜水夫がかかる深海酔いに喩《たと》えたもんです。街酔い、と呼んどりました。そういう時だけ、親父はワインを飲みました。ワインをがぶがぶ飲んで、夢にうつつを抜かす一番しょうもない連中といったら、船乗りらしいですね。一度、親父は年寄りの水夫と同じ牢屋に入れられて、その男が悪夢にうなされるのを見とったそうです。老水夫は船が沈む夢を見ては、冷や汗をかいて飛び起きました。その男が言うには、白い鯨が暗い海をうろついていて、船を嵐のほうへとおびき寄せるんだそうです。その白い鯨を見つけ、荒波をかき分け追いかけて、銛《もり》でもって仕留めたいというのが船乗りという船乗りの夢でしたが、そいつをうまく見つけられたのは、ただ一人、遠い海の彼方《かなた》を航海しとったある船長だけでした。船長は、何年も昔に自分の片脚をもぎ取ったこの海の怪物を憎み抜いとりました。再び両者が相まみえたとき、白い鯨の怒りと船長の怒りとがどえらい勢いでぶつかりました。そしてとうとう鯨は巨大な船を木っ端みじんにし、船長とその乗組員もろとも海の底へ沈めちまったんです。たったひとり、下っ端の水夫が命拾いして、長い長い鯨との追っかけっこと逆巻く波間の最後の決闘の物語を語り伝えることになりました。世の船乗りが、人魚に会う夢よりも白い鯨を見つける夢を見るようになったのは、それからですな。親父は指を使って、あたしたちの部屋の壁に鯨の影を映し、上へ下へと動かしてこちらに向かって泳がせながら、イスタンブルの船乗りたちは、みんな同じ破滅の道をたどったのだと言いました。北から南、東から西へと海を彷徨《さまよ》った挙句、船乗りたちは何か月もたってから、霧の立ち込める港へ手ぶらのまますっかり打ち萎《しお》れて戻ってきました。白い鯨の夢に正気を奪われた者、自分の肉に短剣を突き立てた者、床に入るたびに悪夢にうなされる者も大勢おりました。親父が牢で一緒だった老水夫もそんな一人でした。ほんとうの話ですよ、ドクター。親父の物語全部と同じに、この話にも隠された秘密があった。そしてこの話を耳にした者はほとんど誰もおらんのです」

老キュヘイランは深いため息をつき、重大な発表でもするように、背筋を伸ばして座り直した。わたしに顔を向けると言った。「ドクターがさっき話してくだすった老婆の話は知っとりました。親父から聞きましてね。親父は、自分の羊を犬だと思い込んだ老婆と、羊をかっぱらって宴会を開いた若者たちの話をしながら笑っとりました」

「お父上はまだご存命ですか？」わたしは訊いた。

「あたしがそんなに若く見えますかね？　親父はずいぶん前に死にました」老キュヘイランは言った。

彼は片手を上げて、獄房の存在を確かめるように指で壁に触れた。たぶん、何年も前に、自分の父親もこの獄房にいたのだと考えていたのだろう。彼は父がいた証拠を求めて壁を探った。老人の父親の痕跡はなかったが、ほかの先人たちの痕跡はいくらでもあった。わたしも壁に触れ、指でゆっくりとそれを探索した。

「キュヘイランさん」わたしは言った。「老婆の話をご存じだというなら、わたしもその白鯨の話を知っていますよ。いろんな話をしてあげられたんだがなあ。船長がその鯨を銛で仕留めようと四十年も航海し続けた話や、たったひとり生き残った水夫の身の上話なんかをね」

「船乗りたちの冒険をご存じだったんですか？」

老キュヘイランが驚くのを見て、デミルタイが口を挟んだ。

「僕も知ってました」彼は言った。

通路からかすかな音が聞こえた。デミルタイはわたしたちに向かって静かにするように合図し、しゃがみこんでドアの下の隙間から外を覗いた。通路のとっつきにある部屋で座っている看守たちは、時折、並んだ牢を巡回して、囚人たちの話に聞き耳を立てた。看守たちにはそれぞれ自分の流儀があって、そっと立ち聞きして秘密を集める者もあれば、いきなり部屋に踏み込み、話していた囚人に手当たり次第に懲罰を加える者もあった。デミルタイが身を起こした。

「大丈夫です。行っちゃいました」彼は言った。

「じゃあおふたりは鯨の話をご存じだったんですか」と老キュヘイランが言った。

「この牢では、もう知っている話をし合いっこするんですよ、キュヘイランさん。初めはデミルタイとわたしだけでしたから、同じ話を二度することもありました。あなたのために三度目に話してあげてもいいですよ」

学生のデミルタイはドアのそばに座っていたが、またわたしたちに黙るようにと合図した。ひそやかな足音がした。看守の影が格子窓の鉄棒に差しかかり、ゆっくりと動いていった。足音はいくらも行かないうちに止まった。看守は一室ずつ牢の物音に耳を澄ませている。わたしたちは顔を見合わせた。デミルタイとわたしはこうした点検にも慣れ、長いあいだ押し黙ったまま座っていることもよくあった。看守の巡回がいつ終わるとも知れないときは、待つ代わりに眠ろうと努めた。やがて房のドアが開く音が聞こえる。打擲《ちょうちゃく》の音が聞こえてくる。慈悲を請う囚人もいれば、抗《あらが》う囚人もいる。看守たちが自分たちの部屋に戻ってしまうと、デミルタイとわたしは、ここを離れ、遠いところへ行く夢を見る。ふたりはイスタンブルのボスポラス海峡を通って黒海へ向かうパナマ国旗を掲げた貨物船に乗っている。ひんやりした海風がデッキを吹きわたり、船は白波とカモメたちをお供に進んでいく。夜の帳《とばり》が下りると、船室へ降りていき、油で黒ずんだ手をした甲板員とテレビを観《み》るのだ。わたしたちはテレビでやっている映画について語り合う。その映画が二時間続くなら、物語も二時間続くようにする。船室はこの牢のように狭かった。疲れると、わたしたちは体を丸めて眠りについた。船室もここと同じで底冷えがした。

看守の足音に耳を澄ませている最中に床屋のカモが目を覚まし、わたしたちがコーヒーハウスの老人たちよろしく遠い夢想に耽《ふけ》り、黙然と座っているのを見たら、どうしただろうか？　自分が眠っているあいだに何かあったかと考える代わりに、自分以外のすべての人間はまったく我慢ならんと考えるのだろうか？　そしてなんで自分はこいつらを我慢する羽目になったのかと思うのだろうか？　カモは口もきかず、質問する必要も感じない。彼は怠《だる》そうに、再び頭を胸に垂れ、居眠りを始める。眠りにつく前に、何か口実を見つけてデミルタイに難癖をつける。彼はいつも井戸の底にいて、わたしたちは井戸の外にいた。俺は自分がわかってる、と彼は言った。だがわたしたちはあまりに不遜になりすぎ、今ここで自分自身と向き合わねばならなくなった、と。わたしたちは光のなかで戯れすぎた。だからこうしてまごまごと愚かしく人生を生きている。わたしたちは救いがたい馬鹿者だ。カモは悪態をつき、わたしたちを放っておくよりしようがない。

カモが来た日、わたしは牢にひとりだった。彼は犬小屋に閉じ込められた猫のようにぴりぴりしていた。怪我《けが》をしているのかと尋ねても、答えなかった。わたしは自己紹介したが、理解できなかったのか、矢継ぎ早に質問を浴びせてきた。「あんたは誰だ？　いつからこの牢屋にいる？　なんで奴らは俺をあんたと一緒にしたんだ？」彼は汚らしかった。悪臭を振りまき、腹を空《す》かせていた。わたしが差し出したパンを受け取るのを迷ったが、わたしをねめつけながら、手を伸ばした。わたしたちは出会う場所を間違えた。先に着いたのはわたしで、彼は新入りだった。彼は座り、何時間でも黙って待ち続ける気でいたが、同時にいつでもわたしの喉元に飛びかかり、首を絞める気構えでもいた。ここは、海路を見失った船の船倉か、それとも脱出路がわからない断崖の底か？　あるのはただ三方の壁と一枚のドア。そして血に染まった男がひとり。目を閉じ、目を覚ましたら自分は別の場所にいないだろうか、と彼は考える。瞬きをしたら、この場所が別の場所に変わってはいないか、と。彼は好奇の目で見つめた。自らの存在を始めからすっかり理解し直そうとした。外から絶叫が聞こえると、顔を上げた。響き渡るのは誰の声だ？　俺の声か？　声が聞こえてくる壁は、どれくらい離れている？　自分を信じることと、見失うことの境界線は消え入りそうに細かった。カモはその線上で、眩暈を起こすことが怖かったのだろうか？

痛みを分かち合えないことを理性で知っているのと、それを肉体で発見することはまったく違った。耐え難い苦しみからわれに返るたびに、わたしたちは何か月も、何年も過ぎたかのように感じた。「あれがほんの一瞬のことだったのか？」わたしたちはそのことに当惑し、その一瞬が、この世でもっとも長い一瞬になったらどうしようと怯えた。こと痛みに関するかぎり、時間は長引くのではなく深まるのだった。どうやら床屋のカモはそのことを経験からすでに知っているようだった。牢に入ってきたとき、彼の顔はひどい有様で、意識は朦朧としていた。カモは人生の壁に多すぎるほど激突し、何度も何度も倒れてきた。疑い深さが自衛のメカニズムだとすれば、彼の氷のような態度も理解できる。わたしは彼にパンと水を与え、話しかけた。わたしとて他人《ひと》ごとではない。彼と同じく、死の戸口に立っているのだから。床屋のカモは、三方の壁についた血の染みをつくづくと見て、空気に漂う死の臭いを吸い込むと言った。「人間、自分以外に頼れる島はねえ」それは無関心が言わせたのか？　絶望か？　そのふたつなら、わたしはふさわしいことばを見つけて、どんな悩みもやわらげてやれる。「希望は今あるものよりましだよ」そうわたしは言い、鉄格子から差し込む光を指差した。「希望は今あるものよりましだよ」彼はぽかんとわたしを見つめた。わたしも、牢に入れられた日に、ちょうどそんなふうに三方の壁を見つめた。ここでわれわれを隔てる境界線は、壁と人だ。

床屋のカモのぎこちなさとよそよそしさは、何日経っても変わることはなかった。ここに来る前に、彼は自分に向かって手招きするあらゆる海を涸《か》らしてきた。越えるべき溝を越えつくした。その不機嫌の下には古傷が隠れていた。

「で、これがイスタンブルの底ってわけか」彼は言って天井を見た。「俺の想像どおりだ」

彼は何を想像したのだろう？　この街を離れる選択もあったのに、なぜこの街にそんなに執着したのか？　街とは三日で顔見知りになれるが、ほんとうに知るには三世代が必要だ。上っ面を撫でたのと、奥底まで知りつくすことのあいだを隔てるがっちりとした壁を取り払うには、時間がいる。それは俄《にわか》にできることではない。その同じ壁が、都市と人のどちらの内にも存在していた。都市の奥底が闇ならば、人の奥底もまた闇だ。じめじめと冷たい。誰も自分の内側の闇に降りて、自分自身と顔を突き合わせたいとは思わない。例外は床屋のカモだけだ。彼は内奥に目を向ける。自らの魂を念入りに調べ、都市の奥底を知らねば気が済まなかった。「俺の想像どおりだ」苦しみ以外の教師を必要としない者たちもいる。カモには三日も要らなかった。ましてや三世代など不要だった。彼が都市と親密になるためには、深い傷を三つ負えば事足りた。

一方、老キュヘイランは夢見てきた都市にやって来た。ここで彼は、育った村の自然とは正反対の、まったく新しい自然と新しい人間に出会った。彼は自分を取り巻く現実よりも、まだ見ぬ現実に価値を見出し、譫言《うわごと》を言う詩人、狂おしい目の冒険者、情熱にかられた恋人のように語った。だから、彼には地下でよかったのだ、もし地上からイスタンブルを見たなら、きっと失望しただろうから。不運はこの街のどの片隅にも潜んでいるわけではない。だがこの街は、観光の、美食の、快楽のための場所と化し、古き物語の魔法の世界もまた失われてしまった。第一世代の人々が、持てるエネルギーと創造力のすべてを振り絞り、攻略した都市は、欲望に置き換えられてしまった。人への、芸術への、犬への愛を突き動かす力は欲望だ。森に駆け込んで道に迷った子らのように、手あたり次第に喰らい、それでも餓《う》えを感じ続ける。そうしたことを、わたしは老キュへイランに話せなかった。獄房のなかでは、口を閉ざしているべきときを心得ねばならない。ある場所の美は、別の場所ではたちまち失われるとは言えなかった。あまりに多くの若者が、夢の街を空《むな》しく探し求めている、とも言えなかった。

わたしが子どもの頃、イスタンブルの牛命《いのち》の血は路地に脈打っていた。だがそれは瞬く間に大通りへと溢《あふ》れ出し、広場を満たし、車や巨大なビルの数が増えるにつれて、わたしたちの生活から消えていった。たぶん、気づかなかっただけで、もっと前から消えはじめていたのかもしれない。子ども時代を後にしたわたしの背が年々伸びるのに合わせて建築物の背丈も伸び、どちらを向いても高層ビルがにょきにょきと建っていった。さて、路地は不潔で薄汚れていただろうか？　高層ビルが現れる前、路地に暮らしたわれわれの生活は、みすぼらしかっただろうか？　昔、イスタンブルが好き勝手にどこまでも広がっていた頃、家々は階を重ね縦に伸びていき、空を塞ぐものではなかった。空が見える場所の入り口までが建物の領分だった。子どものわたしにもそれは感じられた。どの通りでも、顔を仰向《あおむ》ければ空が見えた。その頃、都市の輪郭はおおらかに延び広がり、小さな丘が波打つように連なっていた。ドームや塔の傍らには大きな広場があった。どんな広場も巨大な影に踏みつぶされてはいなかった。

二週間前にラギップ・パシャ図書館を訪れたとき、そこがもはや、子どもの頃に見た人目を引く堂々たる建物ではなくなっていることに気づいた。ひと粒のダイヤモンドのようにラーレリの丘に君臨していたラギップ・パシャ図書館は、小さく縮み、人混みや看板や行き交う車に包囲されて身をすくませていた。歩道が高くなったせいで、正面玄関は道路よりもだいぶ低くなっていた。通る人は、振り返って見ることも、扉の向こうに何があるのだろうかと思いをめぐらせることもなかった。図書館の中庭に足を踏み入れた瞬間、わたしは通りの喧騒が消えたことに気づいた。まるで遠い昔の都市にいるようだった。何百年も前に敷かれた大理石、穿《うが》たれた石、青銅の彫刻は忘れられた時代に属していた。小鳥たちが翼を微かに羽ばたかせ、薔薇の木が冬に備えて葉を落としていた。目を瞠ってあたりを見回しながら、人はせいせいとした心持ちで生きる権利があるのだと、そして偶々《たまたま》いる場所がそれをかなえてくれることもあるのだと気がついた。この涼しい図書館のなかの時間は、街の時間とは違う流れ方をしていた。ここでは、時は前に流れるのでも後ろに流れるのでもなく、異なる重力が働いているように、それ自体を追いかけるように円を描いていた。これまで考えもしなかった問いが胸に浮かんだ。この中庭の世界は、すぐ外に広がる世界とどうしてこうも違うのだろう？　ひとつの扉が、まるで火から水へと移すように、われわれをある時間からこんなにも違う時間へと移動させるのはなぜだろう？　しかも、このふたつの世界は互いに入れ子になっていて、一方の窓からもうひとつの世界を覗け、一方から耳を澄ませば、他方の音を聞きとれる。

わたしは中庭を横切り、図書館で会うことになっていた相手を探しにいった。階段を上り、閲覧室に入った。四本の柱の上にちんまりと載った丸屋根に記憶があった。壁は青と白のタイルで飾られている。わたしは木製の書棚に収められた本と手稿本を眺めた。子どもの頃、ここで勉強しながら、本から顔を上げては室内に視線を遊ばせたものだった。どれくらい物思いにふけっていたのだろう。顔にひんやりとした空気が当たった。急に自分がここにいる理由を思い出し、閲覧室に並ぶ机に目を向けた。ひとつを除いてすべてに学生が座り、勉学に励んでいた。わたしは待ち合わせている若い娘が誰なのか知らなかったが、説明によれば、その娘は解剖学の教科書で勉強しているので見分けがつくはずだった。数人がこちらをちらりと見て、目をそらした。わたしはゆっくりと歩きながら机を覗いたが、探している娘はいなかった。壁にかかっている茶色の木の時計を見ると、わたしの時計よりも十分、進んでいた。あの時計が間違っているのか、それともわたしが約束に遅れたのか？　わたしの焦りは、過去を思い出したとたんに消えた。時計は子どもの頃のままだった。昔から、この時計はいつも十分進んでいた。

わたしは中庭に戻った。

図書館と、そのすぐ向こうの通りを隔てている中庭を眺めながら、ボスポラスに流れ込む海を思い浮かべた。イスタンブルはボスポラスの海に似ている。海面では北から南へと流れているが、海底では海流の方向が逆転する。それは同じ場所で生きていながら、違った方向へと進んでいく人生、隣り合いながら違う時代に生きる人生を象徴していた。場所が時間を支配できるのだと、ちょうど渦潮のように、時間はてんでな場所に運ばれていくこともあるのだと教えていた。建築家たちは、物理学者に先駆けて、時間と戯れる術《すべ》を完成させた。彼らはトンネルの形をしたさまざまな場所を築き、そのトンネルに時間を流して、人々をひとつの時代から別の時代へと運んでみせた。人波のすぐ傍らに佇《たたず》むその小さな図書館で、時間は違う方向に流れている。ボスポラス海峡の底に潜む目に見えない渦潮のように、その時間は、都市の底流のなかで静かで優しい存在を生きている。

周囲の娘たちの髪型や服装はみな同じように見えた。若者の見分けがつかないと思うのはいつものことだったが、今日はことさらそうだった。歳《とし》のせいだろうか？　頭の白髪の増えようを見れば、歳なのは間違いなかった。わたしはポーチに立って、中庭を見渡した。解剖学の教科書を持っている者は見当たらなかった。ひょっとすると、彼女はほかの若者たちと一緒にそこにいたのに、わたしが気づかなかったのかもしれない。だが、彼女にはわたしが見えただろうし、誰なのかわかるはずだった。ジャック・ロンドンの『海の狼《おおかみ》』を上着のポケットから取り出すと、表紙を外側にして、彼女にタイトルが見えるようにした。数人がこっちを見た。父親ほどの年齢の男が、ここで何をしているのか訝《いぶか》しんでいたのだろうか？　わたしは閲覧室へ戻って、これ見よがしに本を持ち、行ったり来たりして、娘たちをまっすぐに見つめた。彼女たちも視線を返した。突然全員が立ち上がり、銃を抜いて怒鳴りだした。「動くな、さもないと撃ち殺すぞ！」数人が中庭から閲覧室に走り込んできて、わたしの頭に銃を突きつけた。「おまえがドクターだな？　ドクターだな？」答えずにいると、後頭部を殴りつけられた。わたしは倒れ、手から転げ落ちた『海の狼』が蹴り飛ばされた。耳ががんがんと鳴り響いた。頭がくらくらした。

この場所の時間が、まるで壊れた時計のように突然静止したようだった。だが中庭を出て、イスタンブルの喧騒が耳に入ると、感覚が戻ってきた。この罠を仕掛けた警察が、辺り一帯を囲んでいた。歩道には人だかりができていて、物珍しそうに見物していた。こいつは人殺しか、泥棒か、強姦魔か？　群衆は押し合い圧《へ》し合いしながらわたしをもっとよく見ようとした。文民警察の下っ端に羽交い締めにされ、車に向かって連行されながら、わたしは人々の顔を見つめた。あの時、わたしは彼らと同じ時間を生きていたのだろうか？　老キュヘイランは、人間は都市を築くと同時に、まるで大理石を彫るように自分自身をも形作ったと言ったが、言い得て妙だった。だが、通りでわたしを見ていた人々をもし見たなら、彼はきっと考え込んだ挙句に言っただろう。「街の時間は、この人らをいったい何に変えちまったんでしょうかね？」と。

鉄の門の音が聞こえた。わたしは白日夢からこっそりと抜け出し、牢へと戻ってきた。

「ジーネ・セヴダを連れてきたと思いますか？」老キュヘイランが訊いた。

鉄の門がゆっくりと軋むと、わたしたちは尋問官たちが選ぶのはどの牢だろうと考える。連れて行かれるのは誰だろう、と。ここにはほんとうにたくさんの牢がある。戦場の兵士は自分が死ぬと思わないものだが、わたしたちも同じだった。われわれは皆、同じことを考えていた。もうすぐ誰かが鉄の門から連れて行かれる。だがそれは誰だろう？　その問いを避けるには、もっとましなことを考えるのが一番だった。もしかしたら、今は朝で、パンとチーズが来たのかもしれない。

床屋のカモが顔を上げ、鉄格子を見やった。「早く来ねえかな」彼は言った。

「食べ物を持ってきたのに違いない。ずいぶん腹が空いているのかね？」わたしは訊いた。

カモは答えなかった。わたしが顔に浮かべた微笑に目もくれず、鉄格子から差し込む光を凝視した。

「眠れたかね？」わたしは訊いた。「われわれはずいぶん長く話し込んでいたよ」

「先生たちが喋ってたって、俺は平気だ。けど、あの犬が吠えるんで何度も起こされたよ」

「吠え声？」

「聞こえなかった？」

「聞こえなかったな」わたしは言った。「犬がこんなところで何をしてるんだろう？」

「喋るのに忙しくて気づかなかったんだ。犬は遠くの、壁をいくつも越えた向こうで吠えてたよ」

「夢を見てたんだ」

「夢と現実の区別はつくよ、ドクター。犬が吠えるたびに、目を開けて自分が牢屋にいるか確かめたしな。あの吠え声はこの牢屋と同じで現実だ」

老キュへイランが片手をカモの肩に置いた。「そうだ」老人は言った。「犬の声は遠くから聞こえてきたにちがいない。だからあたしらは気づかなかったんだ」

カモは肩に置かれた手を見、それから老キュへイランの顔を見た。「あれは、白い犬の声みたいだった。白い犬が大声で吠えるときの」

老キュへイランが手をのけた。

外で話し声が聞こえ、わたしたちは一斉にドアに顔を向けた。

「連れてくのはこいつらだ」話している一方が言った。名前を言わなかったので、看守に紙を見せていたのだろう。

「みんな同じ房だよ」と看守が答えた。

「どの房だ？」

「四〇号」

皆、顔を見合わせた。わたしたちは温もりの最後のひとかけらを求めて両手を脇の下に入れ、沈黙したまま待っていた。

足音が、石がコンクリートの床に当たるような音を立てた。何人いるのか当てるのは難しかったが、普段よりは多かった。通路は果てしなく伸び、尋問官たちのことばは、壁にぶつかり、耳のなかに反響した。わたしたちは彼らが歩み去ってくれることを願ったが、足音はドアの前で止まった。鉄の閂《かんぬき》がずれ、灰色のドアが開いた。光が洪水のように流れ込んだ。

床屋のカモが真っ先に立ち上がった。

彼を押しのけ、看守が言った。「じっとしてろ、間抜け。他の奴らは全員外だ」

三日目
床屋のカモの話

壁

「太陽が沈もうとする頃、ダルヴィーシュ《修道僧》の黒い衣をまとった旅人が、長い杖《つえ》を握りしめ、雲に包まれた山間《やまあい》の村にたどり着いた。石造りの家々と木が一本も生えていない庭が集まった村は、遠くから見ると岩だらけの荒地のようだった。初め、旅人は村を囲む壁に挨拶し、次に犬たち、それから壁の日陰に座っている老人たちに挨拶した。老人たちが名を尋ねると、旅人は、わたしは預言者だ、と答えた。村人たちは彼を家に招いたが、旅人は丁寧に断った。遠方から来た旅人のひび割れた裸足と、後ろにずっと続いている血の跡を見て、村人たちはぜひとも家に来るようにと強く言い、食事をすすめた。旅人は水だけを飲み、穏やかに言った。わたしは、わたしが預言者であることを信じる者の客となり、その者の食べ物を口にしよう。子どもたちは旅人に好奇の目を向け、老人たちは笑った。その晩、旅人は夜空の下で過ごした。朝になると、彼は今一度、自分は預言者だと言い、奇跡を起こしてみせろと言う村人たちに向かって、熱を込めて叫んだ。心を映すことばこそ、もっとも大いなる奇跡だ！　それ以外の奇跡を探してはならぬ、ことばを信じよ！　誰も旅人のことばを信じず、男はその晩も夜空の下で過ごした。水を飲み、壁の陰で犬たちと並んで眠った。翌日、旅人が話しはじめると、子どもたちも大人たちと一緒になって笑った。旅人は澄ました顔をしていた。もしあの壁が口をきいたら、わたしを信じないあなたがたは、壁のことばを信じるか？　と彼は訊いた。ああ、信じるとも、みんなが声をそろえて答えた。旅人は、ダルヴィーシュの黒い衣と継ぎだらけのズボンを身につけ、裸足だった。杖と肩に掛けた鞍《くら》袋のほか、まったくの無一物だった。彼は振り向くと、壁に話しかけた。壁よ！　老人たちと子どもたちに、わたしが預言者だと告げなさい！　村人たちは半信半疑だったが、静まりかえって返事を待った。すると壁が喋り出した。こいつは嘘つきだ！　この男は預言者じゃない！」

牢でひとりになってどれくらい経つだろう？　奴らはドクターと学生、キュヘイラン爺を連れて行き、俺をここに置いていった。誰もいないから、俺は壁を相手に話をした。座って目の前の壁を見ながら、いろんな物語をしてはひとりで笑った。誰もいないと、時間はずっと気分よく過ぎていく。うんうん苦しんでる奴らの面倒をみなくていいし、くだらん話を我慢することもない。俺は人間の魂がどんなものか知ってるんだ。奴らは真実を欲しがるが、理解はしない。あれだけ汗をかき、あんなに物を溜めこみ、さんざん祈りを捧げて、人間は何を信じられる？　壁が喋る奇跡か、それとも壁が言ったことばか？　「こいつは嘘つきだ！　この男は預言者じゃない！」偽りは人間そのものじゃなかったか？

ドクターと学生がこれを聞いてたら、言っただろう。「わたしたちもその話を知っている。

わたしたちはもう知っている物語をし合いっこするんだ。すでにあるものを分かち合うんだ」ほかにできることはあるのかな？　世界には語られていない物語、口にされていないことばがまだ残っているんだろうか？　春のある日、急に雨が降り出し、俺は理髪店で座って客たちに物語をした。雨は何時間も降りやまず、誰も外へ出ていきたがらなかった。それで旅人の話をしたんだ。客のなかで、山の村の村人たちの戸惑いを一番笑い、紅茶をネクタイにこぼしたのは建築家のアダザだった。アダザは鏡を覗き込み、自分のことも笑ったが、その晩自分が寝床で目をぱっちり開けてる羽目になることを知らなかった。彼は機嫌よく帰っていったが、翌朝早く、また店に来たときは目を血走らせていた。

「カモ、ほんとうのことを教えてくれ。一晩中、あのことが頭のなかをぐるぐるしてな。なあ、旅人は預言者だったのか？」

俺はアダザを宥め、青い縁の鏡の前に座らせた。隣の茶店にグラス二杯の紅茶を注文した。

「アダザ」俺は言った。「説明してくれと言うが、俺のことばをそのまま信じるかい？」

「ああ信じるとも」

紅茶が来た。俺は一口飲み、アダザは待った。

「アダザ、俺が俺は預言者だと言ったら、信じるか？」

アダザは答えなかった。俺は煙草を差し出し、先に彼のに火をつけてから自分のに火をつけた。「俺が預言者だって信じないよな」俺は続けた。「よし、じゃあ、あの壁が口をきいたら、壁の言うことを信じるか？」

アダザは壁を見た。乙女の塔と小舟、カモメを写した写真を子細に見つめた。写真の下のバジルをしげしげと眺め、小さなラジオを長いこと見ていた。その視線が旗へ移り、鏡の上のポスターに止まった。ポスターの娘が浮かべる巧みな笑みに見とれた。客たちみんなが見るのは、彼女の顔で、脚じゃない。アダザは魅入られたように写真を見つめた。まるで最後の逢引《あいび》きをすっぽかし、縁が切れてしまった彼女の思い出を、今も忘れられずに胸に秘めているとでも言いたげだった。もし逢引きの約束を守っていれば、ここから遠いどこかで、ふたりはめでたしとなっただろうか？　建築家のアダザはポスターから視線を引きはがし、青い縁の鏡に映る自分の顔と向き合った。「嘘か！」彼は言い、自分の姿を見た。しばらくじっと押し黙って、煙草を深く吸い、鏡に向かって吐き出した。その顔が煙にかすんだ。「嘘か！」ひとしずくの涙が、顔を伝い落ちた。もうひとことも言わずに、彼は開いたドアから出ていった。

その日からアダザは店に来なくなった。俺は別の床屋を見つけたんだろうと思った。妻と奴の奥さんは仲がよかったんだが、ある日、奥さんがうちに来て、アダザが家を出ていったきり、誰も居場所を知らないと言った。奴が消えた後、ふたりの娘が病気になった。奥さんは俺に助けてほしい、アダザを見つけて家に連れ戻してほしいとすがりついた。妻のマヒゼルも行けと言うんで、俺は奴を探しに出かけた。建築家たちのクラブを覗き、ベイオウルのバーを探した。新聞の三面で記事を漁《あさ》った。そしてとうとうアダザが城壁のそばで、宿無しどもと酒盛りしているのを見つけたんだ。サライブルヌからクムカプまで、もぐら穴みたいに曲がりくねったトンネルを探し回り、秘密の通路を片っ端からしらみつぶしに調べ、接着剤を嗅いでるガキや安手の娼婦に声をかけて、ようやくある晩、ジャンクルタランで奴を見つけた。線路に近い城壁の脇で焚火に当たってたよ。十人ばかりの浮浪者――運に見放された文無しの屑どもが、火を囲んで座り、ワインの瓶を回しながら、仲間のひとりがひょろひょろと歌うアラベスクの歌に耳を傾けていた。「ああ、わが運命《さだめ》のみじめなことよ」俺は木のそばに立って、離れたところからしばらく奴らを観察していた。歌は続いた。「この世は暗闇、人の情けはどこへやら」列車が線路を通過していった。足元の地面が揺れた。黄色い光が木立をなめていき、ふいに消えた。列車の音が死に絶えたときには、歌も終わっていた。誰かが言った。「よう、旅人さんよ。昨日の晩みたいに物語をしてくれよ。ひとつ、何か新しいやつを」

その旅人というのが、ほかでもない建築家のアダザだった。長い杖にすがって、奴は立ち上がった。ダルヴィーシュの黒い衣を着ている。物語のなかの旅人のように裸足だった。なんだか高貴な観客を前にした弁士みたいだった。一人ひとりをじっと見つめてから、アダザは語りはじめた。

「俺たちは嘘を聞かされてたんだ。俺たちの目の前にあるその火を火と名づけたのは、それを最初に使った人間じゃない。もっと後世の奴が名前をつけて、人類が火を発見したと言ったのさ。あったものはもともとあったんだから、誰も発見なんかできないだろう？　火を発見したというより、むしろ火を最初に創造した人間のことは、誰も何も言わん。いいか、火が勝手に燃えて、勝手に消えてるかぎり、それは何物でもなかった。だがあるとき誰かがその火で肉を焼き、洞窟を暖めた。それは火の発見じゃない、火の創造だ。その真実は俺たちから隠されていた」

「いいぞ、旅人！」

「その調子だ、旅人！　何を言ってるかわからんが、気にせんで続けてくれ」

「ワインを飲め、唇が渇かんように」

建築家のアダザは酔っていたが、俺から聞いたことばを一言一句覚えていた。奴がここで並べたセリフは、俺が理髪店で髪を切りながら、暇つぶしに話したことだったんだ。

「俺たちは都市の犠牲者だ」と奴は続けた。「俺たちは貧しいか、不幸か、往々にしてその両方だ。俺たちは希望を持つように仕向けられる。希望のために、俺たちは悪に耐える。だが、俺たちが今日という日の主人《あるじ》でないなら、明日にどんな保証がある？　希望は坊主や政治家や金持ちの言うまやかしだ。奴らはことばで俺たちを騙《だま》し、真実を覆い隠すんだ」

酔っ払いたちは、同じように熱っぽく応えた。

「希望打倒！　ワイン万歳！」

「よく言った！」

「希望は人民の阿片《あへん》だ！」

歓声と口笛を遮り、アダザが問いかけた。「兄弟たち、この街は死んでいるか？　それとも生きているか？」

学生時代を思い出してたんだろうな。まるで若き革命家たちに向かって演説してるみたいな口調だった。アダザは手品師の帽子に手を突っ込むようにして、何年も大事に仕舞い込んでいたことばを取り出していた。奴は革命時代を懐かしみ、警察怖さにそれを棄《す》てたことを悔やんでいた。いつだったか酔っぱらって、俺に打ち明けたことがある。「人間が過去を棄てても、過去が人間を棄てることは絶対にないんだ」と。

浮浪者たちは、言い争いはじめた。

「街は死んでもいるし、生きてもいる」

「生きてるなんて言う奴がいたら、そいつの脳天に瓶を叩きつけてやる」

「死んでる！」

アダザは興奮していた。話しながらつま先立ちになり、また踵《かかと》を下ろした。

「わが宿無しの兄弟たちよ！　貧しき負け犬よ！　心破れし者たちよ！」彼は言った。口を開くたびに、声に自信が漲《みなぎ》った。「われわれはこの都市を創造しなかった。気づいたときにはそこにいたんだ。そして都市を殺したのもわれらではない。出口はない。先人たちがボートを焼いてしまったからだ。火を最初に創造した人間のように、新たな都市を最初に創造するのは誰だ？　それに命を吹き込むのは誰だ？」

「いけ、旅人。ぶちまけろ」

「月の話もしてくれ」

「星の話も」

奴らは一斉に上を向いた。俺は木から二歩離れて、やっぱり上を見た。星々はほんとうに数かぎりなく、それをじっと眺める暇があるのは、宿無しと酔っ払いくらいのものだった。

ここには街の明かりは届かず、空には星明かりが瞬いていた。歯医者やパン屋や主婦たちが決して見ることのないこの巨大な都市の星々は、城壁の陰に集まり、宇宙のなかで脈打ちながら今にも空から落ちてきそうだった。

「なんて長い夜なんだ！」

「酒がもっといるぞ！」

「旅人、星の詩を詠んでくれ」

詩を詠むだと？　さすがに俺も、奴のろくでもない詩をのんびり聴いているわけにはいかなかった。重い足取りで、俺は焚火の周りに集まった酔っ払いたちに近づいた。

建築家のアダザは俺を見て、戸惑った。それから手に持っていた酒瓶の酒をぐいと呷《あお》った。探し求めていた秘密を発見したみたいな、空しく過ごした長い歳月の末にようやく幸福を見つけたみたいな飲みっぷりだった。奴は笑った。

「こいつは」と奴は言った。「俺が話してた男だ。床屋のカモだ」

全員が振り返って俺を見た。近づくと、近づいた分だけ奴らは醜くなり、顔にはもっと傷が増えた。ごみ捨て場のドブネズミよろしく、奴らはその一帯を縄張りにしていて、建築家のアダザを仲間に迎え入れたんだ。アダザは嬉しそうで、酔った口元がだらしなく垂れ下がっていた。いつかのこんな晩に、奴が今みたいに嬉しそうだったことがある。イスタンブルの日が早々に落ちると、ふたりで居酒屋に行った。ダブルのラクを二杯飲んだ後、奴は新作の詩を朗読すると言いだした。椅子の上に立ち、詩を朗々と読み上げ、店にいた全員に一節ずつ繰り返させた。勘弁してほしかったよ。へぼな詩を聞くと、俺はほんとに気分が滅入《めい》るんだ。

城壁の陰の焚火のそばで喋ってる建築家のアダザは、片手にワインの瓶を握り、もう一方の手につかんだ長い杖に寄りかかって、どうにか身を起こしていた。

「カモ」奴は言った。「あの話の旅人は嘘をついちゃいなかった。嘘とはこういうものだと実演してみせた。そうだろう？　ことばは真実へ至る唯一の道だ、旅人はそのことを解き明かそうとしたんだ」

「建築家さんよ」俺は言った。「なあアダザ、そろそろ家に帰ろう」

火を囲んでいる酔っ払いたちがざわめき、座り直した。互いに顔を見合わせ、それからアダザを見た。

「カモ」建築家のアダザは続けた。「俺たちが追い求めるのは、最初の人間が火に火という名を与える前の時代の真実だ。詩のほかに、俺たちの手に何がある？　詩人は現実だけでなく幻想をも超え、火より前の時間に近づいていく。そんなことは大学では習わなかった。読むべき詩も教えてくれなかった。毎日、俺たちは嘘っぱちを教えられてきたのさ」

家族の温かな抱擁のもとに帰る代わりに、建築家のアダザは三分経ったら忘れるようなことばをくどくどと並べていた。奴には妻がいて、懐いてくれる可愛い娘がふたりいる。愚か者ほど幸運だ。奴らにはその手にあるものの価値がわからない。それ以上何を望む？　ほかに何が欲しいんだ、誰もが一生かけて探している幸福をもう持っているっていうのに？

酔っ払いどもは、俺がどうするかとじっとこっちを見つめていた。だらしなく、醜く、がりがりに痩せていた。まともな身なりをして髪にブラシを当ててる奴なんかひとりもいなかった。建築家のアダザも、今では奴らと同じだった。俺の前にいるのはもう、髭剃《そ》りのためにせっせと店に通ってきた男でも、奥さんがアイロンをかけてくれたズボンが皺《しわ》になるといって、脚を組まないように気をつけていた男でもなかった。

「カモ」と奴は言った。「おまえ、本気で信念に固執すると、人間は悪魔に変わると言ってたが、覚えてるか？　なあ、俺も信念に固執してるよ」

そう、信念に固執すると、人間は悪魔に変わる。自分の信念が優れていると思う人間は、他人を見下すものだ。人生の価値を手のひらに全部集め、善を施すのは自分だと考える。そいつに言わせれば、悪は他者の領分で、己の心とは相容《あいい》れない。ときどき俺はこういう話をして客を試した。客たちは俺に心底同意したり、お互いに議論し合ったりするが、そういうとき、俺は気づかれないように、逆の立場から自分が言ったことすべてに反論してみる。そうやって、誰が一番頑固に自分の信念を弁護するか、比べるんだ。

「そんなこと言ったかな？　覚えてないよ」俺はアダザに応じた。

「こいつをただの床屋と見くびっちゃいけない。カモは大学にだって行ってるんだ。教授たちなんかより余程ものを知ってるし、俺の詩を一番理解してくれる」

どうしてこいつは酔っぱらって車にでも轢《ひ》かれちまわなかったんだ？　奥さんはしばらく泣くだろうが、新しい人生を立て直し、子どもたちのためにもっとましな父親を見つけただろう。奴みたいな人間は、絶対に学ばない。奴らは家でも愚かに振る舞うが、家出したってその愚かしさは消えやしない。俺はほんのガキの頃からそのことを知っていた。こっちが何を言おうが奴らは足を踏み外し、悪知恵を働かす。こっちを誉《ほ》めもするし、優しいこともさんざんするが、ろくでもない詩を押しつけてきて、それをたいそうなものに見せかける。こういう奴らが大学を出て、都市を建設し、国家の元首になり、この国で正義について語ってきた。おまけに、自分のしみったれた信念どおりの生き方を俺たちに押しつけるんだ。

俺は建築家のアダザが差し出した酒瓶を受け取り、場所を空けてくれたふたりの浮浪者に挟まれて火のそばに座った。その場を見渡し、一人ひとりの顔を観察した。奴らは上機嫌だったが、疲れ果てているように見えた。難破船の生き残りがここにたどり着いたみたいだった。奴らに過去はなかった。この瞬間はワインのたまものだった。奴らが信じるのは火、城壁、星々だった。

アダザは俺の隣に座り、杖を地面に置いた。火を見つめるうちに、目に涙を浮かべた。二度ほどぐらりと体を前に傾《かし》げ、黄色から青へと変わり、不意に消える焔《ほのお》のダンスに見入っていた。難破を生き延びたことを悔やむ漂流者のように、奴はいつでも闇に戻り、海に葬られる用意ができていた。この世に奴がしがみつける枝はもうないし、探し求める財宝もなかった。その余力が残っていれば、自分で最後の一歩を踏み出すだろう。あるいはそっと後ろから押してやれば、海に落ち波の下に静かに横たわるだろう。

奴が黙り込んだことに気づいた連中は、騒ぎ出した。「詩はどうした？　どこへいった？」

アダザが応じないのに気づいたひとりが、片手に持った酒瓶を上げて言った。「俺が詩を暗誦してやる」その男は片目がつぶれていて、もう一方の目が焔に燃えていた。

「やってくれ」奴らは言った。

「女が出てくるやつがいい」

「星もだ」

「そりゃ運次第だな」

片目の男はワインをぐいと呷り、口を開いた。「おまえの深紅の唇に出会う前／俺はみじめさを知らなかった」

そこで一旦やめ、仲間たちを見渡して聴いているか確かめた。遠くで犬が吠えていた。男は詩の暗誦を続けた。

「おまえの髪が風に広がり／いくつもの歌が空へ流れる／流れに浸るおまえの冷たい脚は／銀の魚のごとく煌《きら》めく／日は昇り、日は沈む／おまえは髪をまとめ上げ／渡り鳥と共に去った／夜の扉を開けたまま／おまえは俺を流れのほとりに棄てていった／おまえの深紅の唇に出会う前／俺はみじめさを知らなかった」

「それっきりかい？」

「女は出てきたかな？」

「星は？」

「詩なんか全然わからねえくせに！」

犬どもの吠える声が大きくなり、どこから聞こえてくるのかと皆が振り返った。何頭かの犬が、城壁の崩れた石の隙間から近づいてきたが、一頭だけ落ち着き払っている白い犬がいた。犬どもは走り、その影は月光のなかでひとつに溶け合った。奴らは近づいてくると酔っ払いの腕に鼻を擦《こす》りつけた。地面に転がり、周りをうろつき、酔っ払いが奴らのためにとっておいた骨を嗅いだ。白い犬は離れて待っていた。

片目の男は犬たちに目もくれなかった。手に持った酒瓶から一口飲むと、立ち上がった。「ちょっとしょんべんしてくる。戻ってきたら別の詩を詠んでやるよ」男は言ったが、誰も聞いていなかった。

ワインを一口飲み、俺も立ち上がった。用を足しに行った片目の男の後を追った。月光に照らされた城壁が、無限に向かって伸びている。街のこちら側には、城壁と、星々と、火のほかに何もない。空が次第に大きくなっていき、酔っ払いのひとりが甲高い声で歌い出した。「夕陽が地の果てに沈む頃／おまえは俺を置いて去った、ああ愛《いと》しのおまえ」

片目の男は城壁のくぼんだ壁龕《へきがん》に近づいて立ち止まった。足元が怪しく、チャックを下ろすのに手間取っている。二、三歩前に出て、奴を捕まえた。くぼみに押し込み、口を手で覆った。鋼のナイフを握り、それを何度か宙に泳がせてから、喉に押しつけた。男には何が起きているのか理解できなかった。かっと見開いた片目が、満月の光を受けてぎらついた。その顔に浮かんでいたのは恐怖よりも当惑だった。これは現実に起きているのか、それとも俺は眠ってるのか？　奴は脳みそをかき回し、まず俺を、それから自分のいる場所を、最後に自分自身を思い出そうとした。遠くで微かに歌が聞こえなければ、奴は自分がずっと前に死に、墓のなかで目を覚ましたんだと思っただろう。もともとちびなくせに、さらに身を縮こまらせていた。俺は体重をかけて奴を押しひしぎ、壁にどんとぶつけた。またナイフを宙に閃《ひらめ》かした。「騒ぐな。訊きたいことがある」と俺は言った。顔を離し、奴にかけていた体重を戻した。口を塞いでいた手はのけたが、もう一方の手に握ったナイフを、奴のひとつしかない目に向けた。「頼む、どうか殺さんでくれ、盗んだものはみんなやるから」と男は言った。男はワインと黴の臭いがした。心臓が脈打つのが聞こえた。「今から質問するから、本当のことを言え」俺は言った。奴は頷いた。「誓う」なぜおまえは生きると言い張るのか、どうしてこのごみ溜めに墓を掘り、その片目と汚らわしい悪臭ごとそこに潜り込まないのか、とは訊かず、代わりに俺は言った。「さっき暗誦した詩はどこで覚えた?」奴の目がぱっと輝いたかと思うと、暗く沈んだ。「俺はなんか間違ったことをしたのかね?」奴は口ごもった。「生まれてきたのが間違いさ」俺は言った。「言え、どこであの詩を聞いた?」

その単純な問いに簡単に答えたってよかったのに、目に向けられたナイフの切っ先が、男を惑わせた。

「あれは俺が行った小学校の先生が書いた詩だよ」

奴は一生知る由もないが、それはまさに俺が知りたかったことだった。

「どこの学校だ?　クロイズミ村か?」

奴の表情が明るくなった。「そうだ、俺はクロイズミ村の出なんだ。先生はイスタンブルから来て……」

俺は皆まで言わせなかった。喉元をひっつかむと、壁に押しつけた。「そいつのことを一言でも言ってみろ、ただじゃおかんぞ」俺は言った。「おまえの教師のことは言うな、村のことを話せ」

片目の男は、痩せた指で俺の手首をつかみながら、哀願するように俺を見た。どうしてこんな目に遭うんだ、俺はどんなヘマをした？　血管が膨れ、眉が汗に濡れた。唾が口の端から垂れている。窒息する寸前で、喉を絞めていた手をゆるめ、放してやった。俺は奴の代わりに言った。「おまえの村に行くには、山間の険しい道を通っていく。村にはいつも雲が垂れ込めている。野には木が生えず、村人は家畜を育てている。黒い石を使って家を建てる。村は黒い泉と呼ばれているが、村に泉はない。水は井戸から汲《く》んでいる」

俺は男の顎を持ち、無理やり上げさせ、片目を見つめながら続けた。

「おまえの村を囲む壁は、おまえたちよりよっぽど信頼できる。壁はいつも同じだ。日が照ろうが、沈もうがな。それに壁は少なくとも百年は立ち続けている。おまえらときたら、昼は人に笑顔を見せ、夜にはそいつの戸口に切った鶏の脚を吊り下げる。この村で自分の過ちを認める奴など聞いたこともないし、誰ひとり詫《わ》びの入れ方も知らん。おまえらは自分の身内を犯しておいて、名誉にかかわると称して殺人を犯す。神の名を絶えず口にする。泣くことにかけては一流だ。嘆きの声に耳を傾け、昔を夢見る。全世界が終わろうが、わが家の壁から石ひとつ欠けないかぎり、洟《はな》もひっかけん。おまえらは、悪はどこかよそから来ると信じてる。悪をもたらすのは隣人か、村に来るよそ者だ。おまえらには自分の心に巣くう蛇が見えない」

「そのとおり」奴はぐったりした声で言った。「見ろ、奴らが俺にしたことを。俺の村の人間が、俺の身内が、この目をくり抜き、村から俺を放り出したんだ」

「黙れ、おまえのことなんか聞きたくない。おまえにおまえ自身の物語なんかあるものか。あるのは物語のごった煮だ。これがたったひとつの物語で、おまえらはてんでにその一部を生きてるだけだ」

男は体じゅうを手探りし、破れた服の隠しポケットにしまっていた金を引っ張り出すと、その一つかみの札を差し出した。「こいつをとってくれ。これから毎日おまえに金を持ってくる」俺がナイフを一閃《いっせん》させると、奴の手のひらから血がほとばしった。札が地面に散らばった。

「あっ！」奴はため息のような声を漏らし、手を引っ込めた。

「おまえらは臆病だ、おまえらは狡《ずる》い。おまけに見つかりさえしなければ、非道をする。そうやってその教師を片づけた。おまえらがまだ寝てるうちに教師は起き出し、学校のひとつしかない教室のストーブに火をつけた。黒板に絵を描き、おまえらが知ってる山とは似ても似つかん山の話をし、聞いたこともない獣たちについて語った。世界が丸かろうが、海のほうが陸よりも地球を広く覆っていようがおまえらにはどうでもいいが、それでも教師は夜になるとおまえらを校庭に連れ出し、銀河と北極星を見せた。おまえらが家に帰り、校庭がうろつき回る野犬の領分になると、教師は狭い書斎に閉じこもり、薄暗いランプの光でおまえらに読んでやる詩を書いた。窓の外に潜む暗い影どもに、教師は気づかなかった。おまえらがどういう人間なのか、しっかりと戸締りをした家々の内側でどんな暮らしを送っているのか、教師が気づくまでずいぶんかかった。どの家も、どの人間も、ぽっかりとあいた暗い洞窟だった。教師はそれをどうしても信じられなかった。終わりの頃の詩が失望に満ちているのはそのせいだ。おまえの村はクロイズミだが、泉なぞなかった。おまえらも、おまえらの村と同様、偽りだった。その嘘に、教師は耐えられなかった」

ひとつしかない目を飛び出させそうにして、男は俺を凝視していた。唇を嚙み、俺の腕をつかんでべそをかき出した。罠にかかったドブネズミだ。こいつが最後にこんなふうに泣いたのは一体いつだろう？　こいつが考えてるのは自分の過ちのことじゃない。俺のナイフだ。俺は男を壁に押しつけ、襟首をつかんだ。

「泣きやまねえと、喉を掻《か》っ切るぞ」俺は言った。「今頃泣いたって遅い。おまえらはいつだって、すべてのことに遅すぎる。泣くなら何年も前に、あの教師に赦しを請うべきだった。あの教師がおまえらに何をした、壁のそばに座る老人たちに真実を話しただけじゃないか？　教師が口を開いてから、おまえたちは眠りを失い、真夜中に汗みずくになって飛び起きるようになった。闇のなかで戸口へ向かい、遠くを――はるか遠くを見渡した。一晩中、煙草をふかした。おまえらは真実なんか知りたくなかった。嘘と仲良く、自分の邪悪さに目をつぶって生きるのに満足していた。心に蛇を飼いながら、幸福そのものだった。おまえらは教師を裏切っただけじゃない。おまえらが暮らす山そのものを裏切ったんだ」

「あんたは誰なんだ、村の者か？」奴はおずおずと尋ねた。

「むしろおまえが――おまえら全員が何者なんだってことだよ」俺は今や本気で怒りくるって

いた。「なぜちょっと立ち止まって、一度でも自分を振り返らなかった？　あの教師がおまえの村に来たのは、イスタンブルに辟易《へきえき》して、都会の重圧から逃げ出したかったからだ。そうしなけりゃ、正気を失くしてただろう。イスタンブルは屍体《したい》のように膨れ、人間たちはその屍《しかばね》を餌にする蛆《うじ》と化した。教師はその悪夢から逃れ、この村に隠れ住むしかなかった。夜ごとフランス語の詩を翻訳し、自分の詩の新しい表現を探すことしかできなかった。だが、村人たちのどこがましだった？　どこに行こうが人間に違いはなかった、そうじゃないか？　自分はひとつの悪夢から別の悪夢へと移動しただけだったと教師が気づいたときにはもう手遅れだった。都会は嘘の塊で、村も嘘の塊だった。教師はふたつの嘘のあいだで身動きとれなくなった。どこもかしこも腐っていた。この世のどこにも逃げ場はなかった」

俺は男に顔を近づけた。脂じみた髪の臭いを嗅ぎながら、奴の汚れた額を指で突いた。

「これが、教師がすがった希望だ」俺は言い、指についた汚れを奴に見せた。「その教師は俺の親父だよ。父の最後の詩は、人間すべてを呪っていた。その詩を書いた夜、父は外に出て空を仰いだ。銀河が地平線から地平線へと流れていた。北極星は遠かった。北へ、つまりその星のもとへ昇ることはできなかったから、父は南、つまり地の底へと降りていくことを考えた。それが自分の最後の旅を締めくくる方法だとな。あらゆる死は降りることだ、違うか？　父は村の広場にある井戸へ行き、身を乗り出して下を覗いた。頭を突っ込むと、苔《こけ》に覆われた井戸の壁の匂いが快かった。かぐわしい香気を胸いっぱいに吸い込んでから、水に石をひとつ落とした。石は長いことかかって落ちていき、やがて水面を打つと木霊《こだま》を返してきた。下は暗く、湿っていて、謎に満ちていた。世界の芯、つまり南は、その深奥にあった」

焚火の辺りから騒いでいる声が聞こえた。俺たちが遅いんで心配しているんだ。俺たちの名を呼んでいる。「おい片目、どこへ行った？　床屋のカモ、どこにいる？」頭を外に出し、様子を窺《うかが》った。酔っ払いどもは火のそばで飲み続けてたが、ひとりかふたりが、こっちに向かって呼びかけていた。じきにここに来るだろう。鋼のナイフが歌い出す。

振り返るとさっきの白い犬がいて、俺はぎくりとした。石につまずき、ナイフが手から落ちた。いつの間に、こんなに近づいていたんだろう？　犬は綺麗な顔と逞《たくま》しい首をしていた。長い毛が絹のようになめらかな体を覆い、流れるように尾まで全身を覆っていた。城壁のあたりをうろつく野犬には見えなかった。餌をせがみもしなかった。その牙が月光に煌めき、尖《とが》った耳が狼の耳を思わせた。大きな足には埃《ほこり》もついていない。犬は何をするつもりか、動かずにこっちをじっと見つめた。俺は身を屈《かが》めてナイフを拾った。二歩下がり、壁に背を預けた。ナイフ、俺、そして俺に付きまとう白い犬をこの場所に引き寄せたあの願いを思い出した。

列車の地響きが聞こえた。地面が揺れはじめた。線路の音が大きくなっていく。まるで金属を叩くハンマーだ。ガガンガガンガンガガガン。酔っ払いも、まもなくここに来るだろう。ガガンガンガンガガガン。鋼のナイフが歌い出す。今夜は誰もが運命を受け入れずにはいられない。俺は体を壁に思いきり押しつけた。拳を握りしめる。俺が焚火から歩み去った後、建築家のアダザは奴らに何を言ったんだろう？「しがない床屋だと見くびるなよ、カモには美人の奥さんがいるんだ」闇は欲望に満ちていた。列車は線路を好んだ。酔っ払いはワインの瓶を回した。ワインの瓶は燃える唇を持ち、汗を腹に滴らせた女の体だ。列車は線路を好み、ガキどもは井戸を好んだ。ガガンガンガンガンガガン。俺の親父も井戸を好んだ。父はクロイズミ村で星を観察し、風の速さを測り、カレンダーに雨の日の印を付けた。俺の親父も井戸を好んだ。ガガンガンガンガガン。クロイズミ村の井戸はぐるぐると渦巻き、馬鹿なガキどもを、嘘つきの老いぼれどもを、冷酷な女どもを呑《の》み込んじまえばよかったんだ。閉ざされた扉、脚を切られた鶏たちもろとも、家々を呑み込んじまえばよかったんだ。ガガンガンガンガンガガン。あの井戸は、それでもやっぱり俺の父親を呑み込んだろうか？

夜の欲望は突然退《ひ》いていった。欲望は秘密の通路を行進する蟻の群れと同じだ、全地に満ちればぴたりと静止する。耳のなかで何かが鳴っていた。列車の音が闇のなかに遠ざかっていき、俺は寝ていたところから頭を持ち上げた。俺は地べたに寝ていたのか？　いつコンクリートの上に横になったっけ？　嘘と酔っ払いのせいでへとへとだ。頭が痛んだ。なんとか身を起こして座り、壁に寄りかかって脚を伸ばした。首も、背中も、胸も、汗でぐっしょり濡れていた。ペットボトルの水を飲んだ。今何時だ？　俺は首をめぐらせて鉄格子を見た。廊下から差し込む光が目を突き刺す。もう少し水を飲んだ。今日は何日だ？　日付がわからなくなっちまった。ドクターや他の連中はまだ連れ戻されていなかった。発作が起きたとき、ひとりでよかった。俺は誰の助けもいらないんだ。

目の前の壁を見た。それはひっかき傷や文字や血痕に覆われていた。石膏《せっこう》にひびが入り、何か所か剝がれ落ちていた。いつ誰が書いたものか、落書きが部屋中に散らばっていた。あるメッセージが「人間の尊厳を！」と呼ばわる。「いつの日か必ず！」と別のが応じる。「なぜこんな苦痛を？」また別のが言う。「なぜこんな苦痛を？」それはここに来た全員が、一番よく考えることだ。苦痛が心を引き裂くように、世界を二分するとしたら、人はここを苦痛の場所だと考える。そして地上のイスタンブルは無痛の場所だ。こうして蜃気楼《しんきろう》の時代が到来する！嘘を隠す最善の方法は、別の嘘をつくことだ。地上の痛みを隠すには、地下の痛みを創り出せばいい。ここの氷のような牢に閉じ込められた連中は、外の世界の人混みを、街を懐かしむ。そして外にいる連中は幸福だ。なぜって牢屋から遠く離れた暖かいベッドで眠れるからな。だがイスタンブルは、絶望に息を詰まらせ、毎朝なめくじのように仕事場へ這《は》ってゆく人間どもで満ちている。地上の家々の壁は根を生やして地下の牢の壁にしがみつき、その家々の住人は偽りの幸福にしがみつく。イスタンブルが成り立ち続けるにはそれしかないんだ。

「お楽しみの始まりだ！」看守の怒声が廊下に響き渡った。いったい何事だ？　鉄の門が開いたのか？　「全員出ろ！　全員、牢の入り口に立て！」

奴らが何をしようとしているのか、俺には見当もつかなかった。

奴らは鉄格子を叩き、牢屋の扉を一つずつ開けていった。通路に沿って、俺のところまで来た。閂《かんぬき》がスライドしてドアが開くと、光が洪水のように流れ込んだ。目がじんとして、頭の奥の痛みがさらにひどくなった。

「立て！　とっととドアのところへ行け！」看守は俺を残して次の部屋へ行った。次々と扉を開ける音が続いた。

立ち上がって外へ出た。全員が廊下に並ばせられていた。髪と髭が絡まり合った男たちと痣だらけの顔をした女たちが、互いを据わった目で見つめていた。看守が廊下の端に向かって歩いていき、戻ってくると向かいの牢を開けた。扉が開いたとたん、中にいた娘が立ち上がった。ジーネ・セヴダはいつ戻って来たんだろう？　俺が発作で気絶してたあいだに連れ戻されたのか？　彼女は外に出てきて、俺の前に立った。しばらく寝ていないのは明らかだった。顔と首だけでなく、指も腫れあがっていた。下唇に血のしずくがぽつんと滲《にじ》んだ。ジーネ・セヴダはその血を手で拭った。

「よし、こっちだ！」俺たちは廊下の先で怒鳴りちらす尋問官たちを見た。ずいぶん大勢いて、棒や鎖を持っていた。セーターの袖をまくり上げ、俺たちをじろじろ見ながらせせら笑っている。「教祖様のお通りだ、おまえらの守護天使だぞ！」奴らは鉄の門のほうから誰かの足をつかんで引きずってきて、通路の入り口に投げ出した。その男は、黒い下着のほかは、素っ裸だった。馬鹿でかい図体《ずうたい》で、それがキュヘイラン爺だと気づいた。老人は浜辺に打ち上げられた死体みたいに横たわっていた。血みどろだった。白髪が赤く染まっていた。奴らはキュヘイランを殺して、ここを奴の墓にするつもりか？　ささやきが通路を伝わっていく。怯えた声が聞こえた。誰かが「人でなし」と呟いた。ほかの誰かがその呟きを繰り返した。「人でなし」聞きつけた看守が激昂《げきこう》し、俺たちのなかに分け入った。「誰が言った？」看守はわめいた。通路を駆け足で行ったり来たりしながら、手当たり次第に棒を振り下ろした。折れた歯と噴き出した血が廊下に散った。

ふたりの尋問官が、キュヘイラン爺の腕を肩に掛けて立ち上がらせようとした。「おい、トド野郎、歩け」キュヘイラン爺は生きていた。そのうめき声は、俺たちが身じろぎもしないで待っている廊下に反響し、一番遠くの囚人たちにも届いた。「立てよ、老いぼれ！」キュヘイラン爺は片手を動かし、宙を手探りするように差し伸べた。奴のうなだれた頭、太い首、広い肩にはどこか獣を思わせるものがあった。老人は傷ついた動物だけが出すような、血も凍る咆《ほう》哮《こう》を上げた。涎《よだれ》が口から垂れている。呟きは意味不明のゴロゴロいう音に変わった。このキュヘイラン爺は何者だ？　このうめく生き物はいったい何だ？　老人は片足を床につき、もう一方をだらりと引きずっていた。尋問官たちは腕を放し、彼を片足で立たせた。キュヘイラン爺はしばらくためらった。何度か深く息を吸った。後ろの足を動かし、もう一方の足と同じ高さにする。頭を上げる。その顔は人間のように見えなかった。唇は膨れ上がり、舌が垂れ下がっていた。眉は割れ、血だらけの両目は閉じていた。胸の傷からは膿が染み出ていた。

「よく見とけ！」ひとりの尋問官がわめいた。「俺たちの仕事をよく見るんだ！　俺たちの裁きを逃れる者はいないんだ」

キュヘイラン爺は、白い鯨を追い求めて海に出ていったあの船長たちにそっくりだった。嵐を相手に苦闘し、戦い敗れて港に帰ってきた。奴の親父の物語に出てくるそのまんまだ。その船はぼろぼろで、帆はずたずたに裂けている。しかし、船長たちと同じで、奴も打ち負かされるたびに新たな航海の夢を見る。血まみれの足を前に進めながら、耳に吹き渡るのは、渦巻く風の音だ。鼻腔《びこう》を滴る血を塩辛い海水だと思い込む。これは決して終わらない夢だ。誰もが広大な海で自分の白い鯨を探し求める。だがキュへイラン爺が鯨を探す海はイスタンブルだった。探し求めることとの悦楽に酔い、奴はその誘惑に抗う力を失った。キュへイランは錨《いかり》を下ろす島を探しているのではなかった。奴は自分の地図からあらゆる島を消してしまった。七つの海を征服するか、波の下に葬られるかのふたつにひとつだ。キュへイランの背を、無数のナイフが切り裂いていた。重い足をコンクリートの上で引きずりながら、遠くの悲鳴を聞きつけたように顔を上げた。風向きを確かめようとしている。

キュへイラン爺が人生最長の旅をしているあいだ、俺の前で体を強張《こわば》らせて立っていたジーネ・セヴダが両の拳を握りしめた。子どものように目をぱちぱちし、ゆっくりと列を外れた。廊下の真ん中に向かって二歩、踏み出す。彼女はキュへイランの前に、一本の木のようにすっくと立った。ふたりの間には五、六メートルばかりの距離があった。すべての首がジーネ・セヴダのほうを向き、尋問官は顔を見合わせた。沈黙が廊下を覆った。聞こえるのはただ、キュへイラン爺の血がコンクリートの床に滴る音だけだった。

「あの女は何をしてるんだ?」

「チーフ、あれは山から連行してきた娘です」

ジーネ・セヴダは額と両頬を手で拭くと、髪を撫でつけた。見物の好奇に満ちた視線を浴びながら身を屈め、キュへイランの前に大理石の像のように跪《ひざまず》いた。両腕を広げ、近づいてくる傷ついた体を抱擁しようと待っている。その踵は、鞭《むち》の打ち痕の真っ赤な塊だった。そのうなじは煙草の火を押しつけられた火傷に覆われていた。彼女は波間から現れ、沈む夕陽を背に岩に座って歌う人魚ではなく、傷だらけの人間だった。キュヘイラン爺に彼女が見えるだろうか？　血まみれの目は、両腕を大きく広げ、自分の前に跪く少女が見分けられるだろうか？

「立て、クソアマ！」

ジーネ・セヴダは尋問官たちを無視した。唇から滲む黒い血を、今度は舌で舐《な》めとった。腕をさらに大きく広げた。

「あの女を立たせろ！」

通路の端に立っていた尋問官のひとりが、棍棒《こんぼう》を振りかざしてやってきた。ジーネ・セヴダの真ん前に立ち、口に咥《くわ》えた煙草を床に投げ、足の親指のつけ根のところで踏みにじった。コンクリートの床でブーツをゆっくりと回転させながら、ジーネ・セヴダを見る。黄色い歯をむき出してせせら笑った。一歩下がり、彼女の胃のあたりを蹴りつけた。ジーネ・セヴダは丸太のように吹っ飛び、牢のドアに叩きつけられた。彼女はしばらくためらっていたが、両手で腹を押さえながら、ゆっくりと身を起こした。そして今ひとたび膝をつき、キュヘイラン爺を見た。越えられない無の空間がふたりを隔てていた。

尋問官は床の煙草の吸殻を脇に蹴ると、屈み、顔をジーネ・セヴダの顔に寄せた。彼女が反応しないので、身を退いた。その顔にはまだせせら笑いが浮かんでいた。両手で棍棒をおもちゃのようにくるくる回している。やおらそれを宙に振りかざした。奴は俺の目の前にいた。俺は腕をさっと動かし、振り上げた奴の手をつかんだ。警棒が虚空に静止した。尋問官と俺は目と目を合わせた。この下種《げす》野郎！　おまえ、俺が誰か知ってるか？　鋼のナイフの歌を知ってるか？　こめかみがずきずきした。みんなコンクリートの上に立って寒さに震えてるのに、俺の顔は火のように燃えていた。脳みそのなかでドリルが回転していた。鋼のナイフの歌を知ってるか？　下種野郎！　奴は俺を押し返し、手をもぎ放そうとした。無理だと気づいたとき、奴は悲鳴を上げた。

四日目
キュヘイラン爺の話

餓えた狼

「険しい斜面を苦労しながら登っとるうちに、狩人《かりうど》たちは嵐に襲われた。あっちゅう間に吹雪でなにもかも雪に埋まっちまい、分厚い毛布みたいな粉雪の向こうを透かして見ることもできん。すぐ夜になり、道に迷った狩人たちは闇の奥に明かりを見つけ、雪のなかを滑ったり転んだりしながらそっちへ向かった。ようやくたどり着いてみると、庭の真ん中に山小屋が立っとった。狩人たちは戸を叩いた。凍え死にしそうだ、どうか中へ入れてくれ、そう大声で呼ばわった。戸の向こうから女の声が尋ねた。どなた？　イスタンブルから来た三人の狩人ですが、道に迷ってしまいました。どこかで雪宿りしないとなりません、そう狩人たちは言った。あいにく主人《あるじ》が留守なのです、と女は答えた。お入れするわけに参りません。狩人たちは一生懸命頼み込んだ。この戸を開けてくれなければ、わたしたちはここで死んでしまいます。お望みなら持っている武器はみんなあなたに渡しましょう、とまあ、こんこんとかきくどいたってわけだ。風はうなり、遠くから雪崩《なだれ》が近づいてくる地響きがする。女は戸を開けて、狩人たちを招き入れ、暖炉のそばで温まるように言った。そして食べ物を出してやった。狩人たちは鞍袋から鏡と櫛《くし》と小刀を出すと、女に贈った。あなたはわたしたちの命の恩人だ。この御恩は一生忘れません。女は贈り物の礼を言い、自分の部屋へ引き取った。狩人たちは炉辺に横になって眠りについた。ところがいくらも経たんうちに、口笛のような音がしてみんな目を覚ました。妙な音は暖炉のほうから聞こえてくる。炎の色がくるくると変わっとった。そうこうするうちに煙突から光が降りてきて三人の前に立った。光のなかから現れたのは緑色の羽のある妖精だった。恐れることはありません、と妖精は言った。わたしは運命を書き記すために来たのです。わたしたちの運命ですか？　と三人は尋ねた。いいえ、と妖精は言った。あなた方の運命は、あなた方が生まれる前に記されています。わたしは向こうの部屋にいる、お腹に子どもがいる女の人のところへ来たのです。これから書くのは、まもなくあの女の人に生まれる子どもの運命です。その子の運命を教えてくれまいか、と三人は頼んだ。教えてもいいけれど、それを変えることはできませんよ、と妖精は答えた。狩人たちがぜひにと知りたがったので、妖精は微笑むと、三人の望みどおりに教えてやった。あの女の人は男の子を産むでしょう。その子は強くたくましく育ち、二十歳《はたち》になると、好いた娘を娶《めと》るでしょう。でも婚礼の晩、若者は狼に喰われてしまうでしょう。いやいや、と狩人たちは言った。そんなことさせるものか。運命と争うことはできません、と妖精は言い、狩人たちに何やら粉を振りかけた。三人は眠っちまったが、翌朝目覚めたとたん、夢に見たものをお互いに話し合った。三人とも同じ夢を見たということは、あれは現実に違いない。狩人たちは銃に手をかけると、この秘密を守り、子どもの命を救うと誓いを立てた。女は何も知らん。三人は、あなたはもうわたしたちの姉妹なのだから、ひとつ願いを聞いてくれまいか、と言った。何をお望みでしょう、と女は訊いた。あなたのお子さんの婚礼に駆けつけたいので、その日をきっと教えてください、そう三人は言った。それからの二十年の歳月は、実に歯がゆく過ぎていった。毎日、狩人たちは、婚礼の晩を今やおそしと待っとった。とうとう時満ちて、婚礼の知らせがイスタンブルに届くと、狩人たちは銃を肩に担いだ。そしてまるで稲妻のような速さで、昔、もてなしを受けたあの山小屋へと飛んでいった。三人は、ずっと忠実に守り続けてきた秘密を明かすと、運んできた大きな櫃《ひつ》を部屋の真ん中に据えて、花嫁と花婿をその中に入れた。そして櫃に鎖を七重《ななえ》に巻き、蓋に七つの錠をかけた。われわれは寝ずの番をしよう、三人はそう言うと、うっかり眠ってしまわんように、小指を切った。そして夜明けまで風の吠える音に耳を澄ませ、ほんのかすかな気配にも銃をぶっ放した。曙《あけぼの》の最初の光が射すと、三人は喜びの雄叫《おたけ》びを上げ、やったやった、と言い合った。そしてまず七つの錠を開け、それから七重の鎖を解いた。ところが櫃の中におったのは、血まみれの花嫁だけだった。狩人たちはその目が信じられんかった。何があった、と問いただした。いったいどうしたというのだ？　花嫁は口ごもりながら答えた。わたしにもわかりません。あなた方が櫃の蓋を閉じたとたん、わたしは狼に変身して、愛する男を食べてしまいました。なぜだかさっぱりわかりません。でもわたしはあの人を食べてしまったのです」

ドクターは興味深そうに話を聞いとった。面白がっとるような、怖がっとるような顔つきだった。その目の色は何度か変わった。

「この話の結末に驚かれましたかね、ドクター？」あたしは言った。「いやね、狼が若者を食っちまったと聞いて、驚くより面白がる輩《やから》によく出くわすんですすよ」

「ここにも面白がりそうな人間がいますよ」とドクターは言って、床屋のカモを見た。カモは寝ていた。ドクターは少しカモのほうに身を傾け、呼吸を聴き取ろうとするように耳を近づけた。しばらくそうしていたが、やがて起き直ると言った。「その話は聞いたことがありませんな、キュヘイランさん。その狩人の物語は気に入りました。それも父上が聞かせてくれたんですか？」

「そうです、うちのラジオが故障した最初の晩にね。あたしらがたちまち退屈しちまったんで、親父は暇つぶしにと、この話をしてくれました」

「あなた方は飽きっぽかったんですか？」

「村では、お互いがお互いの気晴らしの種でね、飽きるっちゅうことを知らんかったんです。でもラジオのおかげで変わっちまいました。ラジオが故障するたびに、なんにもする気がしなくなっちまいましてね。いつもの遊びもさっぱり面白くない気がしたもんです。こういうときは街の人はどうするんだろうとよく思いましたよ」

「ほう、それはそれは」ドクターは言った。

「親父が旅の土産《みやげ》にトランジスター・ラジオを持って帰ってきましてね。イスタンブル行きの旅が短いときは、友達のところにいると思っとったんですが、なかなか帰ってこないと、ははあ、街の牢獄に捕まっとるんだなとわかります。こんときゃあずいぶん長いこと帰ってこんかった。やせ細った体や青い顔を見て、あたしらが心配しないようにと、親父は旅行鞄《かばん》からちょっとした土産を出して、気を惹きました。みんなラジオを見たのはそれが初めてで、ほかのどんな土産よりもわくわくしてね。その晩はラジオで小説の朗読を聴きました。ある男がある女に恋をしたが、女は男を拒んだんですな。イスタンブルを離れてパリへ行き、何年も経ってから帰ってきました。ふたりは再びめぐり逢い、ティーガーデンで黄金色《こがねいろ》の葉を落とす樹々に囲まれて腰掛けました。男が女の煙草に火をつけます。あたかも絵葉書のなかの男女のように、と小説は言っとりました。ふたりは通り過ぎていくボートを眺め、トプカプ宮殿を眺めました。やがて女は向き直り、男の目を覗き込みました。恋にくるった男は熱情のままに砂漠へ向かったの、あなたに砂漠はあるかしら、と彼女は尋ねました。あるさ、と男は答えました。君がいないあいだ、この街が砂漠になるんだ。女は尋ねました。ある朝目覚めて、あたしが年寄りのドブネズミに変わっていたら、あなたどうするかしら？　優しくするよ、と男は言いました。そして君が死んでしまったら、喪に服そう。女はもう一本、煙草に火をつけると、言いました。あなたにお話をしてあげる。女はどうやら男を試しているようでした。でもラジオの司会者は、これでその日の回は終わりで、続きは来週の同じ時間だと言いました。女がどんな物語をするのか知るには、一週間待たんとなりませんでした」

たぶん頭痛のせいか、ドクターは半分目を閉じていた。光から顔を背け、鉄格子のほうを見んようにしとったが、あたしの話を興味深そうにじっと聴いていた。

「そしたら次の週にラジオが壊れちまったんですよ。親父がどんなに頑張っても、音は出ませんでした。あたしらの顔に生まれて初めて退屈が浮かんだのを見て、慌てたんでしょう。心配するな、父さんがその小説を知ってるから、とこう言うんです。ほんとに知っとったんでしょうかねえ？　村では親父はその話を知らんっちゅうわけにいかんかったし、あたしらは親父を信じるしかなかった。というわけで、あたしらの目の前で、親父はラジオの女が男にした物語を繰り広げてみせたんです。親父は手品師よろしく指を鳴らして、大きな腹をした女と妖精の影を壁に映し出し、狩人の物語に少しずつ命を吹き込みました。あたしらに山小屋を見せ、家のなかに置かれた櫃を見せました。その晩初めて、あたしはこれまでになかった幸福が欲しくてたまらんくなりました。親父が黄金色の明かりに包まれたイスタンブルに、あたしを連れてってくれる夢を見ました。後になって、その物語には何か問いが含まれているのか、とあたしは親父に訊きました。おまえはどんな問いだと思う、と親父は言いました。物語が問いかけているものとその答えは何だね？　小説の女は、なぜこの物語を男にしたんだろう？」

「キュヘイランさん」とドクターは言った。「わたしもなぞなぞは好きですが、これでは、答えどころか何が謎だかもわかりませんな」

「親父は、自分たちで謎と答えを考えつくのが大事だと言いましたよ。明日の晩までに考えてごらんとね」

「それで考えついたんですか？」

「おふくろがね。わが家じゃおふくろが謎解きの名人なんです」

「ちょっと時間をくれませんか。わたしも明日までに答えを考えてみよう」

「構いませんとも、ドクター。ここで時間ほど有り余っとるもんがほかにありますか?」

膝に頭をのせて眠っていたデミルタイが顔を上げて座り直し、両目をこすった。見るからに寒そうで、両腕をきつく胸に巻きつけていた。眠っている床屋のカモをちらりと見て言った。

「こんなに寒いのにまだ眠れるなんて、羨ましいな。この中で一番寒がりなのは僕みたいだ」

「眠れんかったかね?」あたしは言った。

「ええ、眠れませんでした、キュヘイランさん。あなたの話を聴いてました。映画を観てるみたいだったな。いろんな場面が目の前に生き生きと浮かぶんです。吹雪の晩、雪が風に渦巻き、小屋の窓辺に明かりが輝いて。僕、物語の終わりで、問いははっきりしたと思いますけど。いろんなことを乗り越えて、三人が子どもの運命を覆す方法はあったか、ってことじゃないですか?」

「問いがそんなに単純なら、答えも単純だろうね。君はわかったのかい?」ドクターが訊いた。

「ええ、わかりました、ドクター。僕、狩人たちには若者の運命を変えられなかったと思うんです」

「なぜだね? 若者をひとりで櫃に入れれば、助かったんじゃないか?」

「そうしたら、狩人のひとりが狼に変身して、ほかのふたりを引き裂き、櫃に入ったでしょう」

ドクターは反論した。「なら、ほかの狩人たちがその狼を殺したかもしれんよ。狩人たちは若者を救いたかっただけでなく、狼と対決したかったんだからね。三人が指を切って血を流したのは、狼を血の匂いで誘《おび》き出そうとしたからだ。三人は狼にかかってきてほしかったんだ」

デミルタイはまるで試験問題を解くみたいな顔で考え込んだ。「もう少し時間をください。もうちょっとましな答えを思いつきますから」

ドクターがこっちを見た。「キュヘイランさん、母上の答えはなんだったんです？　やっぱり運命は変えられないとおっしゃったんですか？」

「いや、おふくろが考えたのはまた別のことです」

「答えを思いつきましたよ、聞かせましょうか？」

「なにをお急ぎなんです、ドクター？　明日まで時間をくれとおっしゃったじゃありませんか」

「さっきあなたがデミルタイと話しているあいだに思いついたんですよ。狩人の物語に問いはない。問いは物語のなかから来るんじゃなくて、外から来るんです。小説の女は、自分について問いかけようとしている。だから物語をした、違いますか？」

「なかなかいい線をいっとりますよ、続けてください」

「女は、男がどこまで自分を犠牲にするつもりか知りたかったんです。仮に男が物語のなかの若者だったら、自分と一緒に櫃に入る覚悟はあるかと問いかけているんですよ。彼女はこの問題を解決したいわけじゃない。男に、問題に立ち向かう勇気があるかどうかを知ろうとしたんです」

「まるでおふくろの話を聞いてるみたいですよ、ドクター。この小説をご存じなんですか？」

「いや知りません」

「小説はめでたしめでたしで終わるんです」あたしは言った。「親父に言わせると、花開くまでに時間のかかる愛っちゅうもんもあるんだそうです。この小説の運命もそうでした」

「小説の運命ね」ドクターはひとりごとのように言い、爪で壁を縦に長く引っ掻いた。「運命というのはこんなふうに、まっすぐの線なんだろうか？　変化したりはしないのかな？　床屋のカモが起きたら訊いてみよう。キュヘイランさん、あなたも眠って、もう少し休んだほうがいい」

「眠くはありません。カモはぐっすりですな。顔には切り傷も傷痕もないが、昨日、尋問官に頭をボカスカやられて、床にぶっ倒れちまってからは蹴られ放題でしたから」

昨日、尋問官が床屋のカモをぶちのめした後、牢に引きずってきたとき、こっちも半死半生のありさまだった。ふたりとも痛みがひどすぎて眠ることもできんかった。だがあたしはカモよりも、向かいの部屋のジーネ・セヴダのほうが心配だった。なんだってあの娘は前に出て、殴られるような真似をしたんだろう。通路の真ん中に膝をついて、こっちに両腕を広げたりして。殴られても動かず、一歩も退かんかった。だが床屋のカモが尋問官の手をつかんでジーネ・セヴダを庇《かば》おうとしたとき、ほかの皆もだが、あの子もそれと同じくらい仰天しとった。

「違う」とカモは言っとったがな。「俺は尋問官の手なんかつかんじゃいない。たまたま奴にぶつかったら、ぶん殴られたんだ」

あたしははっきり覚えとるがね。体じゅう血はだらだら流れとるし、足が鉛みたいに重くて動かすのもようやっとだったが、通路の両側にずらっと並んだ囚人たちはまだ見分けられた。耳は聞こえたしな。ジーネ・セヴダがあたしに向かい合うように膝をついて、両腕をこっちに差し伸べていた。床屋のカモは拷問者の手首をつかみ、そいつを荒っぽく壁に向かって投げ飛ばした。悲鳴と怒号と罵倒でえらい騒ぎになった。奴らはジーネ・セヴダを殴り、カモに飛びかかった。あたしは自分の舌も動かせんかった。喉がぜいぜい鳴るばかりでな。

「あんたの勘違いだよ、キュヘイラン爺。俺はあの娘を助けたりしなかった。そんなことしてなんになる？　みんな自分の痛みの面倒をみなきゃならないんだ。俺は俺の問題で手いっぱいだよ。他人の痛みに首を突っ込んでなんかいられるもんか。この世界じゃ、誰もてめえ以外の人間の痛みをやわらげることなんかできやしない。自分でわかってる。俺は拷問者を襲ったんでも、あの娘を庇ったんでもない。そう思いたきゃ思っててもいいけどな、俺にはどうでもいいこった」

　カモは憐れみをかけたことを悔やんどるのか？　他人を気にかけると居心地が悪くなるのかね？　孤独から後ずさりする者もいるが、孤独へ向かって後ずさりしていく連中もいる。床屋のカモは、このちっぽけな牢のなかで隠れ家を探しとった。ほとんど口をきかず、下を向き、つま先を見つめて。奴の視線は蟻のように床を彷徨《さまよ》い、壁を登り、潜り込める穴を、隠れられるひび割れを探し、最後にまたつま先に戻る。「時間のクソアマめ！」奴はひとりごとを呟く。眠りに向かって頭を垂れながら、同じことばを呪文のように繰り返す。「時間のクソアマめ！」

　地下深く埋められたこの獄房の中で、あたしらの動作は緩慢になり、体はますます重くなってゆく。地上の世界の速度に慣れていた精神《こころ》は、ここの環境に合わせて衰えてきた。自分の声すら知らん声のような気がした。ほんのかすかな物音をきっかけに、耳鳴りが始まった。瘦せ細った指が、自分のものではないかのように闇のなかで引き攣《つ》った。何より難しいのは他人を見分けることではなく、己を見分けることだった。自分たちが生きているこの悪夢は何だ？苦痛に渡されたこの体の持ち主は誰で、そいつはどこまで耐えられる？　悪臭を放ちながら眼前に伸びていく時間は、ここではあたしらの仇敵《きゅうてき》だ。それは畑を耕す鋤《すき》のように肉に刺さり、血を、さらに多くの血を掘り起こす。

　床屋のカモが言う時間は、ここでの時間のことではなく、外の時間のことだろうか？　時間は、地上世界のクソアマだったのか？　そこには見えない梯子《はしご》が通じている。そこには列車の駅も、混雑したフェリーも、みんながぶつかり合いながら歩く大通りもない。街灯も、橋も、塔もない。すべては大いなる意味でできている。その意味の半分は焦燥で、もう半分は不安だ。あらゆるささやかな事物は、その大いなる意味を反映している。引かれたカーテンも、一日の仕事を終えて職場を出ることも、恋人たちが待ち合わせする広場も、みんな大いなる意味を映している。雨が降り、数日かけて都市の汚れを洗い流しても、太陽の最初の光とともに現れるのはその意味だ。産院で、裏通りで、深夜のバーで、時間はチクタクと進み、都市の歩調を弄ぶ。人々は太陽を、月を、星々を忘れ、ただざまざまな時間に合わせて生きる。出勤時間、登校時間、約束の時間、食事の時間、外出の時間。ようやく眠る時間になると、人々は身も心も疲れきり、世界のことなど考えられん。彼らは闇に身をまかせる。唯一の意味に引きずりまわされる。ありとあらゆる事物に隠されている意味に。その意味とは何なのか、それはわれわれをどこに連れて行くのか？　人々は、そうした問いで頭がぼやけないように、ちっぽけな楽しみを自ら創り出し、遮二無二になって追いかける。人生の辛苦から逃げ、安閑と眠り、頭の重荷を軽くする。胸の重荷も。彼らはそういうものだと信じている。自分たちの内なる壁が崩れ落ち、心臓が押し潰されるまでは。がれきの下で脈打つものが自分の心臓ではなく、時間だと気づくとき、恐怖が湧いてくる。だがもう選びようがない。否が応でも、クソアマの時間がやってきて、人の皮膚に、都市の血管に沁み込んでいく。

床屋のカモが信じるのはそういった時間だろうか？　だからあいつはうなだれとるんだろうか？　カモはため息をつき、悪態をついた。地下にいても、相変わらず地上の不安に苛まれていた。ひとりになれる隠れ家を求めていた。カモは若いが、自分が人生の終点に着いちまったと思い込み、未来ではなく過去を見とった。拷問者もそれを知っていた。「老いぼれ！」と奴らはあたしに言う。「おまえはおまえの牢仲間くらい秘密を持っているか？　おまえの記憶は床屋のカモと同じくらい深いか？」

痛みに耐えるあいだ、あたしも自分の記憶の限界に興味が湧いた。知っとることは考えず、知らんことを考えた。忘れたいと願えば願うほど、記憶は思い出そうと意地を張った。あたしは時に叫び、時に押し黙った。これが痛みの限界だと、そのたびに自分に言い聞かせた。すると痛みは強まり、新たな限界がやってくる。発見とは、なんと奇妙な感じがするものか。人間は痛みをも発見する。肉を引き裂かれ、骨を砕かれながら、あたしは絶えず新しい痛みと知り合った。尋問官たちは嘲る。「おまえ、何様だと思ってる？　十字架の上のイエスか？」あたしの腕は左右に引き伸ばされ、太い梁《はり》に縛られている。あたしは宙吊りにされている。足の下は空《くう》だ。両腕の上は無限だ。あたしは天空の固定点だ。世界と星々が周りを廻《めぐ》る。苦痛のさなかにあたしは自分自身を知ろうとした。尋問官たちは嗤《わら》う。「俺たちはおまえの大勢の仲間に血を流させ、その血を犬どもにくれてやった。俺たちはキリストを磔《はりつけ》にし、マンスール・アル＝ハッラージュ（九世紀ペルシャの神秘家、革命家、詩人、スーフィズムの教導者。異端として弾圧され、拷問の末に処刑された）を嬲《なぶ》り殺した。俺たちの歴史はおまえらのより栄光に満ちている。無政府主義者のエドワード・ジョリスを知ってるか？　スルタン・アブデュルハミトを殺しにイスタンブルに来た奴だ。アブデュルハミトは、金曜の礼拝のためにユルドゥズ・モスクに行く習わしだった。モスクから徒歩で出てきて馬車に乗るまでは、きっかり一分と四十二秒かかるんだ。無政府主義者のジョリスはその時間を計算して爆弾を仕掛けた。だがその金曜日、アブデュルハミトはモスクから出るときにシェイヒュルイスラーム《大法官》と立ち話したおかげで、命拾いした。二十六人が死に、無政府主義者は捕まった。俺たちが何をしたか知ってるか？　奴の骨に金槌《かなづち》で釘《くぎ》を打ち込み、爪を一枚ずつ引っこ抜いたんだ。奴を俺たちの奴隷にしてやった。無政府主義者どもめ、自分を何様だと思ってる？　キリストでさえ痛みに負けたのに？　キリストでさえ最期の息で神を責め、父よ、なぜわたしを忘れたか、と叫んだのに？　苦しむ人間は皆ひとりだ。おまえだって悲鳴を上げる」

　十字架の上で目隠しをされ、あたしは朦朧としとった。耳鳴りがして、自分がいる場所を忘れた。遠くで狼が吠えとった。あれは何日、いや何週間前のことだろう？　ある晩、膝まで雪に埋もれながらよろめき歩いとったら、狼に出くわした。ハイマナの山にかかった雲が晴れて、星が一つまたひとつと現れた。月が満ちとった。狼は森の側の高台に立って、こっちを見つめていた。一匹だけでな。その目のなかに、森にいるすべての狼どもが苦しむ餓えが読みとれた。闇のなかでやっとこさそいつが見つけたのがあたしだったんだろうか？　鹿やうさぎの匂いも嗅ぎつけられんかったのか？　あたしはコートのポケットからブローニングを取り出し、冷えきったグリップをつかんだ。弾を込めた。わかっとるさ、そこは狼の棲処《すみか》で、狼の山だ。こっちはただの行きずりの旅人に過ぎん。だが、あたしは夜明けが来る前に、山向こうの村にたどり着かなきゃならんかったんだ。

知り合いの少年が怪我をして、その村の羊飼いの家で療養しとるという話だった。遅れるわけにはいかん。夜明け前にその少年を村から連れ出さにゃならんかった。だが雪があちこち吹き溜まっとって、歩くのは難儀だった。進みは遅く、足をとられてばかりでな。背中に岩を背負っとるような気がした。自分の体まで重くて、首筋に汗が流れた。

次の台地に出たところで立ち止まり、ゆるんだ靴紐《くつひも》をぎゅっと結び直して、コートの雪を払った。後を尾《つ》けてくる狼も立ち止まった。尾は雪にまみれ、刺すような眼《まなこ》で睨んどる。斜面に立ったまま動かなかった。そいつも雪のなかを歩くのに難儀しとるんだろうか？　痩せ細った体を見れば、その冬の厳しさがわかった。狼は近づきもせず、離れもせんかった。撃てば弾の届く距離だったが、そいつを傷つけようとは思わんかった。靴紐を結ぶあいだ、雪に預けておいた銃を取り上げて、ポケットにしまった。空っぽの両手を宙に上げて、狼に見せてやった。

狼は空に顔を向け、遠吠えを始めた。そいつはどんな敵をも倒し、倒せなければひとり死ぬ覚悟をしとった。狼が恐れるものはただひとつ、餓えだ。遠吠えの木霊《こだま》は遠く広く届き、森と空に響き渡った。丘の頂にいるそいつは、烈《はげ》しい風に耐え、長い歳月を経た岩のように見えた。こいつより強い狼はいない。この狼ほど餓えた息を吐くものもない。誰もがそれを知り、頭《こうべ》を垂れなきゃならん。遠吠えはやむことなく、雪を、森を、夜を震わせ、星々に届いた。

狼が遠吠えをやめたとき、今度はあたしが遠吠えをはじめた。狼がしたように顔を上げ、雄叫びを上げた。その声は木霊し、さざ波を起こした。両手を星々に向かって突き上げた。あたしもここにいる、この同じ空の下に。どんな敵をも倒し、倒せなければひとり死ぬ覚悟はできている。息も絶え絶えになるまで叫びつづけた。息を整えた。ひとつかみの雪を両手に擦り込みながら、自分が狼と勝負しとる人間なのか、それとも人間の後を尾けとる狼なのかわからんくなった。たった今、遠吠えをし、夜に自分の印を押したのはどっちだ？　自分の息に餓えの匂いがした。首は冷えきっていた。この森はあたしの棲処か、それともあたしはただの通りすがりの旅人か？

空を見上げた。親父はよく、誰でも空にもうひとつの人生があると言っとった。そこはこっちの世界の鏡映しなんだそうだ。その空の世界には、あたしら一人ひとりの分身がいる。そこにいる連中は、昼は眠り、夜に目を覚ます。熱に凍え、寒さに火照る。明るいところでは目が見えず、暗闇ではどんな遠くのものも見分けられる。こっちの世界の男はあっちでは女、こっちの女はあっちでは男。彼らは人生にそれほど価値があると思っとらんが、夢をたいそう大事にする。見知らぬ他人を抱きしめることを好み、貧しいことを恥じず、金持ちであることを恥じる。笑うことは泣くことで、泣くことは笑うことだ。誰かが死ねば歌を歌い、踊りを踊る。子どもの頃、あたしはもうひとりの自分がちらっとでも見えやせんかと、よう空を見つめたもんだった。もうひとつの人生を生きとるあたしは、どんな人間だろう。今、闇のなかで森に目を凝らしながら、森のなかにも、もうひとつの世界がありはせんかと考えた。もしかしたら、あたしらの人生は森にも鏡映しになっとるのかもしれん。だから声が木霊するんだ。木霊はもうひとつの人生が返事をしとるんだ。どの人間にも、樹々のあいだに獣になった分身がいる。それはガゼルだったり、蛇だったりする。あたしはたぶん狼だ。粗野で、孤独で、痩せ衰えた狼。そして今、餓えて疲れ果てたあたしは、雪の夜、老人のあとを尾けている。

乾いた霜が、空をガラスのように澄み渡らせ、森は濃紺の光に浸っていた。高台の狼を見ると、あたしと同じように、立ち止まって休んでいた。その息づかいはさっきほど乱れていなかった。どっちものんびりしとる暇はない。進み続けにゃならん。狼とあたしはふたたび歩き出した。雪のなかに深い足跡を残し、眼《まなこ》を地平線に注ぎながら。斜面を登るごとに別の斜面が現れることも、どの斜面にも新しい風が吹いとるのもわかっとった。狼もあたしも、ひとりでいることに慣れている。空の流れ星のように、今日はここにおっても、明日にはおらん。だから見知らぬ相手と並んで歩くのは楽しかった。月の光に照らされた影さえあれば、互いを信頼できた。あたしらは帰り道も一緒に歩くんだろうか？　同じ空の下を、ふたたび共に歩くのか？羊飼いの家に着いたら肉をいくらか貰って、帰り道、狼の前に置いてやろう。それも、あたしがますます先を急ぐ理由だった。

ハイマナの山を一度も休まずに越えた。背中に大汗をかきかき、夜明け前に村に着いた。村の入り口にある羊飼いの家が見えると、足を止めて辺りに目を走らせた。村はぐっすりと眠り込んでいた。煙突から煙が薄くたなびき、どの屋根も雪の毛布をかぶっとった。だが地面の足跡が多すぎた。牡牛《おうし》の足跡、犬の足跡、村人の足跡が雪のなかに入り乱れとる。羊飼いの家の窓辺がうすぼんやりと明るかった。羊飼いがガスランプをつけといてくれたらしい。それが合図でな。明かりがついとらんかったら、何かまずいことが起きたとわかる。振り返って後ろを見た。狼は少し離れたところで立ち止まり、こっちを見とった。犬の匂いを嗅ぎつけたとたん、そいつはもう近づこうとせんかった。自分の世界の境界線で待っとった。だが犬の姿は影も形もなかった。中庭の門のところにもおらなんだ。寒さに追われて納屋に隠れたか、それとも村に降りていったか。雪のなかの足跡を注意して調べながら、あたしは家に近づいた。ゴム靴の足跡に混じって、兵士のブーツのような足跡はないかとよくよく辺りを見回した。怪しいものは見当たらんかった。止まって空気の匂いを嗅いだ。反対側の斜面に視線を向けた。兵隊たちがあたしを待って身を潜めていると、どうしたら気づけたろう？　前の晩から待ち伏せしてたんじゃないかと、どうすりゃ疑えたんだろうな？　ただひとつの手掛かりは犬たちの姿がないことだった。あたしはそれを怪しいとは思わんかった。窓辺の明かりを信用してしまった。その光に分別を預けてしまった。怪我をした少年をなるたけ早く連れ出し、夜が明ける前に精一杯遠くまで行きたかったんだ。だが、中庭に入ったとたん、そこがあたしの旅の終点になった。

壁の後ろに潜んでいた兵隊たちが飛びかかってきて、ポケットの銃に手を伸ばす暇さえなかった。奴らはあたしを地面に押し倒し、ライフルの台尻で頭を殴った。両手を縛り、家のなかに引きずり込んだ。

口に溜まった血を吐き出し、あたしは金切声を上げた。怒りの涙が目に沁みた。こんなに易々《やすやす》と策にはまり、うさぎじゃあるまいし、罠にかかるなんて信じられんかった。あたしは暴れ、床にあったやかんを蹴り倒した。そして周囲を見回し、誰が密告したのか見ようとした。羊飼いはおらんかったし、怪我をした少年の姿もなかった。兵隊たちは隣の部屋から背の高い若い男を連れてくると、あたしを指して訊いた。「こいつか？」「そうです」とその若造は言った。あたしはしばらく考えて、思い出した。去年、この家に迎えに来て、山奥で落ち合う手筈《てはず》になっとったグループのところまで案内した若造だった。「こいつがイスタンブルからブツを運んでたのか？」とさらに訊かれ、男は頷いた。「この人はイスタンブルを自分の手のひらみたいによく知ってます」あたしのことをそう言った。

イスタンブルだと？　どこからそんなこと思いついた？　去年、初めて会った晩、この若造とあたしは、雑談しながら山のなかの集合場所に向かって歩いた。いつもどおり、あたしはイスタンブルを話題にして、新しい話を仕入れ、ほかの人間の目を借りて街を見物しようとした。若造が金角湾の様子を説明すれば、あたしはそれに橋を架け、大通りに並ぶ店のショーウインドウについて話せば、通りの突き当たりの広場のことを口にした。それでそいつは、イスタンブルの仲間と連絡をとっとったのはあたしだと思ったか、でなきゃ誰かの名前を言えと責め立てられて、あたしの名前が真っ先に頭に浮かんだんだろう。「嘘だ！」あたしは怒鳴ったが、兵隊たちは信じなかった。奴らは血が流れるまであたしを殴った。二週間、仲間の名前と居場所を言えと責め立て、イスタンブルの地図を目の前に広げて、地区や通りの名前を教えさせようとした。街にあるあたしの秘密を言えと迫った。知っとることは話してやったよ。木造の建物が立つイスタンブルの埠頭《ふとう》のこと、ガラス張りの高層ビルのこと、ユダの木が植わった庭園のこと。日没を見るのに最高の場所だと言って、次々と姿を消していく公園を教えてやった。どんなに人出が多くても、そこでなら忙しかった一日の終わりにまだゆっくり腰を下ろせる。それから、夜になると遠くで蛍みたいに輝く明かりのことも話してやった。「イスタンブルの人間は、街への信頼を失いかけとるが」とあたしは言った。「あたしはイスタンブルを信じとるよ」

あらゆる都市は征服を待ち望み、あらゆる時代はその時代の征服者を生む。あたしは夢想と空想の征服者だった。イスタンブルを信じ、イスタンブルを夢想することで生きとった。絶望が疫病のように蔓延《はびこ》るなかで、イスタンブルがあたしを必要としとるのがわかった。イスタンブルはあたしを待っとった。いつでもこの身を犠牲に捧げ、イスタンブルに命を与えよう。痛みは愛の鏡映しだ。死者を蘇らせたキリストは、屍に命を吹き込んだわけじゃない。自分が不死であることを忘れとった男に、不死の運命《さだめ》を思い出させたんだ。あたしも不滅の都市に不滅であることを思い出させてやらにゃならん。必要とあらば、キリストのように磔になり、世界じゅうの苦しみをこの身に受けよう。イスタンブル、日ごとに少しずつその美が損なわれていくこの都市は、あたしを必要としている。

雪のなかを歩いとったあの晩、あたしについてきた狼は、自分の時間とあたしの時間をひとつにした。親父は、夜になると物語をして、自分の時間とあたしの時間をひとつにした。親父の物語も狼のことも頭を離れんかった。そのふたつを思うと、あたしはイスタンブルへ来たくてたまらんくなった。だから、人生の最後の一歩を踏み出した。あたしは兵隊どもに言った。「イスタンブルに連れてってくれたら、あんたらが見たがってる場所を見せてやるし、聞きたがってる秘密を教えてやる」とね。苦しむなら、イスタンブルで苦しみたかった。死ぬなら、イスタンブルで死にたかった。

こうしてたどり着いたイスタンブルの獄房は、見知らぬ場所のようには思えんかった。家に帰ってきたような気がした。あたしの目に映る牢屋は果てしなく広かった。壁の向こうには海があり、街路があり、そしてまた新しい壁がある。どっちがどっちか区別することはできんかった。どの壁も道につながり、どの道も海に至る。ひとつ過ぎればまた次と、果てしなく伸びてゆく。こっち側の苦痛はあっち側の幸福で、こっち側の涙はあっち側では笑い声に変わる。悲哀も不安も喜びも、眠る子猫のようにもつれ合い、絡み合い、ときにはその名を呼び分けることも難しい。もうじき死ぬなと思っていると、生が突如として息を吹き返す。無限と刹那は等しく儚《はかな》い。今ここで、あたしはその極まりにいる。寄りかかっている壁の向こうに海を感じ、目の前に街路がうねうねと続いているのがわかる。あたしは自分の内側の声に耳を傾けた。他のみんなと同じで、あたしも自分が見てきたものより、まだ見ぬものに心奪われる。

床屋のカモが咳き込みはじめ、あたしは壁の彼方から視線を引き剝がし、無理やり室内に戻した。そういえば寒かった。ドクターと学生に目を向ける。ふたりの顔は影になっていた。ふたりとも息が臭かった。あたしと同じくらい凍えとった。背を丸め、両手を脇の下のくぼみに埋めていた。

床屋のカモは咳が収まると、膝から顔を上げた。知らない部屋で目覚めた子どものようにあたしらをしげしげと見た。

「大丈夫かね?」ドクターが訊いた。

カモは答えなかった。身を乗り出して、ドアのそばから水の入ったペットボトルを取り上げた。水を飲み、口を手の甲で拭いた。

あたしはドクターの質問を繰り返した。「大丈夫かね、カモ?」

痛くったってカモは絶対に認めない。奴はしかめ面をやめ、表情をゆるめた。

「キュヘイラン爺」と奴は言った。「狼は好きかい?」

狼の夢を見たんだろうか? カモが訊いとるのは、あの雪の晩、あたしについてきた狼のことか、それとも狩人の物語で若者を喰っちまった狼のことだろうか?

「好きだよ」あたしは言った。

カモは明るい方に顔を向けた。瞬きもせず、一点を見つめている。珍しく愉快そうな顔をして言った。「俺が狼なら、あんたら全員喰っちまうよ」

笑えっちゅうのか、それとも震え上がったらいいのかね?

「腹が減っとるんだろう。パンが少しある。やろうか？」

「それでもやっぱりあんたを喰うよ」

カモは光から目をそらさずに言った。何の夢を見たか知らんが、カモはあたしらを喰うと心に決めとった。

「なぜ？」あたしは訊いた。

「キュヘイランさんよ、物事にはみんな理由がなきゃいけないのかい？　それで満足するっていうなら、わけを教えてやるよ。あんたが寒い場所の話をするからさ。雪を降らせて、狩人たちを吹雪のなかで立ち往生させたろう。この隙間風だらけの牢屋にびゅうびゅう風を吹かせて、座ってるコンクリートを氷に変えちまって。本気で寒くなったら、こっちはおかげさまで狼になるしかねえよ。あんたを細切れに引き裂いて喰ってやりてえ」

カモは、あたしらの体じゅうに染みついた、髪や顔や首にこびりつく乾いた血の匂いを嗅ぎつけたのか？　牙をむずむずさせ、ずたぼろのあたしらの肉を欲しがっとるのか？　あたしはひそかに微笑した。光に顔を向け、奴の真似をして据わった目で一点を見つめた。人間がみな内側に暗い深淵《しんえん》を抱えているなら、カモは自分の穴の際で佇んどった。底知れぬ無を覗き込み、たとえ光のなかにあっても、闇だけを見つめていた。だからカモは痛みをこんなに見くびっとる。世界も生も、奴にとってはくだらんものらしかった。カモはパンをほとんど食わず、水もほとんど飲まんかった。記憶のなかにことばを貯め込み、滅多に口をきかんかった。闇と眠りを好んだ。目を閉じて、頭のなかで鳴り響くぶんぶんという音に身をまかせるように、自分のなかに引きこもっとった。あたしらの顔を見ると、皮膚にまつわりつかせた光にたちまち気づき、憫笑《びんしょう》した。あたしたちのありさまは、カモを悲しませた。たぶん、カモはあの同じ問いを自分に向かって繰り返しとるのかもしれん。運命は壁に刻まれた線なのか？　それは絶対に消せないのか、運命は決して変えられんのか？

「キュヘイランさん、どうしました？」ドクターが腕に触れた。「眠り込んでしまっていましたよ……」

寝とった？　あたしも、自分の頭のなかを過ぎていくものがわからんくなった。「ああ、イスタンブルのことを考えとったんです。頭の上のイスタンブルのことをね」

「イスタンブル？」

考えとったことを忘れたときや、話題を変えたいとき、いつも最初に頭に浮かぶことばはイスタンブルだった。

「ここを出たら」とあたしは言った。「真っ先にガラタ橋に散歩に行きますよ。釣りをしとる人たちの横に立って、ボスポラス海峡を眺めるんです。それから、あたしの分身を探しに行きます。イスタンブルで別の人生を送ってる分身にね」

「あなたの分身？」ドクターが言った。

「別の人生って、どういう意味です？」学生のデミルタイが口を出した。

「街で生まれとったら、あたしはどんな人生を送っとったでしょうかね？」と、あたしは言った。「その問いの答えはもうあるんです、分身がここに住んどりますから。あなた方はいつも、もう知っとる物語をし合いっこすると言うが、これはあなた方が知らない話ですよ」

ふたりは興味を惹かれてこっちに視線を向けた。

「知らない話？」ふたりは訊いた。

「おふたりは、あたしのことも、イスタンブルのことも、痛みのことも、同じくらいよく知っとられる。この三つには、欠けてるところがあるんですわ」

「聞かせてください、すっかり知りたいから」

「じゃあ話すとしましょう」あたしは言った。「ちっぽけなうちの村で、親父は夜になると、よくあたしたちに空を見せて、おまえたちはみんなあそこで暮らしてるんだと話したもんでした。空の上にはあたしらを鏡映しにした暮らしがある、そこにはあたしら一人ひとりの分身が住んでいる、とね。あたしは真夜中に寝床から抜け出しては、窓から空を見上げたもんでした。自分の分身の子どもは今ごろ何をしてるんだろうと考えてね。親父があたしらを置いて街に出かけると、あたしはますます空ばかり見とりました。そのうち、親父が帰ってきて話してくれるイスタンブルの物語は、あたしらのもうひとつの人生の話なんだと思うようになりました。たぶん、イスタンブルは空にある都で、そこにはあたしらの影が暮らしている。親父はそこへ、あたしらの分身に会いに行くんです。あたしにそっくりな女の子を可愛《かわい》がり、村の話をしてやるんでしょう。イスタンブルのその子は、まるであたしみたいに暮らしています。そしてあたしがやってみたいと夢見るようなことをしとるんです。ふとある日、こんなことを思いつきました。イスタンブルにあたしの分身がいるなら、その子にとって、あたしは村にいるその子の分身に違いない。その子だってあたしのことを知りたいだろうってね。そう気づいてから、あたしはその子のためにも生きることにしました。その子が街でできないことをやろうとしたんです。川で魚を獲ったり、山ですももを摘んだりね。怪我をした動物の傷に包帯を巻いたり、お婆さんたちの重い荷物を持ってやったりもしました。誰も彼もがほかの誰かの分も生きていると思ったら、責任を倍感じるようになりました。あたしが大笑いしてるとき、その子は泣いとって、あたしが泣くと、その子は笑ってる。そのことが頭を離れませんでした。あたしらはふたり合わせて完全なんです。あたしは男の子で、その子は女の子でね。さあて、その女の子の話をしましょうかね。聞きたいですか？」

「ええ、聞きたいですね」

「まずはお茶を一杯飲みましょう。みんな喉がからからだ」

あたしは身を屈めた。まるでティーポットを持っているように片手を上げ、それぞれのために目に見えないお茶のグラスを満たした。グラスがひどく熱いときにそうするように、指先で持ってひとつずつふたりに渡した。それから砂糖を回した。お茶は濃くて薫り高かった。あたしはゆっくりとかき混ぜ、彼らもそうした。学生のデミルタイが少しばかり乱暴にかき混ぜたので、落ち着けと合図した。スプーンがガラスに当たる音が、通路を伝わり看守に聞こえてしまう。デミルタイは微笑んだ。人生はこの場所で、その微笑を、そのお茶を、そしてこれらの物語を見出した。

五日目
学生のデミルタイの話
夜の光

「それは戦争中のことでした。戦争の話は長いのですが、かいつまんでお話しします。何日も続いたいくつもの戦闘の後で、部隊は消耗しきっていました。食糧も尽き、味方の陣地との連絡も途絶えたままです。退却できる場所を探し、何時間も闇のなかを行軍した後、ようやく高台にたどり着きました。兵隊たちは水溜まりの水を飲み、藪《やぶ》のなかでクロイチゴを集めました。銃声で隠れ場所がわかってしまうので、鹿を撃つ危険は冒せません。少し仮眠した後、彼らは険しい丘を登りました。夜に行軍し、昼は岩陰に身を潜めて眠りました。兵隊たちは火を燃やすこともせず、やっとの思いで捕まえた蛇やトカゲを生のまま食べました。殺されない保証があれば、一日一食のために喜んで敵に投降しようという者はひとりやふたりではありませんでした。全軍が潰走《かいそう》してしまったのか？　誰にどうやって連絡をとればいいんだ？　なんの手がかりもないし、村に行って聞いて回ることもできませんでした。その一帯が敵の手に落ちていたからです。じつは話せば長いのですが、かいつまんでお話しします。日に日に人数を減らしながら、三日後に新しい山の頂に着いた部隊は、太陽の下で疲れきって横たわり、眠りにつきました。夜になってから水を見つけて体を洗い、やっと少し以前のように人心地つくと、自分たちがどこにいるのか確かめようとしました。すると金歯を入れたひとりの兵隊が眼下の谷を指し、あれは俺の生まれた村だと言いました。みんなは迷子の子どものように闇のなかに立ち、兵隊が指差しているほうを見て息を呑みました。村の明かりがまるで蛍のように瞬いていたのです。金歯の兵隊は、自分が村に行き、食べ物を持ってこようと言いました。隊長は反対しました。敵に捕まって殺されるかもしれんだろう。金歯の兵隊は言いました。どうせみんな死にかけてるんです。もしうまくいけば、食べ物を持って帰ってこられるし、味方の様子や敵のことも聞けるかもしれない。みんな兵隊に賛成しました。そこで兵隊は仲間に別れを告げて、谷へ降りていき、闇のなかに姿を消しました。空は三度《みたび》その色を変え、闇から青へ、そして燃え立つような赤に染まりました。夜明け頃、金歯の兵隊が岩の間から姿を現しました。背中には雑嚢《ざつのう》を二つ担いでいます。勢いこんで質問を浴びせる仲間たちに、兵隊は、まあ座れ、いろいろ話して聞かせることがあるんだと言い、背中から雑嚢を下ろしました。村は敵でいっぱいだった、と彼は話しはじめました。奴らは俺ほど村のことを知らないから、なんとか誰にも見つからずに、こっそり自分の家にたどり着いた。戸を叩いたら女房《にょうぼ》が開けてくれて、俺を見るなり金切り声を上げそうになった。そこで俺はその口を塞いで落ち着かせた。さて、次に何が起きたと思う？　金歯の兵隊はこう尋ねると、雑嚢を探ってチーズの塊を取り出しました。よし、次に起きたことを当てた奴にこのチーズをやろう。何日も餓えていた兵隊たちは臭い息を吐きながら、身を乗り出して答えました。敵の数を訊いたんだろ、とひとりが言いました。味方の居場所を訊いたな？　ともうひとりが言いました。そうやってみんながきりもなく答えを言ううちに、後ろに座っていたイスタンブル出身の兵隊が手を上げ、あんたその場で奥さんとやっただろう、と言いました。金歯の兵隊は笑って、チーズを兵隊に投げました。兵隊たちは驚いてどよめき、げらげらと笑いました。金歯の兵隊は、雑嚢からパイをひとつ取り出して、次に起きたことを当てた奴にこいつをやろう、と言いました。今度こそ味方の兵隊たちのことを尋ねたんだ、とひとりが言いました。子どもたちのことを訊いた、ともうひとりが言いました。後ろに座っているイスタンブルの兵隊がまた手を上げました。この手の男は、軍隊だろうが学校だろうが、必ず後ろに座っているものです。奥さんともう一回やった、と男は言いました。金歯の兵隊は笑って、パイもその男にやりました。そしてフライドチキンを雑嚢から取り出し、宙に振ってみせました。その次に俺がやったことを当てた奴にこのチキンをやろう。また奥さんとやった！　と全員が、まるで早朝の教練みたいに声をそろえて叫びました。金歯の兵隊は笑いが止まらなくなりました。いいや、と彼は言いました。俺はブーツを脱いだのさ」

僕は最後の一節を繰り返した。「いいや、俺はブーツを脱いだのさ」

口を覆い、僕はまるでひきつけを起こしたように笑いだした。ドクターもキュヘイランさんも、肩を上下に震わせながら笑っていた。僕らは声を立てずに笑ったが、みんなが体を揺するせいで、壁が振動した。秘密の隅っこに隠れて、大人たちに見つからないように笑っているいたずら坊主たちのようだった。口を大きく横に開け、楽しそうに視線を交わす。人が何を笑うか知ることは、その人を知るひとつの手がかりだ。けれど僕らが床屋のカモのことを知っているのは、彼が何を笑わないか知っているからだった。カモはむっつりと陰気な顔をしていた。僕らをぼんやりと見つめ、何をそんなに可笑《おか》しがっているのかなんてどうでもいいらしかった。

三人とも少し落ち着くと、僕は言った。「こんなに大笑いしちゃうと、これから僕らに何かひどいことが起きそうで心配になります」

「ひどいこと？」とドクターがいった。「われわれにひどいことが起きるって？　ここでかね？」

僕らはまた笑いだした。人間が未来を忘れ、人生に肩をすくめてみせるのは、酒に酔っているときか笑っているときだけだ。苦しんでいるとき時間が静止するように、笑っているときも時間は止まる。過去も現在もさっぱりと拭い去られ、その瞬間という名の無限だけがそこに残る。

笑い疲れて、僕らは鎮まった。目の涙を拭く。「その兵隊の話は知っとったよ」とキュヘイランさんが言った。「だが、あたしの知っとる話にはイスタンブルの人間は出てこんかったな。ロシアの話だった」ドクターが僕に代わって答えた。「ここでは、あらゆる物語がイスタンブルの所有に帰すんです」

「もう知っとる話をするだけじゃなく、好きな形に作り変えるわけですか」

「あなたの父上も同じことをしたんじゃありませんか、キュヘイランさん？　イスタンブルの水夫たちを大海に投げ込み、白い鯨を追わせたじゃないですか？　狼の物語の狩人たちを、はるばるイスタンブルへ連れてきたんじゃなかったですか？」

ドクターとキュヘイランさんは、兵士や狩人や水夫のことを熱心に話しはじめた。海岸道路ができて、クムカプの古い漁村の命運が尽きたこと、ボスポラスの海岸沿いのユダの木がどんどん減っていること、ミマール《建築家》・スィナンが四百年前に建設したイリヤスザーデ・モスクが、ガソリンスタンドを建てるために取り壊されたこと、海岸のすぐそばにあった島が、千年前の地震でどんなふうにアトランティスのように海に沈んだかを話し、そして首を傾げた。「はて、イスタンブルも島だろうか？」

　イスタンブルは、多くの罪の上に肥え太りつつある島なんですよ。いつかそれが彼女《イスタンブル》を破滅に導くでしょう、とドクターが言った。ここでは罪はずっとそのままではいない。常に変化していく。だから街は既知の場所ではなく、人々が日ごとに新しく知っていくどこかなのです。イスタンブルの謎が街の変化への渇望に鞭をくれ、未来に属そうとする憧れをあおります。今日が曖昧になれば、真実もまた曖昧になり、象徴《かたち》に場所を明け渡す。建物が山々に、花の咲き乱れるバルコニーの列が浜辺にとって代わったように、愛もまた、貪欲で毛むくじゃらの濡れた獣に変わり、ただひたすら新しい経験を探し続けるようになるんでしょう。

　キュヘイランさんは異議を唱え、ドクターに反論した。象徴《かたち》は真実よりもよっぽど現実ですよ。この世界では、人間は自由意志で生まれたわけじゃありません。だから人間は、自分自身の存在を発見しなくたっていいが、それを形にせんわけにいかんのです。山は、あたしらが存在する前から山だったし、木だって、人間が生まれる前も木だった。しかし、都市はそうでしょうか。それを言うなら鉄は、電気は、電話は？　人間は音から音楽を創り、数から数学を創り、都市と共に新たな宇宙を創った。都市の外にある自然から遠く離れれば離れるほど、自分自身の本質に近づいていくんです。人間は、高い山の峰の代わりに、にょきにょき立ち並ぶ屋根を信じ、川の代わりに通りの雑踏を信じ、星々の代わりにそこらじゅうで光り輝く明かりを信じるんです。

　僕はどちらを信じているんだろう、星々と、街の明かりと？　先月僕は、ヒサルストゥの隠れ家の窓から外を眺め、そのことに思いをめぐらせた。星たちがどこで終わり、街の明かりがどこから始まるのか見分けようと目を凝らしながら。読書をひと休みして、銀河と空想のなかに迷い込むと、目に映る輝く形がほんとうに銀河なのかわからなくなった。

　はじめの数日、僕はヒサルストゥの家でひとりではなかった。ヤスミン・アブラ（「アブラ」は女性の敬称）が一緒にいた。彼女の本名は知らなかった。彼女も僕を、ユースフという仮の名前で呼んでいた。僕らはタクスィムのゲズィ公園で落ち合った。初対面だったから、それぞれの指示書をもとに、僕は首に巻いた緑のスカーフを目印にして彼女を見つけ、彼女は僕が持っていたスポーツ雑誌で僕を見つけた。彼女は僕より五、六歳ほど年上に見えた。

「ユースフ」ふたりでその家に着くと、彼女は言った。「ここに二、三日いることになるわ。近所の人はわたしを知ってる。もし誰かに訊かれたら、姉弟だって答えることにしましょう。でもなるべく人に見られないようにしてね」

　そこは一部屋しかない粗末なゲジェコンドゥ（「一夜にして建った」の意。農村部から大都市の郊外に移住してきた人々がごく短期間で安価に建築した不法住居）だった。

入り口の横に狭い浴室がある。僕らが過ごす部屋にストーブが置かれ、そこで煮炊きするようになっていた。

寝る時間になると、僕らは代わる代わる浴室で着替えた。ふたつあるカウチでそれぞれ眠った。眠りについてからまもなく、マッチが燃える匂いで目覚め、僕は薄目を開けた。ヤスミン・アブラが煙草を片手に、窓辺に座って外の景色を見つめていた。

「眠れないんですか？」僕は言った。

「仲間のひとりと連絡がとれないの。昨日、二回とも約束の場所に現れなかった。彼のことを考えてたのよ」

「その人はこの家を知ってますか？」思わずその問いが口をついて出た。

「捕まっても、彼が自白できる住所はひとつしかない。昨日の夜、そこは引き払ったしね。この家のことは知らないわ」

「ちょっと訊いただけです」

「不安になって当然よ、ユースフ」

僕はベッドを出て彼女のそばにいき、テーブルの向かい側の椅子に腰を下ろした。僕も煙草に火をつけた。

「ヤスミン・アブラ」不安を表に出さないように努力しながら言った。「逮捕されたことありますか？」

「ないわ、あなたは？」

「僕もないです」

その家は斜面にあった。掘っ立て小屋のようなゲジェコンドゥが丘のずっと下まで続いている。海まで伸びていく街灯の明かりが、ボスポラス海峡を行き交う船やボートの明かりに入り混じった。ここはイスタンブルでも指折りの美しい海岸線だ。イスタンブルは、豪邸や高層ビルではなく、ちっぽけなゲジェコンドゥの群れにずいぶんと気前よくサービスしている。

僕らはお茶を淹《い》れて、夜明けまで起きていた。ふたりとも政治のことは話さず、本や夢のことを語り合った。僕はヤスミン・アブラが詩をたくさん知っていることを羨んだ。僕がどんなことばを言っても、彼女はそれが入った二行連句を暗誦できた。僕が「海」と言うと、彼女は「こころ自由《まま》なる人間は、とわに賞《め》づらむ大海を」と呟いた。「時計」と言うと、「時計！禍々《まがまが》しく恐ろしい、石の顔もつ神よ！」と応じた。彼女の笑い方は成績がAの優等生みたいだった。僕たちは明かりをつけなかったので、彼女の顔を街灯の光が照らした。夜が過ぎ、霧の帳の下に曙が赤く滲む頃、僕らはそれぞれの寝床にもぐり込んだ。カモメやスズメが啼《な》き交わしていたが、気にせず僕らは眠った。

正午頃、ヤスミン・アブラは外出した。暗くなってから、食料品をいっぱい詰め込んだ袋を抱えて戻ってきた。

「行方不明の仲間から、まだ何も言ってこないの、ユースフ。わたしは明日、街の外に出る。遅くても三日後には戻ってくる」

「僕はどうすればいいんですか？」

「食料を買ってきたわ。三日目の晩までにわたしが帰ってこなかったら、ここを引き払って。身元が割れる手がかりは絶対残さないでね」

ヤスミン・アブラはストーブでお湯を沸かし、浴室に行って体を洗った。出てきたとき、彼女はパジャマを着ていた。

僕がテーブルを前に座り、ジャケットの破れたところを繕おうとしているのに気がついて、ヤスミン・アブラは訊いた。「裁縫できるの？」

「できません」僕は言った。

「なら貸しなさい。縫ってあげるから。イヤリングの金具が取れちゃったの。お返しに直してくれればいいわ」

僕は彼女から琥珀《こはく》のイヤリングを受け取り、左右を見比べ、金具がとれたところをどうすれば修理できるか考えようとした。僕は琥珀に傷をつけないように、ポケットナイフをそっと動かした。

ヤスミン・アブラはジャケットの肩のかぎ裂きを繕いながら、顔を上げた。

「あなた物を作るのは好き？」彼女は訊いた。

「あんまり。ヤスミン・アブラは？」

「わたし、前はお針子だったの。布を触ったり裁断したりするのが好き。パジャマもワンピースも自分で縫ったのよ」

僕は壁にかかった彼女の服を見た。襟ぐりが大きく開いていて、膝丈で、ベルトがついている。ワンピースの柄に混じった花が、イヤリングとお揃《そろ》いだった。

「立って、ジャケットを着てみて」彼女は言った。僕はジャケットを着ると、両腕を前や横に動かしてみた。

「さすがです」僕は言った。

ヤスミン・アブラは近づいてきて、ジャケットの皺になった襟を整えてくれた。

「まあ時間はたっぷりあるんだから、帰ってくるまでにアイロンをかけておいたら」

「お言いつけとあれば」僕はにやっと笑った。

「言いつけじゃないわよ、できればってこと」

彼女の髪は濡れていて、彼女は薔薇の香りがした。風呂を浴びたばかりの清新さをまとっていた。ヤスミンはゆっくりと身を退いて、ストーブからティーポットを取り上げ、お茶のグラスに注いだ。

彼女は話し好きだった。自分が生まれ育った貧しい家のこと、その家の小さな窓から見た外の世界のことを話した。僕がことばを口にするたびに、またしてもそれが入った対句を暗誦した。彼女は窓辺のゼラニウムに水をやった。二鉢あるゼラニウムのうち、片方は花を咲かせていて、もう片方の花は萎《しお》れていた。帰ってきたら庭の花にも水をやるわ、と彼女は言った。庭にはおしろい花と、夾竹桃《きょうちくとう》と、薔薇が植わっていた。語り合ううちに、僕らのことばの間に夜が寄り添い、花々はボトルのひび割れに水が染み出すように、滲み、流れ去っていった。空が明るみ、星々が消えていったことに僕らは気づかなかった。

それから少しして、僕が雨音で目を覚ますと、彼女は自分の寝床にいなかった。ひっそりと忍び出ていった後だった。

僕は窓際に座って、煙草に火をつけた。

外は嵐が吹き荒れ、粗暴な風が吠えていた。イスタンブルの海が名状しがたい色を帯びている。突如として猛《たけ》りくるい、昼を夜に変えてしまっていた。雲はどす黒く、油絵に描かれた雲を連想させた。ボスポラスでは波が船を弄《もてあそ》び、岸に向かって勢いよく押し流した。四方八方に激しく揺れる船は、ＳＯＳのサイレンを鳴らしていた。いつ沈んで海に呑まれるか知れない。サイレンの耳をつんざく悲鳴が、雨と、風と、波の音に混じった。船の乗組員全員が空を見上げて神に懇願している。でも酔っ払いや、物乞いや、岸壁に立って今にも命を絶とうという者たちは、船に呼びかけ、まず自分たちを岩から拾い上げに来て、沈むつもりならそれから沈んでくれと乞うかもしれない。船と共に沈むのは、一番上等な死に方だ。海は繰り返しその鞭を鳴らし、怒りを泡立てた。波は荒れくるう奔馬のように立ち上がった。ヤスミン・アブラは外出するのにうってつけの天気を選んだものだ。いやそれとも、彼女が出かけ、眼下の船がボスポラスに着くのを嵐が待っていたのか。風は庭のおしろい花と夾竹桃と薔薇の最後の花びらを散らし、通りはがらんとしていた。犬たちもホームレスも、崩れかけた廃墟のなかに避難していた。窮乏と驕奢《きょうしゃ》に眩惑《げんわく》されたイスタンブルが、両腕をいっぱいに広げて待っている。だが嵐の神への懇願と悪態を交互に繰り返す船乗りたちは、その海以外の墓場を想像できない。すべての道が閉ざされたら、運命を受け入れるのと、呪うのと、どちらがましだろう？　嵐のおかげでそんな議論が頭に浮かんだ。だがしかし、窓辺のフューシャ色のゼラニウムの一方は萎れ、もう一方は花を咲かせている。同じ空気のなかで、同じ水を吸い上げながら。

琥珀のイヤリングに気づいたのはその時だった。それは、外の雨にも風にも晒《さら》されることなく、ふたつの植木鉢のあいだに置かれていた。前の晩に僕が修理したほうのイヤリングだ。もう片方はどこだろう？　あちこち探した。カウチの上、玄関の周り。バスルームの鏡の前も見た。ヤスミン・アブラは荷物を詰めたとき、イヤリングの片方を置き忘れたんだろうか？　そんなに慌てていたのだろうか？

カウチに座り、イヤリングを指でつまんで透かしてみた。それは黄金色の透明な葡萄《ぶどう》の実で、銀のフックから下がっていた。歴史の奥底に光と螺旋《らせん》が渦巻いている。橙《だいだい》色と褐色の波がそのなかで優しく揺れていた。長い年月のあいだ、女性たちの耳を飾り、さまざまな店のウインドウに飾られてきたこの琥珀のイヤリングを、僕は今初めて見るように見つめた。人間の心にはどんな選択のプロセスが働くんだろう？　どんなときに、人は物の存在に気づくんだろう？

イヤリングに今まで気づかなかったように、もしかするとそれと気づかずに、僕はヤスミン・アブラと同じ通りを歩いていたことがあるかもしれない。たぶん、その日も雨が降っていただろう。人々は傘の下に身を縮め、そびえたつ壮麗な建造物の前を急ぎ足で歩き、通路の入り口で楽器を弾く若い娘たちをかすめていく。ある者は自分を捨てた恋人を思い出しながら、ある者は手に負えない子どもたちに絶望しながら。みんな同じ言語を話すのに、誰も互いを理解しない。一人ひとりの心の内側に別のいくつもの心が住んでいる。雨が降ると、イスタンブルは裸木が密生する森に変わる。誰もが忙《せわ》しなく、どの家も、どの通りも、どの顔も同じに見える。僕はヤスミン・アブラとすれ違う。彼女は時間どおりに約束の場所に着こうと急いでいて、その髪は濡れている。僕はダッフルコートのフードを目深に引き下ろし、先を急いでいる。もし彼女が片方のイヤリングを落とし、そのまま気づかずに歩き続けたとしたら、もし僕がその琥珀のイヤリングを足元の水たまりから拾い上げたなら、一瞬立ち止まって、自分の濡れた手を、そしてヤスミン・アブラを呑み込んだ灰色の人の群れを見つめたなら、イスタンブルは僕にとって違う街になっただろうか？　あのイヤリングは、それまで一度も知らなかった喜びで僕の心を満たしてくれただろうか？

イスタンブルの妙なところは、答えよりも問いを好むところだ。彼女は幸福を悪夢に変え、悪夢を幸福に変える。あらゆる希望が消えた夜の後に、歓喜の朝が幕を開ける。イスタンブルの力の源は移ろいやすさだ。人はそれを都市の運命《さだめ》と呼ぶ。ある通りの天国と別の通りの地獄が、不意に場所を入れ替える、ちょうど王様と乞食の物語のように。ある王様がちょっとした気晴らしをしたくなった。そこで王様は道端で寝ている乞食を宮殿に運んでくるようにと命令した。乞食が目を覚ますと、みんなが王様、王様、と崇《あが》めてかしずいた。乞食は驚きが収まると、自分はほんとうに王様なのだと思い込んだ。もうひとつの貧しい暮らしは夢だったのだと考えた。その日が暮れ、夜になり、幸せな気分で眠りについた乞食を、家来たちは再び外へと運び出した。乞食が目を覚ますと、そこはいつものごみだらけの道端だった。何が現実で、何が夢なのか、乞食にはわからなくなった。数夜にわたって、同じゲームが繰り返された。乞食が目を覚ますと、そこは宮殿だった。次に目を覚ますと、そこは道端だった。そのたびに彼は、もうひとつの人生は夢だったのだと信じ込んだ。物語は時代おくれだから、街に居場所はないなんて誰が言えるだろう？　あの王様と乞食は、どちらもイスタンブルの住人ではなかったか？　一方は人の運命を弄ぶことに快楽を得て、もう一方は、真実の秤《はかり》の端と端のあいだを揺れながら生きることに必死だ。今、雨のなかで先を急ぐ人々は、明日の朝、自分がどんな身の上で目覚めるのかわかっているのだろうか？

イスタンブルがイスタンブルでないように、その琥珀のイヤリングもただの琥珀のイヤリングではなかった。それには歴史があった。ヤスミン・アブラがそのイヤリングを買ったのは、それを気に入り、自分に似合うと思ったからだ。そして彼女は僕にそれを渡して修理させ、僕をその歴史に付け加えた。黄色を帯びたこの琥珀のイヤリングの内側には物語と、美しい人の夢が宿っている。

窓辺に戻り、もう一度外を見た。海は凪《な》ぎ、時化《しけ》は収まっていた。さっきまで嵐に翻弄され、SOSを鳴らしていた船はどこだろう？　そのまま航海を続けたのか、それとも水底に葬られたのか？　もう雨はやんでいた。犬たちが通りに出てきていた。男がひとり、並んだ家々の前を所在なく歩いていた。コートも着ていないし、傘も持っていなかった。水溜まりに足を踏み入れても気づくそぶりもない。男はふと立ち止まり、この家のほうに頭をめぐらせた。影になって顔は見えなかったが、彼が疲れて腹を空かしていると想像するのは難しくなかった。もうそれより先に行かないことにしたらしく、くるりと向きを変えた。さっきより早足になった。

何か忘れ物をして、急いで取りに戻るのかもしれない。

僕はポットにお茶を淹れた。もう遅い時間だったが、朝食をとった。壁にひとつだけある棚に並んだ本を眺めた。二冊選んだ。一冊は『世界の詩選集』で、もう一冊はヤシャル・ケマルの小説『メメド、我が鷹《たか》』だ。僕はカウチにごろりと転がり、詩をいくつか読んだ後、小説を開いた。

子どもたちの歓声と物売りの声が雨上がりの陽射《ひざ》しのなかに響き渡っていた。太陽はなんて力強く、朗らかなんだろう。嵐のあいだ引っ込んでいたのが嘘のように、嵐が過ぎた後は、その存在がすべてを満たしていた。窓を開けたかったが、この家に人がいることを見られてはいけないのはわかっていたから、カーテンに隠れて道を覗いた。外から気づかれないように、ほんのわずかな隙間だけ窓を開けた。涼しく新鮮な空気を吸い込んだ。

本を読み、カウチに転がり、長い時間うとうとしながらその三日間を過ごした。夜になると、周りの家々とボスポラスを航行する船の明かりをじっと見つめた。空は毎晩、変化した。空の一方の端から反対側の端まで、さまざまな色が代わる代わる流れていった。風が遠くの明かりを散り散りにした。三日目の晩になるまで、僕は心を落ち着け、琥珀のイヤリングに指を絡ませながら待った。小説を読み終わり、いくつかの詩を何度も繰り返し読んだ。

ヤスミン・アブラは〝三日目の晩〟と言った。僕は最悪のシナリオを考えはじめた。彼女が捕まったところを想像した。日が暮れていくなか、支度をした。部屋を片づけ、歯ブラシと剃刀を荷物にしまった。ふたりの煙草の吸殻が入ったごみ袋を縛っていると、ドアの外に足音がした。

ドアがノックされたが、申し合わせてある叩き方ではなかった。

僕は待った。

子どもの声が言った。「ごめんください」

近所のどこかの家の子どもに違いない。僕はじっと動かなかった。

同じ声が今度は小声で言った。「お兄ちゃん《アービ》、ドアを開けてくれない？」

アービだって？　なぜこの子は僕を知ってるんだ？　ヤスミン・アブラとここに来たところを見たなら、なぜヤスミンでなく僕を呼ぶんだ？　狐《きつね》につままれたようだった。明かりを点けずにドアに近づき、ゆっくりと、ほんの少し隙間を開けた。小さな女の子が目を大きくして、僕を見つめていた。

「アービ、明日の宿題、手伝ってくれない？　お祖母《ばあ》ちゃんが頼んでおいでって」

「お祖母ちゃん？　お祖母ちゃんって誰？」

「わたしたち、裏の家に住んでるの。ヤスミン・アブラも宿題を手伝ってくれるんだよ」

「ヤスミン・アブラは出かけてる。戻ってきたら君が来たって伝えておくよ。そしたら君んちに行くと思う」

「お祖母ちゃんはお兄ちゃんを呼んでおいでって。行って連れておいでって言ったの、ユースフ・アービ」その瞬間、百もの疑問が脳裏をよぎった。なぜそのお祖母ちゃんはヤスミン・アブラが戻っていないことを知ってるんだ？　どうして僕の名前を知った？　好奇心に負け、ついて行くことにした。それに、近所の家で待つほうが、ここに留まるよりはましな選択肢でもある。

「ちょっと上着をとってくるね」僕は言った。

出がけにリュックサックを取り上げた。もうここに戻ってくることはないだろう。ごみ袋を、庭の低い塀の裏に積まれたごみの山に放った。

「名前はなんていうの？」

「サーピル」

サーピルは家の脇の狭い通路を登っていった。暗くてもどんどん先に進んでいく。僕は黙ったままついて行った。裏に出ると、壊れた塀を乗り越えた。ひとりだったら絶対に見つけられそうにない別の細い路地を抜けて、崩れかけた石の階段を上った。並んだ家の前に着くと、僕は立ち止まって辺りを眺めた。そこは、僕がいたゲジェコンドゥのちょうど真上だった。

先にサーピルが開いている戸口を入った。

「入って、アービ」彼女は言った。

それは僕らの家と同じで、ひと部屋だけの家だった。女の人が窓辺のカウチに座っている。彼女は編み物をしていた。

「おいでかえ、ユースフ？」女の人は言った。

「こんばんは」

「こっちへ来て、そばにお座り」

そのとき初めて、その女の人が盲目であることに気づいた。僕は彼女の前に座り、顔ではなく、せわしなく編み物をしている指を見つめた。表編み二目、裏編み二目、と数えながら、編み物は次第に長くなっていく。僕が指を見ていることに気づいたように、手を止めた。

「もっとこっちへおいで」そう言うとお祖母さんは編み針を置いた。

彼女は両手を差し伸べ、僕の顔に触れた。頬を、顎を、額を探った。片手を首に置き、もう片方の手を鼻と眉毛に沿って動かした。

「目鼻が綺麗にそろってて、なかなか男前だね」まるで編み物のことを話しているみたいな口ぶりだった。「あんたのことは、ヤスミンが話してくれたんだよ。この子の宿題を手伝ってくれでないかい。学校の出してくる問題は、あたしにはちんぷんかんぷんのことだらけでね」

こんなに貧しくわびしい家を見たことがないと思った。窓にはカーテンもかかっていなかった。窓ガラスは割れ、上の隅のガラスが抜けているところを、ビニール袋で塞いであった。向かい側の壁際にキャンプ用のガスコンロがあり、その隣の段ボール箱に数枚の皿とグラスがいくつか入っていた。ガスコンロの弱々しい炎の上で、お茶のための湯が沸いていた。床の敷物は色褪《いろあ》せ、擦り切れていたし、壁の漆喰は剝がれ落ちていた。テーブルも椅子もない。カウチの頭側に二枚のキルトが畳んで重ねてあった。夜はお祖母さんがカウチの一方の側で眠り、サーピルが反対側で眠るのだろう。

サーピルは床から通学鞄を取り上げ、隣に来て座った。褪せて縫い目がほつれた鞄を開けると、教科書とノートを取り出した。

「先生が三つ問題を出したの」

「じゃあ始めようか」僕は言った。「一問ずつ読んでみて」

サーピルはまず祖母を見、それから僕を見て、読みはじめた。「単元問題。第一問。季節が変化するのはなぜですか？　なぜいつも夏だったり、冬だったりしないのですか？」

「あたしにどうしてそんなことがわかるもんかね」お祖母さんが言った。

サーピルと僕は顔を見合わせて微笑んだ。

「じゃあ書いてごらん、サーピルちゃん」僕は言った。「理由はふたつある。ひとつは、世界が太陽の周りを回っているからだ。もうひとつは、地球の軸がまっすぐじゃないからだよ。一年を通じて太陽の光がいろんな角度から地球に当たるから、温度も変化する。そういう仕組みで四季があるんだ」

「やっぱり」お祖母さんが言った。

「お祖母ちゃん、知ってたんならどうして教えてくれなかったの？」サーピルが訊いた。

「問題のことじゃないよ、可愛いサーピルや。お祖母ちゃんが言うのは、思ってたとおり、ヤスミンの友達はみんな賢いってこと」

僕は急に咳払《せきばら》いして、彼女の間違いを正そうとした。「僕はヤスミンの友達じゃありません。弟です」僕は言った。

「弟でも友達でも、どんな違いがあるっていうのかい。あんたがたはみんな同じだよ」三人で話しながら、サーピルの宿題を終えた。僕たちは、季節が移り変わっても山の頂の雪が解けない理由と、僕らのいるところには四季があるのに、南極と北極にはなぜひとつしか季節がないのかについて話し合った。

「あたしらも南極や北極みたいなもんだ」とお祖母さんは言った。「いつだって貧乏だもの。四季みたいに、お金持ちと貧乏人が入れ替わるんだったらいいのにねえ。それくらい公平だって罰は当たらないやね」

窓の隙間から秋風が吹き込み、ふたりが遠からずその公平さを必要とするのは明らかだった。イスタンブルが寒くなり、雪が降って、湿気が骨に沁みるようになったら、ふたりはどうするのだろう？ ヒーターをつけるのだろうか？ サーピルのつま先がソックスの穴から覗いていた。たぶん、お祖母さんは彼女に靴下を編んでやっているのだろう。それから分厚いセーターを編んでやるつもりなのだ。ふたりとも痩せていた。指に骨が浮き、顔は青白かった。家に彼女たちしかいないのは、一目瞭然だった。カウチのほかに家具はなく、上掛けは例の二枚のキルトしかなかったから。

「そろそろ行きます」僕は言った。

お祖母さんは僕の腕をとった。「とんでもない、まだお茶も飲んでないじゃないの。何も食べてないし。サーピル、いい子だから、宿題が終わったらみんなにお茶を淹れておくれ。それからユースフ・アービに何か食べるものを出してあげてね」

「もう一個だけやることがあるの、お祖母ちゃん。詩を暗記しなくちゃ」

「どんな詩かい？」

「天国みたいなわが祖国って詩」

「天国みたいってかい？」お祖母さんは笑った。「たいした天国だよ！」

僕は座り直した。「サーピルは勉強があるから、お茶は僕が淹れますよ」

「あんたさん、世話をかけて悪いねえ。そこにパンとオリーブが少しあるよ。お茶と一緒におあがり」

「ありがとう、でもお腹《なか》はいっぱいなんです。出てくる前に食べてきたから」

サーピルはキルトを重ねた横に座って、詩を暗記しようと教科書を開いた。

僕はお茶を注ぎ、三つのグラスに砂糖を加え、かき混ぜた。

お祖母さんは編み物を膝に置くと、両の手のひらで熱いグラスを包んだ。

「あたしが編み物を始めたのは、サーピルの年頃でね」と彼女は言った。「その頃は目が見えたのよ。うちの村は世界の反対側にあって、そこでは季節はふたつだった。夏は畑で働いて、冬は編み物をしたの。そこにいた頃は、自分は一生、畑で過ごすんだと思ってた。なのに今は、編んだセーターを売って暮らしを立ててるんだからねえ。近所の人たちが口利きして、あたしのことを知り合いに話してくれるのさ。時々は自分で浜に降りていって、道で売ることもある。だけどセーターを売って稼いだお金でどこまでやっていけるっていうんだろうね？　この子にはもっとお金がいるよ」

「この子だけじゃないですよ、あなたにも必要です」

お祖母さんは持っていたお茶のグラスを窓辺に置いた。僕のほうに身を乗り出し、言った。

「あたしが問題を出したら、答えてくれるかい？」

「なんについてですか？」

「サーピルだよ」

僕はぽかんと相手を見つめた。

「簡単な問題さ」彼女は言った。「サーピルはあたしの娘の娘で、あたしの旦那の妹なの。どういうことかわかるかい？」

問いそのものよりも、僕はそれがほとんど意味をなさないことに考え込んだ。

「なぞなぞみたいですね」僕は言った。

「ヤスミンにもよく同じような問題を出して、次に来るときまでに考えておいでって言うのさ。あの子にまた訪ねてくる理由をやりたくてね。あんたさん、その問題の答えはわかりそうかい？」

「どうかなあ、ややこしそうです」

「そりゃ何よりだよ。あんたにも時間を上げるからね。どこに行くにしたって、達者でいるんだよ。そして無事に帰っておいで。そのなぞなぞの答えを待ってるからね」

「大丈夫、きっと答えを持って帰ってきます」僕は無理に明るく言った。

お祖母さんはうしろに寄りかかると、目元を指先で拭った。「ねえユースフ」彼女は言った。「あたしはね、目が見えなくなる前に見た夢が恋しくてね。村の結婚式で若い娘たちを見ると、山のニンフかと思ったものよ。すんなりとした首に、むきだしの胸の谷間、吐息には小鳥が羽ばたいてね。大人になったら、自分もそういう娘になるんだと夢に見たもんだった。鏡が照り映えるような乙女にね。でも年頃になる前に、あたしの人生は変わってしまった。ある年の夏じゅう、黴臭い風がずっと村に吹きつけて、作物がみんな腐ってしまったことがあったの。羊飼いたちは、川で溺れた鹿や崖から落ちた狼たちの死骸をたくさん見つけてね。立派な翼を広げて、まるで天の皇帝《スルタン》のように飛ぶ鷲《わし》たちも、一羽、また一羽と空から落ちてきた。獣たちを盲目にした病は、すぐに子どもたちに広がった。一晩で、あたしの友達も大勢亡くなったの。目が痛い、と泣きながらね。哭《な》き女たちがやって来て、嘆きはじめた。あたしは運がよかったのよ、目は見えなくなっても、生き延びたから。あたしはおいおい泣いたけど、哭き女たちはもっと大声で泣いた。鹿の子を罠で獲ったり、狼の子を撃ったりしたせいで、村は呪われたんだって、みんな言い合った。そうだ、この話は知ってるかえ、ユースフ？　あるところに、目の見えない人ばっかり住む街があったんだって。そこの住人はみんな、生まれつき目が見えないのよ。ある日、ひとりの子どもが目が見えるようになって、周りのものを見はじめたの。住人たちはこの病に震えあがって、ほかの子たちみんなに広がらないようにと、その子を殺して死体を燃やしてしまった。あたしが考えるのはイスタンブルのことなの。恐ろしい罪を重ねているこの街には、どんな罰が相応《ふさわ》しいんだろうね。どんな呪いが彼女を襲うんだろう？　それともう呪われていて、だからあたしたちは苦しんでいるんだろうかね？　この街では、目が見えるようになった人間を誰でも寄ってたかって殺してしまう。あんたには夢があるね、ユースフや。だから奴らはあんたのことも寄ってたかって殺してしまうよ」眠くなってきたのか、お祖母さんのことばは間延びし、呟くような声になった。彼女はひとりごとのようにぶつぶつ言った。「あいつらはヤスミンも寄ってたかって殺すだろう。すんなりとした首も、むきだしの胸の谷間も、吐息に羽ばたく小鳥も一緒に」

僕は外を見た。窓から僕らのゲジェコンドゥの庭の入り口が見えた。ここからなら人の出入りを見張れる。でも、誰が？　盲目のお祖母さんが？　もう辺りは暗かったが、ヤスミン・アブラは戻っていなかった。この時間を過ぎて帰ってくることはないだろう。

船の汽笛と、カモメの啼き騒ぐ声が遠くに聞こえた。星々が街の上に、東からの砂嵐のように広がってきた。空は水を張ったように濡れていた。たぶん、地平線の向こうにはもっと星があり、空がもう満員なので順番待ちをしているのだろう。空は無限で、同時にガラスの覆い《ベル・ジャー》に収まるほどに小さかった。星々がどこで終わり、街の明かりがどこで始まるのか、見分けるのは難しかった。

お祖母さんは身を乗り出すと僕の手をとった。手のひらに折り畳んだ紙片を載せた。

僕は興味を惹かれてそれを開き、短いメモを読んだ。「家は見張られてる……灰色のポイント……明日……十五時……追伸　イヤリングは忘れて……」

イヤリング？

お祖母さんは胸元に手を突っ込み、ブラジャーからイヤリングを取り出した。それはあの琥珀のイヤリングの片割れだった。

「ヤスミン・アブラが来たんですか？」僕は勢い込んで訊いた。

「あたしは目が見えないからね、どうだったかね」老女は謎めいた言い方をした。「裏口から小道に出られる。サーピルについておいで。そっちから出れば誰にも見られないからね」

僕は手にしたメモを読み直した。僕らには用心のための仲間内のルールがあった。待ち合わせ場所はさまざまな色の名前で呼んでいた。灰色のポイントはイスタンブル大学図書館前のバス停だった。待ち合わせは必ず指定の時間の一時間前だ。つまり落ち合う時間は十四時ちょうどということになる。イヤリングの片割れを託したのは、自分からのメモだと僕に信じさせるためのヤスミン・アブラの知恵だ。「イヤリングは忘れて」という警告は、壁に釘を打ち込むみたいに明解だった。僕はなにひとつ痕跡を残してはならない。ほかの誰かにつながるものを、ひとつも身につけていってはいけない。

僕はお祖母さんの手にキスした。

「僕らの家にゼラニウムがあるんです。鍵を置いていったら水をやってくれますか？」と頼んだ。

「心配おしでないよ、お宅の鍵はあるからね」そう言うと、お祖母さんは編み物を取り上げ、指にウールの毛糸を巻いてまた編みはじめた。編み棒が鳥の翼のように上下に動く。出ていこうとすると、後ろから声がかかった。

「あたしの訊いたことを忘れないでね、答えを待ってるよ」

外に出ると、刃物のような風が顔を撫でた。僕は首にしっかりとマフラーを巻きつけた。サーピルの後に続いて、闇に飛び込んだ。小道は曲がりくねりながらどこまでも続き、ところどころで枝分かれしていた。いたるところに藪があった。どこに行くのかわかっていなければ、あっという間に迷ってしまっただろう。それは秘密の迷宮のようだった。明かりがだんだん届かなくなり、下のほうから聞こえていた犬たちの吠える声もかすかになった。丘を越えて藪を抜けると、菜園に出た。僕らはそこで立ち止まった。ここから先は、僕ひとりで行かなくてはならない。

ポケットに入っていたお金を取り出し、半分をサーピルに渡した。一生懸命勉強して、お祖母さんの面倒をよく見てあげるんだよ、と言い、身を屈めて彼女の頭のてっぺんにキスした。そのとき不意に、内側から光が照らすような彼女の顔に、あの琥珀のイヤリングはぴったりだと閃《ひらめ》いた。その顔は、素直で、繊細で、愛らしかった。サーピルは山のニンフのようだった。足りないのは黄色の琥珀だけだ。僕は片手で彼女の二本のおさげを押しやり、顎を持ち上げた。琥珀のイヤリングを片耳につけ、もう片方をもう一方の耳につけてやった。「これは君のだよ」僕は言った。彼女は信じられないというように目をぱちぱちすると、両手を顔に上げ、二粒の水のしずくのように揺れているイヤリングに触れた。その顔に浮かんだ表情は世界で一番美しかった。うっかりすると、翼を生やして、星々が煌めく空に飛び去ってしまいそうだった。

菜園に足を踏み入れ、ゆっくりと歩き出しながら、ヤスミン・アブラから習った詩が頭に浮かんだ。「こころ自由《まま》なる人間は、とわに賞《め》づらむ大海を」

その瞬間、誰かが僕のほんとうの名前を呼んだ。僕は闇のなかで立ち止まり、周囲を見回した。声がどこから聞こえるのかわからなかった。心臓が胸のなかで激しく動悸《どうき》を打ちだした。

冷たい汗が首に流れた。また同じ声が聞こえて、僕は薄目を開けた。

「デミルタイ」ドクターが言った。「寝言を言っていたよ」

「寝落ちしちゃったんですね」僕は言い、牢の暗い壁を見つめた。眠りと、物思いにふけることだけが慰めだった。夢のなかでは、ここの外にいて、奴らに捕まる前の暮らしに戻る。夢を見た後はいつもひどくつらかった。牢のなかで目を開けると、絶望と後悔の鉤爪《かぎづめ》が僕をかきむしった。膿の色をした目の前の壁を見る。なぜ捕まったんだ、なぜもっと速く走らなかったんだ、と自分をなじる。もう一度チャンスが欲しかった。人生をがらりと変えるチャンスだ、と僕は言った。その結果、僕は全身を傷だらけにして痛みにのたうっている。

「キュヘイランさん」僕は言った。「なぞなぞを出してもいいですか？」

「おやおや、あたしが昨日なぞなぞを出したから、仕返しにテストしてやろうって魂胆かね？」

「僕のなぞなぞのほうが難しいですよ。いいですか。ある女の人が小さな女の子と一緒にいるんです。僕がお孫さんですか、と尋ねると、彼女はこう答えました――これはあたしの娘の娘で、夫の妹です、って。どういうことだと思います？」

「それは夢に見たのかい？」

「いいえ」僕は言った。お祖母さんとサーピルのことは黙っていた。

「娘の娘、夫の妹か」キュヘイランさんはひとりごとを言った。「面白い謎かけだね。解けるかどうかちょっと考えさせてもらうよ」

キュヘイランさんとドクターは、そのなぞなぞの答えを考えながら、ここ二日、誰も拷問に連れて行かれず、どの牢も何事もなく放っておかれているのはなぜかと不思議がった。昨日も今日も、誰も連れて行かれなかった。鉄の門が開いたのは、看守の交替と食事が運ばれてきたときだけだった。

「尋問官も人間だから、一日十時間も二十時間も人を拷問するのに飽きるんでしょう。みんなして一日休みをとって気分転換しとるんですよ。どこか暖かいところ、そうだな、海の真ん中の島かなんかで、浜辺に寝そべってるうちに、魂がカリカリの日干しになっちまったのとちがいますか」キュヘイランさんが笑いながら言った。

「まさか」とドクターは言った。「拷問は汗をかきますからね。汗が引く前に外へ出て、寒いなかで風に当たって風邪を引いたんですよ。それがあっという間にみんなに伝染《うつ》ったんです。今頃は家でのんびり、ライムの花を煮出したのにレモンとミントを浮かべて飲んでいるんでしょう」

ドクターとキュヘイランさんが笑っていると、小さなボタンが牢のコンクリートの床の上を滑ってきて、僕らの足元に止まった。誰もそれがどこから来たのかわからなかった。黄色の星の形をしたボタンで、二つ穴があいていた。キュヘイランさんがそれを拾って、光にかざした。「女物の服のボタンだな」僕たちはみんなで鉄格子のところに行き、外を見た。ジーネ・セヴダが灰色の額縁に入った肖像画のように、向かいの房のなかで立っていた。彼女はボタンをひとつ引きちぎり、ドアの下の隙間からこちらへ投げたのだった。僕らを見て、というかキュヘイランさんを見て彼女は微笑んだ。紫色の環《わ》に囲まれた目が輝いた。「大丈夫?」と空中に綴った。キュヘイランさんは、学校に入りたての小学生の男の子みたいに、苦心しながら文字を書いた。

ふたりをおいて、僕はまた座った。足をドクターの足の上に載せる。顔を膝に伏せてひたすら眠っている床屋のカモを見つめた。彼は今日、ひとことも口をきいていなかった。まるで僕らがそこにいないかのように振る舞った。自分の殻に引きこもり、ずっと寝てばかりいた。

ドアのところに立っていたキュヘイランさんが、身を屈めて言った。「カモ、格子のところへおいで、ジーネ・セヴダがお礼を言いたいそうだ」カモは顔を上げた。据わった目をし、いつもにも増して怠《だる》そうな表情を浮かべた。自分がいる場所を思い出そうとするように辺りを見回した。それから、そっけなく宙に手を振り、放っておいてくれという合図をした。そして膝を抱きかかえると、腕のなかに顔を埋《うず》め、自分の世界に引っ込んでいった。カモが逃げ込める一番人里離れた隠れ家は眠りだった。彼にとって眠りだけが僕らから精一杯遠く離れられる場所だった。

六日目
ドクターの話

時間の鳥

「娘はイスタンブルの港に停泊していた大きな船にそっと忍び込むと、梯子を上って大型の救命ボートのなかに身を隠しました。帆にくるまり、外から聞こえる物音に耳を澄ませます。船が帆を上げると、娘は安堵《あんど》のため息をつきました。眠ったり起きたりしながら船上の時間を過ごし、水夫たちの歌声に聴き入りました。やがて船が港に錨を下ろすと、あたりが静まりかえり、暗くなるのを待ちました。娘は誰にも見られずに梯子を下りるや、駆け出しました。新しい世界を目指して走っていきます。夜明けまで走りながら、気がつくとどちらへ曲がっても、丸い月が追いかけてくるのでした。やがて娘は砂漠にたどり着きました。砂の上に横になってしばらく休み、ふと見ると、はるか彼方に粗末な庵《いおり》があります。庵の前では、老いた隠者が太陽に向かって祈りを捧げていました。そろりそろりと立ち上がった隠者は、絹の衣をまとった美女が近づいてくるのを、まるで夢を見ているかのように呆然《ぼうぜん》と見つめました。隠者は慌てて庵に引っ込み、聖なる書物の前に跪《ひざまず》いて、ひとりごとを言いました。神がわしを試みておられるのだ。肉の欲に屈してはならぬ。だいたいわしは年寄りだ。外へ行って、あの乙女に水をやるとしよう。娘は隠者に向かって言いました。わたくしは王宮のハレムに住みとうございませぬ。それでイスタンブルから逃げてまいりました。どうか隠者様のおそばにおいてくださいませ。そうすれば、きっとわたくしにも神様にお仕えする正しい道が見つかるでしょう。隠者は娘を諭して言いました。このまま歩き続けるがよい。砂丘をいくつも越えた先に、もうひとり隠者が住んでおる。神に仕える正しい道をそなたに授けるには、わしよりもずっとふさわしい。娘は焼けつくような太陽の下をとぼとぼと歩いていきました。二番目の隠者の庵に着いたのは、日が高く昇った頃でした。蜃気楼かと思った二番目の隠者は目をこすり、瞳を凝らして見つめました。こちらへ近づいてくる生き物は、長い髪をなびかせた、柳腰のニンフではありませんか。これこそ隠者が耐え忍んできたなかでももっとも過酷な試練でした。神がかくも難しい試みに遭わせ給《たも》うたということは、わしももうすぐ聖者となって崇め奉られるに相違ない、隠者はそう悟り、跪くと天に向かって両腕を差し伸べました。おお神よ、と隠者は祈りました。わたしは年老いてはおりますが、まだ欲望は消えておりません。わたしの肉は燃え、血はたぎっております。しかし耐えてみせましょう。悪魔の道に進むことはいたしますまい。そして水を入れた器を手に取ると、娘のほうへ歩み寄りました。喉が渇いた娘はごくごくと水を飲みました。しずくが唇からこぼれ、顎を伝い、首まで滴り落ちていきます。娘は伏せた睫毛《まつげ》の下から隠者を見つめ、お助けくださいと、と懇願しました。どうかおそばにおいて、神様にお仕えする道をお示しくださいませ。隠者はため息をつきました。ああ娘よ、と彼は言いました。そなたに神に仕える道を示してやれたらどんなによいだろう。だがわしよりもずっとうまくそなたを導ける者がいる。あの砂丘を越えてゆくがよい。日が沈むところに住むその隠者のもとへ参るのだ。そこなら神に仕える道が見つかろう。その砂漠は何だったのでしょうか？　砂と太陽、しかしそれだけだったのか？　砂粒はどれもそっくりで、砂丘もそっくり、隠者たちもそっくりです。みんなよく似ていて、ひとりがもうひとりの言葉を繰り返す。太陽はひたすら燃え続け、しかしその砂漠は何だったのか？　娘は歩き続けました。ますます疲れ、足取りはますます遅くなりました。日がもう沈もうとするとき、最後の砂丘を越え、その下に庵を見つけました。ここは砂漠で一番美しい場所だわ、と娘はひとりごとを言いました。庵の前には、ほかのふたりよりもずっと若い隠者がおりました。隠者は沈む夕日に向かって額《ぬか》づき、一心不乱に祈っていました。若い隠者は、娘の声を聞きつけ、振り返りました。目の前にいたのは、つぼみのような乳房をし、腿《もも》を露《あら》わにしたニンフでした。まさしく神からの贈り物に違いありません。隠者は、疲れ果てて気を失った娘を腕に抱き、庵のなかに運びました。濡らした布で、娘の額、首、そしてひび割れた唇を湿してやりました。そして夜明けまで枕元に付き添っていました。神が人に美をお示しになる方法はさまざまです。茂みの薔薇、砂漠の水、空にかかる月はみな美しい。そのすべてを足した上に、ニンフのような娘は、まさに天を映す鏡そのものでした。神に至る道とは、こうした美を追い求める道なのです。隠者が若くして砂漠の奥深くに身を埋もれさせているのもそのためでした。空が明るみはじめ、娘が目を開けました。娘は隠者を見て言いました。王宮には戻りとうございませせぬ。おそばにおいて、神に仕える道を教えてくださりませ。ふたりは庵の外へ出て、新しく昇る太陽の前に跪き、目を閉じました。神はふたりと共におられました。その日、ふたりは葉っぱを集め、娘の寝床をこしらえました。夜になると、並んで床につきました。そしてある晩、心を決めました。隠者は長いあいだ思い悩み、熱っぽい夢に幾度となくうなされました。そしてある晩、心を決めました。隠者は娘に尋ねました。おまえは、おまえの存在のすべてをつくして神にお仕えする覚悟があるか、と隠者は娘に尋ねました。娘は、はい、と答えました。では聞きなさい、と隠者は言いました。悪魔は神の宿敵である。神は悪魔を地獄の業火のなかへ落とされたが、奴はそこを抜け出してしまう。人の務めは神に仕えることだ。さあ、わたしのするとおりにするがよい。そう言うと、隠者は着物を脱ぎました。娘も絹の衣を脱ぎ捨てました。ふたりは素っ裸になりました。空が暗く広くなり、星々が瞬いていました。ふたりは砂の上に跪き、満月を見上げました。黙ったまま待っていると、あたかも祈りに応えるように、体に変化が起きはじめました。隠者の男の象徴《しるし》が次第に命を吹き返し、すっかり硬くなったのです。それは何でございますか、と娘は尋ねました。これが悪魔だ、と隠者は言いました。悪魔はわたしを痛めつける。驚いた娘は、よく見ようと身を屈めました。顔をしかめ、隠者を憐れみました。隠者は、いかにも神を畏《おそ》れるといった口ぶりで言いました。神がそなたをここに遣わされた理由がわかったぞ。神は、わたしたちふたりで、わたしの悪魔をおまえの地獄のなかに戻せるかどうか知りたがっておられる。神はふたりを試しておられるのだ。われらは助け合わねばならぬ。娘は熱心に隠者を見つめ、神の祝福を受けられるならどんなことでも喜んでいたします、と言いました。隠者は立ち上がると、娘を庵のなかに誘《いざな》いました。翌朝、目覚めたふたりの顔には今までにない表情が宿っていました。ふたりは床のなかで微笑み合いました。悪魔は神様の宿敵に違いありませんわ、と娘は言った。悪魔ったら、わたくしのなかに追いやられると、大暴れして地獄の火のなかを滅茶苦茶に駆け巡るのですもの。わたくし、数えましたの。わたくしたち、夜のあいだに悪魔を全部で六回も地獄に送り返してやりましたわ。隠者は、この調子で励むとしよう、と娘に言いました。神へ至る道を歩むには、たくさんの信心が必要だ。そして娘にまたがり、またしても悪魔を地獄へと送り込みました。神様にお仕えするほど素敵なことはございませんわ、と娘は言いました。神様にお仕えするよりほかのことをしたがる者は皆、愚か者でございます。でも、わたくし一晩ずっと考えておりましたの。なぜ神様は初めから悪魔を打ち滅ぼされなかったのでしょう？　神様が悪魔を打ち滅ぼしたくても、力が足りなかったのなら、神様は弱いことになります。でも、もしほんとうはできるのに悪魔を打ち滅ぼされなかったのなら、神様は悪を認めておられるということです。神様が悪魔を打ち滅ぼせるほど強いお方であって、そうしたいとお望みなら、なぜ悪魔はまだ存在するのでしょう？　この悪はどこから来るのでございますか？　ふたりは砂漠で語り合い、眠り、神を礼拝しながら日々を暮らしました。太陽は同じ場所から昇って同じ場所に沈みましたが、月はひと晩ごとに違う顔を見せました。ある日、隠者が庵の傍らに座って遠くを見ていると、娘が文句を言いました。わたくしは、ここにぼんやり座っているために遣わされてきたのではありません。神様にお仕えするために参ったのです。昨日からわたくしたちは何を待っているのでございますか？　なぜ悪魔を地獄に戻さないのでございますか？　隠者は微笑しました。ふたりして悪魔を懲らしめてやったので、悪魔が高慢にも頭をもたげてこないうちは、罰しなくてよいのだ。娘はがっかりした顔をしました。両手を腹に置き、言いました。あなたさまは暴れる悪魔をお鎮めになったかもしれませぬが、わたくしの地獄の火はまだ燃えております。地獄は悪魔を欲しがって舞おりますわ。ふたりは遠くに砂塵《さじん》が巻き上がるのを見つけました。砂漠の砂が空へ向かって舞い上がります。馬に乗った男たちの一団が砂丘を越えてやってくると、ふたりの傍らに立ちました。姫様をお迎えに参りました、と騎士たちは言いました。そして娘を馬の背に乗せ、くるりと向きを変えて来た道を引き返し、同じ砂塵のなかに消えてしまいました。イスタンブルの王宮に戻った騎士たちは、娘を医師たちと侍女たちに託しました。おそばの者たちは、姫の体を薔薇水で浄め、鏡の前に座らせました。髪にビーズを編み込み、肌に香油を塗り、目をコールの墨で縁取りました。支度が整うと、皆は姫を宮廷の年長の貴婦人たちの前へと連れて行きました。貴婦人たちは、何があったのか、砂漠で何をしていたのかと姫に尋ねました。神様を礼拝しておりました、と姫は答えました。わたくしは貞淑そのものの暮らしを送っておりました。この足を開きますと、隠者様が悪魔を地獄へ追い返しますの。神様を崇めることがどんなに楽しいことか学びましたわ。ああ、あのままずっと神様にお仕えできればよかったのに。一瞬、年長の貴婦人たちは静まりかえり、それからどっと笑いだしました。心配おしでない、と彼女たちは言いました。悪魔を地獄に送って神に仕えたい者は誰でも、ここでそのとおりのことができようぞ」

わたしは、自分が牢獄ではなく、イスタンブルの王宮で年長の貴婦人たちに交じって座っているかのように笑った。体をふたつに折り、最後の一文を繰り返そうとしたが、笑い過ぎて無理だった。

老キュへイランとデミルタイはわたし以上に笑い転げていた。苦しみ悶える以外の時間を、眠るか笑うかして過ごすのはふたりにとってよいことだ。笑いはふたりの顔に生気を取り戻させ、拷問で嗄《か》れ果てた声を蘇らせた。宮廷人たちのように、互いに顔を見合わせてはさらに笑い、自分がどこにいるのかを忘れた。それとも、そんなふうに腹の底から笑うのは、自分たちが獄房にいることを一瞬たりとも忘れていないからだった。

最初の数日は、みんなここがどんなところなのか理解できない。どんなに頑張っても、獄房と自分自身をつなげられない。それから、時間について考えはじめる。頭上の街で送っていた暮らしは、数週間前のことか、それとも数百年前のことだろうか？　自分たちの生活と、イスタンブルの王宮の暮らしのあいだに時の差はあるのか？　話をすればするほどに、自分たちは無のなかからぽっとここに降り立ったのではなく、どこか外の時間からやってきたのだということに気づく。だがどの時間だろう？　わたしたちは互いに物語を語り合い、今この瞬間の匂いを辿《たど》り、それを突き止めようとする。

吠えるような笑い声を最後に、学生のデミルタイは静かになった。「物語の最後の場面まで、すべてが目の前に生き生きと浮かびましたよ、映画みたいに。波を越えて進んでいく船も、砂漠を歩く娘も、庵の上に煌めく星々も、遠くの砂煙も……。それから映画はぱっと消えてしまった。笑いだしたとたん、物語の時間から抜け出て、牢屋の時間に戻ってきちゃったんです。

心に浮かんだ映像は、最後のことばと一緒に消えてしまいました」

「この前、キュヘイランさんが狼の話をしたときも同じことを言っていたね。君は耳で聞くものに命を吹き込めるんだな、映画みたいに。将来、映画監督になりたいのかい？」

「ええ、映画監督になってここで聴いた物語を映画にしたいです。もしまだ誰も撮ってなかったらですけど……」

熱心に耳を傾けていた老キュヘイランが口を挟んだ。「そりゃ、有名な話なんですか？」

「聞いたことありませんか？」

「いやありません」

「キュヘイランさん、われわれの誰かがした物語で、あなたがまだ知らなかった話はこれが初めてですよ。お祝いしなくちゃいけませんな」

「ドクター」老キュヘイランは言った。「イスタンブルをいくらよく知っとるといっても、あたしが聞いたことのない話はまだまだありますよ。親父はイスタンブルに行くたびに、新しい名前や出来事を耳にすると言っとりました。子どもらに新しい物語をしてくれるときは、そりゃあ楽しそうでね。イスタンブルの通りや建物はどんどん成長し、無限とはこういうもんだという感じを生み出すんだそうです。砂漠みたいなもんですな。太陽が昇る場所と沈む場所のあいだには、途方もない数の世界があって、どれひとつ同じものはありません。イスタンブルでは、宇宙全体をこの手に握っとるような気になるかと思えば、自分が消えかけとるような気がすることもあります。街をどう見るかに合わせて、自分を見る目も日々変わるんですよ。ある夕方、親父は金角湾の岸辺で老人に会ったそうです。その老人は、丸い懐中鏡を持って、それを覗き込んでは、対岸にしきりに目を向けていました。親父はその男の隣に座り、挨拶して、しばらく待っとったそうです。鏡に映る自分の醜さを観察していましてね、と老人は言いました。若い頃は、こんなじゃなかったんですがね、なかなか男前だったんです。ある娘と恋に落ちて、結婚しました。子どもたちも生まれ、ふたりで幸せな四十年を過ごしました。先週、妻が亡くなりまして、ピエール・ロティの丘の近くの墓地に埋葬しました。ほら、ちょうど向かいの斜面です。妻の眼差しがなくなったら、男前だったわたしも昔話になりました。歳月はあっという間に過ぎ去りますな。今、鏡を見るたびに気づくんですよ。こうも老いさらばえ醜くなったかとね」

老キュヘイランは膝を折り、壁にもたれ、背をぴんと伸ばして座り直すと続けた。

「この話をしてくれた後、親父は言いました。昔は自分は見栄えがいいと思っていたのに、今は醜くなったと気づく人も、イスタンブルのことをそう感じる人も、どんどん増えているんだ、と。親父は片手を明かりにかざして言いました。そういう人たちの生きている時間を見せてやろう。そして大きな翼をした鳥のような影を壁に映し出しました。ご覧、これが時間の鳥だ。過去のなかを、鳥はどんどん飛んでいく。今にたどり着くと、鳥は羽ばたきをやめる。風に乗って浮かんだままだ。イスタンブルの時間もそうなんだよ。過去のなかで翼を羽ばたかせ、今にたどり着くと、翼を止めてゆっくりと無の空間を滑っていくんだ」

老キュヘイランは大きな両の手のひらを見つめ、一本一本の指を大きな羽根のように広げた。

「子どもの頃、時間の鳥がいるもんだと信じとりましたが」と老人は続けた。「親父の話すイスタンブルがどういうものなのかは、ようわかりませんでした。今、この牢屋に入ってようやくわかりましたよ。目を開けるたんびに、頭の上に黒い翼の鳥が見えるんです。時間の鳥が、翼を決して動かすことなく、あたしらの上をぐるぐる回っとるんです」

わたしたちは顔を起こし、天井を仰いだ。そこは暗く、深かった。そんな濃密な闇は見たことがないというように、それに心を奪われた。闇はその渦にわたしたちを呑み込もうとしていた。われわれより前に、誰がこの闇を越えていったのだろう？　誰が生き延び、誰がここで最期の息を引き取ったのだろう？　わたしたちは、地上ではなく地下で生まれたような気がしていた。一日過ぎるごとに、外の世界のことを少しずつ忘れていった。〝寒い〟の反対が〝暑い〟なら、暑いということばは知っている。だが、それがどんなものだったかを思い出せなかった。地中に棲む蚯蚓《みみず》たちのように、われわれは暗闇と湿気に慣れてしまった。責め苛まれさえしなければ、ここでずっと生き続けるだろう。パンと水、少しの眠りさえあればいい。わたしたちが立ち上がって手を伸ばせば、頭上の闇に届くだろうか？

「キュヘイランさん」わたしは言った。「われわれもいつかここを出るでしょう。一緒にイスタンブルを散歩しませんか。それからうちのアパートの海に面したバルコニーに座りましょう。あなたが物語をして、わたしが聞くんです」

「なんでドクターじゃなく、あたしが物語をするんですか？」

「キュヘイランさん、あなたは『デカメロン』に負けないほどお話を知っているからですよ。

ラクはお好きですか？　物語を肴《さかな》にラクを飲みましょう」

「そりゃ素晴らしい。今夜はラクの宴会といきませんか、ねえドクター？」

「名案だ。料理はわたしがしましょう。魚がいい。しかし、今が夕暮れ刻かどうかわかりませんな」

「時間のことはさっぱりわからんですから、あたしたちが時間の主《あるじ》です。ここでは、われわれが望めば夜になり、日よ昇れ、と思えば夜が明けます」

学生のデミルタイがいたずらっ子のように座り直した。「僕も招《よ》んでくれますよね？　僕が若いからって、ラクを飲ませてくれないなんて、そんなことしないでしょう？」

老キュヘイランとわたしは顔を見合わせ、どうしようかという表情を浮かべてみせた。

「キュヘイランさん」デミルタイが続けた。「もしよかったら、僕、魚屋が集まる浜に行ってきます。一番いい魚を売ってる店を知ってるんです。帰りに八百屋《やおや》でサラダの野菜も買ってきますよ。それと近所の店でラクの大瓶も」

「まだ時間が早いよ」

「なにを言ってるんです。もうすぐ夕方だったらどうします？　太陽が家々の屋根の上に傾いているかもしれません。通りが学校帰りの子どもたちのはしゃぐ声でいっぱいだったら？」

「慌てることはない、よく考えてみないといかん」

「キュヘイランさん、もしディナーに招待してくれたら、僕、昨日のなぞなぞの答えを教えますよ」

「なぞなぞ？」

「それに、もしお望みなら、別のなぞなぞも出せますし……」

老キュヘイランは一瞬黙り込み、それからゆっくりと言った。「浜へ行って一番いい魚を選んでくるって？　それと帰りに生野菜とラクを買ってくるんだったな、え？」

「おふたりがわざわざ出かけて疲れることはありませんよ。海に面したバルコニーに座ってお喋りしたり、物語をしたりしててください。僕が買い出しに行って、夕方のラッシュの前に帰ってきます。途中、街や魚市場やバスで人々の話に聞き耳を立てて、こないだの競馬で誰が八百長をしたか、この前どこで火事があったか、どの歌手が最近離婚したか聞いてきます。新聞も買ってきますよ」

「レモンを忘れないでくれよ」わたしは口を挟んだ。「テーブルはわたしが支度しよう。ラクを注いでね。街の明かりがぽつぽつと灯《とも》っていく頃に、ステレオでお気に入りの曲をかけるとしようか」

「音楽はいいですな」老キュヘイランが言った。「しかし、あたしが酔っぱらって歌おうとしたら止めてくださいよ。いい声で知られる人もいるが、あたしは音痴で有名なんですよ。あたしが歌ってるのを聞きつけると、村じゃみんな回れ右して来た道を引き返したもんです」

老キュヘイランは腹を揺すって笑った。

「わたしの歌もひどいものですよ」わたしは言った。「ラクを飲むときは、妻の歌以外は聴かないことにしてるんです。妻ほど美しい声の持ち主はそういない」

「奥さんもラクはお好きですか？」

「好きでした。ずいぶん前に亡くなりましてね。病気が広がりはじめたとき、こっそりと声をカセットに録音しておいてくれたんです。わたしの残りの人生、ふたりでテーブルを囲むには、それが一番いい方法だと思ってね。日が暮れると、わたしはステレオのスイッチを入れ、テーブルに座ってグラスに酒を満たします。イスタンブルを見つめ、眺めにうっとり浸るんです。海を挟んだ両岸に明かりが灯ると、おとぎ話の魔法の国かと思うほどですよ。トプカプ宮殿の城壁や塔が、妖精の王の城さながらに立ち上がり、淡い光が薄いベールのように壁を柔らかく包みます。左側には乙女の塔やセリミエ兵舎の明かり、そして運がよくて晴れた日なら、遠くにプリンスィズ諸島の明かりがちらちらしています。はて、二杯目をいつ空けてしまって、三杯目を飲みだしただろう。トルコの古い歌を歌う妻の声が、パチパチというノイズ混じりでステレオから流れてきます。彼女はワカレの街のことを歌っている。ワカレというのは、希望からはるか彼方にある街です。そこからは、一羽の鳥も通わず、一片の知らせも、ひとことの挨拶もわたしたちのもとに届きません。あるのはただ、失意の嘆きと空しい待ち時間、そして慰めよりも煩悶《はんもん》をもたらす夜だけです。ボトルのラクが減るにつれ、空の星が増えていきます。するとと妻が新しい歌を歌い出す。一面に花々が咲き乱れ、水晶のシャンデリアのように夜が揺れる。遠くにフェリーの汽笛が聞こえ、カモメたちが翼で夜空に線を引いていきます……」

わたしは顔を上げて天井を仰いだ。時間の鳥は、頭上をぐるぐると廻《まわ》っているのだろうか？闇のなかでわたしたちのために道しるべを描いているのか？　果たしてここを出て、バルコニーに座れる日は来るのか？　ほんとうに、談笑しながら海を見渡し、イスタンブルの眺めにうっとりと浸ることはできるだろうか？

「キュヘイランさん、この頃のわたしは、あなたの父上が金角湾で会った老人のようですよ」そう言うと続けた。「妻のことを考えると、過去の幸福は過去にしかないという思いでいっぱいになります」

デミルタイは戸惑った顔でわたしを見た。「ドクター、ドクターが悲しい顔をするの、僕、初めて見ました」

「悲しそう？　さあ、どうだろうな。ここでは気分のいいことを考えるようにしてるんだよ。悲しみは、ラクの宴会に紛らわしてしまうほうがいい」

「僕、宴会に行っていいんですよね？　その口ぶりだと」

わたしは答えず、老キュヘイランが口を開くのを待った。

老人は、デミルタイをじっと見てから、若者が聞きたかったことを言った。「おまえさんはなかなか利口な子だ。来りゃあいい。今夜みんなでラクを飲むとしよう」

デミルタイは嬉しそうな顔をする代わりに、むっとして身を乗り出した。「キュヘイランさん、僕を子ども扱いするの、やめてもらえませんか？　ラクの宴会に行くんだから、僕はどう考えたって子どもじゃないでしょう」

「ただの口癖だよ、デミルタイ。おまえさんは立派な若者だ」

満足したデミルタイは身を引き、壁に寄りかかった。「ジーネ・セヴダも呼びますか？」彼は訊いた。

「そりゃあいい。誘ってみよう」

房の扉の下から潮風が吹き込んだ。三人の視線がドアに釘づけになった。風はコンクリートの床を撫で、室内に流れ込み、運んできた海の匂いをわたしたちの裸足に残していった。それは、塩辛い藻が揺れる世界から便りが届く先触れだった。足首から寒気が上ってくる。それは束《つか》の間の感覚だ。時折、海の、松の、オレンジの皮の匂いが鼻を掠《かす》めることがある。するとわたしたちは、儚くとらえがたいその匂いに必死でしがみつこうとした。それがわたしたちを獄房に置き去りにし、本来いるべきボスポラスの海へと帰っていく前に、その匂いをせっせと吸い込み、その香りで肺を満たそうとした。決して飽き足らず、いつも貪欲に欲しがった。たぶん、嵐の吠える声も聞こえるのだろう、あとほんの少し自分の空想を信じ、あとほんの少し憧れに身をまかせたなら。北風にうねる波の音も、漁船のエンジン音も聞こえるのだろう。

「ドクター」と老キュヘイランが言った。老いた漁師が波に逆らい呼びかけていた。その声は嵐のなかで切れ切れに聞こえた。「ついさっき先生が話してた本はなんていいましたっけ？いろんな物語が入ってるっちゅう本ですよ」

「『デカメロン』ですか？」

「そう、それです。妙な題名なもんで覚えられませんでした」

「本そのものも変わっているんですよ」とわたしは言った。「男女の一団が、ペストの流行を避けて都を逃れ、ある小さな家に籠るんです。疫病が過ぎ去るのを待つためにね。死を逃れる方法は街を脱出することでしたが、時間をつぶす方法は語り合うことでした。十日間、彼らは毎晩、火を囲んで物語をしました。〝デカメロン〟とは、その昔、イスタンブルの人々が使っていた言語で〝十日〟という意味です。それが本の題名になりました。彼らは猥談《わいだん》や恋物語、スキャンダラスな噂話《うわさばなし》をして、大いに笑いました。人生を軽くいなすふざけた物語によって、疫病への恐怖を希釈したんです。砂漠へ逃げた姫の話は、そのなかのひとつです」

「千と一晩かけて語ったという物語のことなら知っとりますが、十日間で語った話のことは聞いたことがありません。親父はどうしてこの話をせんかったのかなあ。ほかにも語る話がありすぎたからかもしれませんが」

「もしかしたら、話してくれたのかもしれませんよ。ただ、どこからとった話か言わなかっただけかもしれません」

「さあて、どうでしょうな?」老キュヘイランは言うと、記憶のなかにしまいこんであるすべての物語を思い出そうとするかのように口をつぐみ、しばらくして尋ねた。「『デカメロン』に出てくる、疫病が流行《はや》ったたっちゅう都はイスタンブルだったんですか?」

「キュヘイランさん、ご承知でしょう、われわれにとってはあらゆる街がイスタンブルなんですよ。子どもが暗くなっても家へ帰らず、細い路地で道に迷ったら、そこはイスタンブルです。若者が一生の恋人を探しに冒険の旅に出た街も、猟師が黒い狐の毛皮を求めて出発したのも、嵐に流された船がたどり着くのもイスタンブルです。王様がひと粒のダイヤモンドのように世界を丸ごと手のひらに収めたいと望むのも、最後の反逆者が決して降伏しないと誓うのも、少女が歌手になる夢を追って家出するのも、富豪や泥棒や詩人がこぞって向かうのも皆イスタンブルです。あらゆる物語はイスタンブルの物語なのですよ」

「まるで親父の話を聞いてるみたいですよ、ドクター。親父はよく、イスタンブルは地上もそっくり同じで、どちらの世界でも時間の鳥がまるで黒い影のように、羽ばたくことなく滑っていくんだと言っとりました。親父はこの場所の秘密を知っとったが、それを暴き立てるよりも、たくさんの物語を使って表現してみせたんです。イスタンブルは何かの部分じゃありませんでした。いろんな部分が合わさってできた全体でした。そのことをあたしらに教えようとしたんでしょうな。たぶん、親父は地下のどこかのこういう場所で、その秘密を見つけたのかもしれません」

「今やわれわれも、父上が見つけたものを発見しつつあるんでしょう」

「しかし『デカメロン』の人たちはあたしらよりは恵まれとりますよ。街を逃げ出して死を免れるんだから。こちとら闇に放り込まれて、街の奥底にいるときてる。こんなところにいるんじゃなく、『デカメロン』で物語をする仲間に入れてもらえるんなら、何だってくれてやるってんだ、ねえ？　連中は自分の意思でそこへ行ったが、あたしらは意に反してここへ連れてこられたんだし、しかも、連中は死から遠ざかれたのに、こっちはどんどん近づいてる。あたしらのイスタンブルが『デカメロン』のと同じ街なら、それぞれの物語の運命は違う方向に流れとるんでしょうな、そう思いませんか？」

「まったくです、キュヘイランさん」わたしは言った。

ことばを続ける前に、鉄の門が軋む音がした。みな条件反射のようにはっとした。互いに顔を見合わせ、目を鉄格子のほうへ向ける。外で彼らが何を話しているのか聞きとろうと躍起になる。声が通路に届くのを待ち受けた。ここ二日、鉄の門が開くたびに、誰かが連れて行かれるのか、食べ物が運ばれてきたのかと考えながら、われわれが感じていたものは、当然ながら好奇心ではなく不安だった。今日の配給は数時間前に運ばれてきた。今度は見張りの交替か、それともファイルを取りに来たのか。わたしは脳みそを振り絞り、われわれを脅かさず、牢のなかの平安が破壊されもしない可能性を思いつこうとした。わたしたちは、ここでの暮らしに満足していた。連れて行かれて拷問されるのでないかぎり、身を寄せ合って座り、語らい、浅い眠りに落ち、うさぎのように暮らすことで満ち足りていた。わたしたちは、幸福を地上世界のそれと比べて測らなかった。頭上の世界ははるか彼方の、遠い昔の記憶だった。牢のなかでわたしたちが幸せを測る唯一のものさしは、痛みだった。苦痛の不在は幸福を意味した。わたしたちはそれでよしとしていた。彼らが放っておいてくれるなら、わたしたちはずっと、こんなふうに幸せに暮らしていくだろう。

老キュヘイランが言った。「これもいつか過ぎていくんだ」彼が話しかけているのはわたしではなく、デミルタイだった。学生のデミルタイは見るからに青ざめて、外に注意を集中し、廊下の声を聞き取ろうと懸命に耳をそばだてていた。聞こえてくるのは看守たちのいつもの会話ではなく、大勢が口々に話す声だった。小声になったかと思えば、どっと笑いだす。わたしたちの二日間の休暇が終わったのは明らかだった。彼らはどこから始めるつもりだろう。向かい側の房か、それとも後ろの通路か？

「これはいつか過ぎていく、ですよね？」そう言ったデミルタイの声は震えていた。

「そうとも」老キュへイランは言った。「これまでもずっとそうだったじゃないか？　今度は違うって法はなかろう？」

「拷問に連れて行かれるたびに、僕、覚悟できてたんです。でもこの二日の休みで、体の緊張がゆるんでしまった。そっとしておかれることに慣れちゃったんです。今回はもっと痛みがひどくなる気がします」

「デミルタイ、痛みは変わらんよ。初めのときと寸分違《たが》わずな。奴らは何度だってわしらを連れて行く。わしらは繰り返し行っては、確信とともに帰ってくる」

恐怖はいつもわれわれの肋骨《ろっこつ》の内側に忍び込み、ドブネズミの小さな歯で心臓を齧《かじ》る。われわれは絶え間なく自分を疑った。目が回るような苦痛の炎に、狂気の入り口に立つあの恐怖に耐えられるか？　電撃が肉を貫き、思考する力を失いながら、それでも曰《いわ》く言いがたい感覚がこの手を握りしめ、生きる意志を堅く保たせる。ここの外に世界はあるのか？　われわれに未来はあるのか？　体が重くなり、自分の全存在が不安に乗っとられ、月が地球の周りを、地球が太陽の周りを猛スピードで回転し、回転しながら加速していく。痛みはもはやとめどがなく、時間と精神を歪《ゆが》ませる。

「きっと」とわたしは言った。「誰も連れて行かないよ。おそらく回れ右して、そのまま行ってしまうだろう」

わたしもまた、デミルタイが屈した安らぎに慣れてしまっていた。ここからもう二度と連れ出されることはないのだと、ほとんどそう信じ込んでいた。たぶん、彼らはわたしたちのことを忘れてしまったか、そうでなくても、わざわざ都市のはらわたの奥深くまで降りてくるのが億劫《おっくう》になったのだろう。わたしたちは、時々餌を投げてもらい、あとは放っておかれる動物だった。壁の湿りを指で探り、空気の匂いを嗅ぎ、互いに身を寄せ合った。来いと言われれば行き、行けと言われれば引き下がった。耳をそばだてて、通路に反響する足音が次第に近づいてくるのを、まるで初めて聞くもののように聞いていた。

「みんなで戻ってきたら、おまえさんの問題の答えを教えるよ」と老キュヘイランが言った。

「どの問題ですか？」デミルタイは興味を惹かれて訊いた。

「自分が出したなぞなぞを忘れたかい？　お婆さんが隣にいる子は自分の娘の娘で、夫の妹だと言ったんだろう？　さんざん考えて、やっと答えがわかったよ。戻ってきたらラクの宴会をしながら話そうじゃないか」

デミルタイは、嘘に化かされたがっている子どものように顔を輝かせた。「いいですよ。そのなぞなぞが解けたら、別のを出してあげます。夜明けまでラクを飲みましょう。いいですね？」

「もちろんだ、デミルタイ。おまえさんと盃《さかずき》を交わすのは光栄だよ」

ドアが開いた。岸に激しく打ちつける南からの波のように、光がどっと流れ込んだ。わたしたちは手で顔を庇い、眩《くら》んだ目をしばたたいた。

「ボケなすども、立て！」

そろそろと、わたしたちはむきだしのコンクリートの上に立ち上がった。

手をさっと伸ばし、彼らはまずデミルタイを捕まえ、次に老キュヘイランの腕をつかんだ。

「おまえは残れ」彼らはわたしに向かって吠えた。

残る？　湧き上がる嬉しさと、連れ出される仲間への沈痛な思いにわたしは引き裂かれた。学生のデミルタイの痩せた肩を、老キュヘイランの堂々とした足取りを見つめた。彼らは私が耐えることのない痛みへ向かっていく。そのことがもたらす悲しみの傍らに、自分の肉体が砕かれず、顔が血にまみれることはないと知った安堵があった。痛みを逃れることはできないが、今回に限っては、それはわたしを迂回《うかい》し、ほかの者たちを連れて行った。人間は本能的にまず自分自身のことを考え、自分が負う傷に警戒することを、わたしは知っていた。大学の一年目にそのことを学んだ。だが、人間には別の面もある。われわれは愛する者のために痛みに耐え、この場所で責め立てられることをものともしない。

「おまえも立つんだ、ケツ野郎！」

彼らは床屋のカモに言っているのだった。この二日間、壁にひっそりと寄りかかり、年老いた亀のようにひたすら眠り続けていたカモは、うなりながら顔を上げた。戸口の尋問官たちに目を据えた。立ち上がろうともせず、彼は相手を凝視した。

「おまえに言ってるんだ、うすのろ！」尋問官は恐ろしい声を出した。

床屋のカモは、体が壁の一部になってしまったように、じっと動かなかった。その背はタイルに糊《のり》づけされ、足は床に釘づけになっていた。カモは、自分がいつからそこに座っていたのか思い出せないようだった。嘆息し、苛立《いらだ》った表情を浮かべた。体をぴくりと動かす。片手で壁にすがった。彼らが自分を連れて行こうとしているとわかり、立ち上がったが、不安そうでもなく落ち着いているようにも見えなかった。ただ、完全に無関心な空気を漂わせていた。カモは、彼らに連れ去られ、拷問を受けることを幾度となく夢見てきたが、目を開ければいつもそこは獄房のなかだった。ほかの皆が苦しんでいるのに、なぜ自分は待っているのか。皆が鉄の門をくぐって行くのに、なぜ自分はここで眠っているのか。彼は自問した。そして体が苦痛に引き裂かれないがために、激怒にかられた。カモは、肉体の痛みが心の痛みを楽にしてくれることを願っていた。何日も、カモはその望みを抱きながら待っていた。

カモはドアに歩み寄り、尋問官のあいだを抜けて、大股で廊下に出ていった。誰も、彼を引きずっていく必要はなかった。これは彼が何日も熱心に待ちわびていた招待だった。これから向かう通路の先で、鉄の門をくぐった向こうで、自分に降りかかろうとしている運命の中心に何があろうともまったく意に介していなかった。

尋問官たちはすぐには立ち去らなかった。通路で待っている誰かに声をかけて言った。「あのクズを連れてきてドクターと一緒に放り込んでおけ」彼らは血しぶきを浴びた男を、髪をつかんで引きずってくると背をどんと突き飛ばした。男は牢に転げ込んで、わたしを押し倒した。折り重なって倒れた拍子に、わたしは壁に頭をぶつけた。下敷きになった腕が折れたかと思った。ドアが閉まり、また暗くなると、わたしは気を取り直した。身を起こして、脇にぐったりと横たわっている男を見た。男はうめき声を上げていた。

「大丈夫かね？」わたしは言った。

男を助け起こした。彼は苦労して座り直すと、壁に寄りかかった。

「傷が痛い」彼は言った。

「どこを怪我したのかね？」

男の髪、顔、首には血がこびりついていたが、彼が押さえたのは左のふくらはぎだった。

「脚だ。銃で撃たれた」

「銃で？」

「ああ。二日前の衝突で捕まったんだ。病院で弾を抜いてからここへ連れてこられた。朝からずっと拷問だ」

手を伸ばして脚に触れようとすると、男は表情を強張らせ、身を固くした。患者たちは傷に触れられるのを好まない。この職業についてから最初の数年、不思議だったこの反応を理解しようとするうちに、わたしは患者だけでなく、ごく普通のイスタンブルの住人たちも、触れられると怯《ひる》むことに気づいた。昔、ペストやコレラのような感染症が流行った時代には、人々はまだ互いに身を寄せ合い、くっつき合って暮らしていた。だが時が移り、癌《がん》や糖尿病、心臓病といった、ひとりで耐えねばならない病が感染症にとって代わった現代の人々は、自分の殻に引きこもって誰とも触れ合うことのない暮らしを送っている。「わたしは人間だ」と言えば、自分は他者から身を離す、他者とのあいだに距離をあける、というメッセージとして翻訳される。他人同士はおろか、友人同士も互いの体に触れることを避ける昨今、診察室にやってくる者たちは、檻《おり》に閉じ込められた猫みたいな気分でいるらしかった。そうした不安は、病気への恐怖感だけでは説明がつかなかった。人々にイスタンブルを捨てさせるものがあるとすれば、それは疫病の発生ではなく、唯一、触れ合いの流行だろうという気がした。触られると思ったイスタンブルの住民たちは、パニックに陥り、逃げ惑うことだろう。

「傷を見せてごらん、わたしは医者だ」

彼のズボンは破れ、縫い目が裂けていたので、ふくらはぎの傷が見えた。誰かがガーゼを当てて、包帯を巻いていた。わたしは包帯を留めているテープをそっと剝がした。彼の脚を、鉄格子から差す光のほうへ向け、傷が見えるようにした。

「出血はしてない。抜糸はまだだね」

ガーゼを戻しながら、男がさっきよりリラックスしているように見えることに気づいた。わたしが手を動かすのを落ち着いた表情で見つめている。

「寒いな」男は言った。

わたしは彼の額に触れた。「熱がある。怪我をしたばかりだとよくあることだ。心配ない。すぐに下がる」

「ならいいけど」

わたしは水のボトルの脇に置いたパン切れとチーズを取り上げ、男に渡した。

男はまるで異様なものを見たように動きを止めた。ためらい、手のひらに置かれたパンをしばらく見つめてから、噛みつき、二口で呑み込んだ。胸が大きく膨らみ、水のボトルをつかんで、貪るように飲んだ。

「俺はアリっていうんだ」と男は言った。「みんなには、アリ・ザ・ライターって呼ばれてる」その名に聞き覚えがあった。実のところ、その名は釘を打ち込んだように、しっかりと記憶に突き刺さっていた。わたしは彼の顔に顔を近づけ、よく見ようとした。ひそめた眉を、額の皺を見つめた。三十にも届かないだろうが、息子よりは年上に見えた。

「わたしのことはドクターと呼ぶといい。みんなにはその呼び名で知られている」とわたしは言った。

「まさか、チェラパシャのドクターじゃないよな」

「そのまさかだ」

わたしたちは互いの名前は知っていたが、会ったことはなかった。数週間前にイスタンブルの美しい通りのひとつ、あるいはビーチのカフェで落ち合うはずだったが、結局この獄房で出会うことになった。われわれの命の取り分はまだ残っていた。まだ行き止まりに着いてはいなかった。彼も興味を惹かれてわたしに視線をくれた。

「てっきりチェラパシャの医学部の若い学生だと思ってた」と彼は言った。

この男に真実を打ち明けるべきだろうか?

妻はすい臓癌になったとき、苦痛を長引かせるより、今すぐに死にたいと言った。「注射して、自由にしてちょうだい。わたしを送ってくれるのはあなたがいいの」彼女はそう言った。

付き合いはじめたばかりの頃、まだ青くさい恋人たちだったわたしたちふたりは、イスタンブルを歩き回っては、その頃の流行りに従って、波止場という波止場で願をかけ、公園という公園で花びらをむしった。最後の花びらに近づくにつれ、わたしたちはふたりの子どもの数は奇数だろうか、偶数だろうかと言い合った。その年頃は、未来が知りたくてたまらないものだ。十年後はどこに住んでいるだろう、二十年後は何をしているだろう？　五十年先の未来は想像できず、その年齢になったとき、それまでに人生を目いっぱい楽しめていますようにと願うばかりだった。妻は、死と呼ばれる彼の国の国境にずいぶん早く着いてしまった。そして彼女は、苦しむことなく向こう側へ渡ることを願っていた。「なあ大事な君、わたしも一緒に並んで死ぬことに賛成してくれるか？　それなら同じ針でふたりに注射しよう」とわたしは言った。彼女は無理に微笑もうとしながら答えた。「あなたは生きないと。わたしたちの息子を育てて、あの子の子どもたちの成長を見届けなくてはいけないわ。わたしのところへ来るのはそれからよ。それまでは駄目」

息子が成長し、青年になると、一刻も早く結婚してほしいと願ったのは、ひとつには彼の母親の夢を叶《かな》えるためだった。しかし息子は家を出、医学部での最後の一年の学業を捨てて、街の至るところに蔓延《はびこ》る多くの革命グループのひとつに身を投じた。そして異なる道を自ら切り拓《ひら》いた。抗争や死のニュースが絶えず報じられた。わたしは新聞でさまざまな事件を追った。息子と同じ名前や、似た顔の写真を見つけるたびに、心臓が喉元までせり上がった。時折、フェリーに乗ったり、暗い橋の下を歩いたり、夜更けに眠れぬまま浜辺を散歩したりしていると、息子がどこからともなく傍らに現れて、わたしをしっかりと抱きしめた。息子はその母親の匂いがした。わたしは彼の指に触れ、どんどん痩せていく顔を見つめ、落ちくぼんだ目の光を捉えようとした。「僕のことは心配しないで、お父さん。大丈夫だから。こんな毎日はいつか過ぎるんだから」だが、その日々は過ぎ去らなかった。時間は果てしなく前に伸びていき、わたしの危惧も、やるせなさも、それと共に増していった。

ある秋の朝、また家を早めに出て、徒歩十五分のところにある診察室へと向かった。息子がわたしの傘の下に現れ、腕に腕を絡めた。「立ち止まらないで。そのまま歩いて」息子は言った。彼は野良犬のように濡れそぼっていた。震えながら咳をし、ハンカチで口元を覆った。たいして歩かないうちにがくりと膝を折り、わたしにつかまろうとしながら地面にくずおれた。わたしは大声を出してタクシーを止め、息子を病院に運んだ。息子は結核だった。感染症が減り、人々が互いに接触を避ける街で、わたしの息子は肺結核の餌食となった。彼は信念の代償をその体で支払っていたのだった。わたしの息子——ふたりで議論すると「お父さん、善は悪と同じように伝染するんですよ」と言った息子は、その報いを受けたかのように、伝染病に蝕《むしば》まれていた。古い都市は死に、新しい都市はどういうわけか、生まれることを拒んでいた。遠吠えのような音が地の下から響いてくる。雨でさえ洗い流せない臭気が漂っていた。幼い子どもは千もの夢を紡ぎ、霧に煙る大海の涯《はて》へと漕《こ》ぎだす船のように、先を争って駆けていく。だがその船は、帆をぼろぼろにして、浜に打ち上げられて終わるのだ。この街は、一度たりとも自分の子らを愛したことがあるか？　彼女は一度でも誰かに憐れみを示したか？　いつだったかこんな調子でわたしが熱弁を振るっていると、息子は言った。「お父さん、僕たちの使命は愛を乞うことじゃなくて愛を創り出すことですよ。僕たちはそのために戦っているんです」

父に人生の教訓を垂れたわたしの息子は、今、横たわって体を震わせ、病の床で錯乱し、譫《うわ》言《ごと》を言っている。額から流れる汗が枕を濡らした。わたしは一日中、枕元に座り、呼吸に耳を傾け、体温を計った。その晩、病院の廊下が無人になり、遠くに看護師の足音だけが響く頃になって、息子は目を開けてささやいた。「起きなきゃ。明日、約束がある」たとえわたしがそれを許したとしても、息子の言っていることは無茶だった。「お父さん、ほんとうに大事なことなんです。友人たちの命がかかってる。僕は明日、ある人に会わないといけないんです」結核だけでなく、息子は腎臓にも胃にも問題があった。もはや健康に目を瞑《つむ》れる段階ではなかった。この状態で長時間床を離れるなど、話にもならなかった。「心配するな。そんなに大事な用なら、わたしが代わりに行ってやる」わたしは言った。答えることもできず、息子は目を閉じて深い眠りに落ちていった。その顔には赤ん坊のときと同じ、無垢《むく》な表情が浮かんでいた。どんなに成長しても、眠っている息子には、わたしが夜更けにそっと部屋に忍び入り、ランプの明かりで見つめたあの赤ん坊の顔が戻ってくる。そのままの表情で目覚めて欲しかったのに、夜明けに目を開けたとき、息子は悲哀に満ちた顔でわたしを見た。骨の目立つ指を上げた。「お父さん」声はかすれていた。「なんだね」わたしは言った。妻が欲しがらなかったこの命を、息子のためにいつでも差し出そうと思っていた。結核にかき乱された息子の髪を撫でた。結核に食い荒らされたその手を握った。ぜいぜいという音が胸から漏れていた。「お父さん」息子は言った。「大事なことでなければ、お父さんに行ってもらったり絶対にしないんです。ラーレリ地区のラギップ・パシャ図書館に行ってください。そこで女の子と落ち合うことになっています。彼女が仲介役で、ほんとうの待ち合わせ場所を教えてくれます。そこでアリ・ザ・ライターという男に会ってほしいんです。時間に気をつけてください。お父さんとアリ・ザ・ライターが会う時間は、女の子が言う時間の一時間前です。僕はふたりと面識がありません。だからふたりともお父さんを僕だと思うはずです。僕は医学部にいるから、ドクターと呼ばれてます。だからお父さんが行っても、ぜんぜん見当違いというわけでもありません。何かまずいことになって、警察沙汰になったら、ほんとうの身分を明かしてください」

人は、いつ成就するのだろう？　妻は出産した後に、それまで想像もできなかったものを感じたと言った。「わたし、完成したって感じたの。まるでわたしのなかにあったばらばらの欠片《かけら》が、あるべき場所にぴたりと嵌《はま》ったみたいに」そう言った彼女の顔には、わたしが初めて見る澄み切った平安があった。わたしは彼女を羨みながら、彼女の満ち足りた世界について考えた。それはどんな完全なのだろう？　どうすれば、わたしもその境地に至れるのだろう？　他人に親切にすればいいのか、それとも息子の身代わりになれば足りるだろうか？　息子の苦しみをこの肩に引き受ければ、わたしのなかのあらゆる欠片がひとつになり、充足の高みへと導かれるのだろうか？　ひとり座ってイスタンブルの海に向き合いながら、夜になれば枕に頭を載せながら、毎朝とぼとぼと仕事へ向かう道すがら、わたしはその問いを繰り返した。人間はいつ成就するのか、と。

いつの日か、息子もその問いを自分に問うのだろう。

「いいかね」とわたしは言った。「おまえは別の患者の名前で入院させた。誰もおまえのほんとうの身元を知らない。おまえは安全だ」

七日目
学生デミルタイの話

懐中時計

「ベヤズット図書館館長のセラファット・ベイ（「ベイ」は男性に用いるフォーマルな敬称。英語のミスターに相当）は、その朝図書館に着くと、入り口で待っている人が誰もいないことに気づきました。毎朝決まって稀覯書《きこうしょ》愛好家の二人組がそこにいるのに、その朝は誰もいませんでした。館長はモスクの馬小屋を図書館に改築した建物の脇へ向かいながら、手にしたレバーの包みを開きました。しゃがんで、細かく刻んだレバーを石畳の上に置いてやります。集まってきた猫たちを眺めた後、プラタナスの木の下で群れている鳩《はと》に目を向けました。小麦を詰めた紙袋を書類鞄から取り出し、ひとつかみ木の周りに撒《ま》きました。ここでは猫も鳩も仲が良く、互いにちょっかいを出すことはありません。立ち上がり、入り口に向かって歩いていくと、例の早起きの稀覯書愛好家たちがやってくるところでした。館長はふたりにおはようと言い、今日はいつもより十分遅いね、と声をかけました。稀覯書愛好家のふたりはそれぞれの腕時計を見て、時間どおりですよ、と言いました。館長はチョッキのポケットから懐中時計を取り出し、稀覯書愛好家たちの時計と比べてみました。

ふたりの時計は遅れていて、館長は鷹揚《おうよう》な微笑を浮かべました。しかし、その日一日じゅう、件《くだん》のふたりだけでなく、図書館の中でも外でも、みんなの時計が十分遅れていると知って、館長は何かおかしいと気づきました。イスタンブル中で、時間の優雅な作用に変化が起きていました。学校の鐘も、映画の上映回も、渡し船の時間も、みんな十分遅れていて、誰もそのずれに気づいていませんでした。毎朝声を張り上げて新聞を売る子どもたちも、そんなニュースのことはひとことも言いません。毎日、自分の懐中時計に合わせて図書館を開ける館長は、同じ問いを心のなかで繰り返しました。なぜみんなの時計が突然遅れたのだろう？　じつは話せば長いのですが、かいつまんでお話しします。世界のどこかで戦争が終わりつつあり、別のどこかで起こりかけていました。春の香りが漂っているのに、イスタンブルを取り巻く空気は重苦しく淀《よど》んでいました。水夫たちは澄ました顔で海へ出ていき、女たちは干し綱にかけた洗濯物を何日も忘れています。館長のセラファット・ベイは、みんなの時計が遅れ、常連の利用者が遅れてやってくるのが我慢ならず、なんとかしなければいけないと心に決めました。朝、猫と鳩に餌をやり、正午まで図書館で仕事をすると、館長は助手たちに仕事を任せて街のほかの図書館を訪ね歩くようになりました。閲覧室をささやきが巡りました。国営ラジオの司会者が十分遅れでニュースを読み、モスクのムアッズィン（モスクのミナレットの上からアザーンを唱える人）が、信心深い人たちに十分遅れで祈りの呼びかけをしていました。イスタンブルの時間がすっかり変わってしまい、今や間違っているように見えるのは、館長の時計だけでした。館長は自分に危険が迫っていることも、黒い薔薇飾りをつけた男たちに見張られていることも知りませんでした。怠惰なラジオや礼拝への呼びかけがもたらす影響など想像もおよびません。少なくとも図書館だけは救わねば、と彼は考えました。図書館員たちに正しい時間を教え、彼にしか見えないらしい真実を告げました。それから館長は図書館員たちに言いました。ベヤズット図書館で長年仲良く暮らしていた猫や鳩も変わってしまった、猫は怒りっぽくなったし、鳩は不安そうに羽をバタバタさせている。時間をこの手に取り戻し、将来の世代に真実を教えなければいかん、と館長は言いました。わしの懐中時計が止まらずに動き続け、誰かが毎日それを巻いて動かしているかぎり、時間はわれわれの味方だ。館長はそのことを固く信じていました。ある日の朝、セラファット・ベイは突進してきた車を偶然避《よ》け、昼食時には屋台の親父が差し出した毒入りのシャーベットを、グラスが汚れているからと言って運よく断りました。でもその晩に帰宅して庭に入ったとき、暗闇で背中を狙った誰かのナイフは避けきれませんでした。妻の悲鳴を聞いた隣人たちが駆けつけ、医者を呼びました。命が尽きかけていると気づいたセラファット・ベイは、ポケットから懐中時計を出すと、大事にしまっておくようにと妻に手渡しました。妻は蓋に赤いルビーが鏤《ちりば》められた懐中時計を見て、悲しげに言いました。ほかのみんなの時計が間違っていて、あなたの時計だけが正しいというのは、どういうことなんですの？　セラファット・ベイは妻を愛《いと》しげに見ると、そばに来るように手招きしました。隣人たちが興味を惹かれて見守るなか、妻が身を乗り出すと、夫は何ごとかをその耳にささやいて、瞼を閉じました。その目が開くことは二度とありませんでした。翌日、人々はセラファット・ベイの貧弱な体を洗い、十分遅れで弔いの祈りを捧げた後、墓地へと運んでいきました。人々は彼を湿った土で覆いました。隣人たちは涙を流し、悲嘆の声を上げましたが、泣く合間にセラファット・ベイの妻のそばにこっそり近づき、ご主人は亡くなる前に何とおっしゃったんですか、と尋ねました。妻は涙ながらに、首を左右に振り振り答えました。夫が言ったことは聞こえませんでした、と彼女は言いました。わたしはこのとおり、少しばかり耳が遠いんです」

キュヘイランさんが最後のひとことを僕に代わって繰り返した。「このとおり、少しばかり耳が遠いんです」

僕らは声をそろえて笑った。

僕たちは牢のなかでは痛い目に遭わされていなかったが、苦痛のふちに宙ぶらりんになっていた。でもそれは地上でも同じではなかったか？　地上では、高層ビルの、郊外の街の、車のうるさい警笛の、溢れる失業者の只中《ただなか》で、どんな不運が僕らに襲いかかってきても不思議はなかった。僕らはいともたやすくあらゆる苦悩の餌食になった。この広大な都市は、僕らの体を人造毛皮に包んで暖めてくれるかと思えば、急に僕らを押しのけ、望まれない胎児のようにトイレに流してしまう。その危うさが僕らの行動欲に鞭を当て、一日一日を、烈しい欲望とともに生きさせた。僕らは、ここは天国同然だと思いながら、足元には地獄が口を開けていると信じていた。だから都市には快楽が溢れ、一方で恐怖が持続する。僕らは自分の笑いの熱に浮かされる。あらゆる感情が誇張され、ひたすら自分を満たすためにそれを生きる。やがてそれは燃え尽き、皮膚にこびりつく甘ったるい悪臭を残していく。このことが見えてくればくるほど、僕らはどうしてもイスタンブルを変えたくなった。

抵抗の日々の後、今の僕の腕時計も遅れている、物語に出てくるイスタンブルの住人たちの時計のように。尋問のあいだ、僕は、尋問官がするよりもさらに多くの問いを自分に向かって繰り返した。僕は人間だ、機械じゃない。僕の肉と骨はそろそろ耐久限界に達していた。僕が口を開いたら、誰かに害が及ぶだろうか。苦痛を逃れる方法を必死に探しながら考えた。尋問官を止めさせるために、二、三の情報を教えたらどうなる？　奴らに名前をひとつ、住所をひとつ教えてやって、どんな害がある？　僕が名前を挙げる人間は、とっくの昔に身を隠しているだろう。教える住所は、初日から空っぽだ。僕はこうしたすべてを天秤《てんびん》にかけては、自分を説き伏せようとした。ほんの些末《さまつ》な情報を渡すだけだ。誰かを危険にさらすわけじゃない。尋問官を煙《けむ》に巻き、自分も痛い目に遭わずにすむ。それは無理なのか？　こうした考えがちびちびと僕を齧《かじ》り、どこからそんなことばが心に入り込んだのか、わからなかった。体を貫く電撃は、まず痛みに変わり、次に絶望に、そして最後に僕の脳内を彷徨《さまよ》う無垢なことばに変わる。僕は境界線に近づきつつあった。そしてその向こうに何があるのかわからない。

どうすればいいのですか、何にしがみつけばいいのですか？　僕はドクターに相談したかった。でも、希望を与えてくれるほか、ドクターにできることはたいしてなかった。先生には僕の弱さを治すことも、僕の心に巣くう疑念を晴らすこともできなかった。血に濡れた壁が僕の眼前に迫ってくる。ほかに見えるものはない。僕は図書館長のセラファット・ベイのように孤独だった。ほかのすべての時計が告げるものに目もくれず、自分の時計だけがイスタンブルで唯一正しい時間を指していると信じていた彼のように。〝夢が大きければ失望も大きい〟という言い回しがふと浮かんだ。生まれて初めて敗北を受け入れつつあることが悲しかった。僕が悲嘆に暮れるのは、この街によって負わされた苦悩に自分が耐えられなかったからだった。

「その話は前にしてくれたね。だが結末は違っていたよ」とドクターが言った。

「同じ川の水に二度は浸かれないように、イスタンブルで同じ話を二度語ることはできないんです」と僕は言った。

人生は短く、物語は長い。僕らもまた物語となり、命という名の川に溶け、流れていきたかった。物語を語ることは、その願いを表すひとつのやり方だった。

キュヘイランさんが口を挟んだ。「その懐中時計ひとつとっても、あたしはイスタンブルに心奪われるんですよ。親父によると、その蓋に鏤められたルビーは、闇のなかで星のように光を放ったそうです。それを一度でも見た者は、夜な夜な空を探し、そのルビーに似た星たちを見つけて、ようやっと懐中時計の指す時刻は正しいと信じたんです」

「子どもの頃、通っていた図書館がありましてね。時計がいつも十分進んでいました」とドクターが言った。「あの頃、ルビーを鏤めた時計についての物語はいろいろとあったが、結末はみんな違っていたな。デミルタイが自分の物語をみんな変えるように、時計の物語もいろいろと変化しました。子どもの頃はそのことをよく考えませんでしたが、今になってあの懐中時計のことが気になりはじめましたよ」

「こんな牢獄で、悩むことなんかほかにいくらでもあるのに……」僕はひとりごとを呟いた。

隣に座っていたキュヘイランさんが振り向いてこちらを見た。「デミルタイ、あたしらはほかに何か心配したほうがいいことがあるのかね？」と彼は訊いた。血に染まったコンクリートに座っているのではなく、近所のコーヒーハウスの暖炉に当たりながらぬくぬくしているように、本気で尋ねていた。

その落ち着き払った様子を嗤ってやりたくなった。その代わり、僕は昨日、尋問室で見た死んだ女の人のことを話した。尋問の途中で、尋問官たちは僕の手足をほどき、縛りつけていた台から立たせて、目隠しを外した。壁際に女の人が横たわっていた。彼女は裸で、体じゅうナイフの切り傷だらけだった。死んでいるのは明らかだった。唇も胸もまったく動かず、息をしているようには見えなかった。尋問官のひとりが彼女に近づき、腹を蹴った。もう一度。そしてもう一度。それから彼は女の指の上に乗り、それを踏みしだきはじめた。指を砕くたびに、尋問官は僕を見た。僕が震え上がるのを眺め、何を言うかと待っている。彼は、彼女の折れた指のごりごりという音に合わせて、愉快そうに首を左右に揺らした。女の手の脇に腕時計があった。その文字盤は壊れていた。僕が時計を見ているのに気づくと、尋問官も視線をそれに向けた。まるでその用途を知らないかのように、しばらくのあいだじっと見つめていた。それから、血まみれの、泥をこびりつかせたブーツで、腕時計の上に乗った。ゆっくりと、彼は踵を動かした。時針と分針、バネと歯車を踏みつぶした。彼の体は前後に揺れ、頭は輪を描くように動いた。その顔には酔ったような表情が浮かんでいた。それはただの当たり前の時計ではなかった。彼は過去と現在を、昨日と明日を足の下に踏みしめていた。誰が彼を止められるだろう？　この愉悦は、スポーツカーをかっ飛ばし、ぎらつくナイトクラブで酒を呷《あお》り、女たちの残り香をまつわりつかせながらホテルの部屋で眠る快楽を超越する。彼は時間を破壊していた、死をその掌《て》に握っていた。血、肉、骨は彼のものだった。何者も彼を止められない。時針を、分針を踏みにじる彼の額には汗の玉が浮き、こめかみの血管が怒張した。強大なエジプトのファラオさながら、彼は自分が人間ではなく神々の地位にいると思っていた。彼にはどんな罪も、罰も存在しない。彼は他者の苦しみを、その最期の息を支配する。

「あたしもその女を見せられたよ」とキュヘイランさんが言った。「おまえさんの尋問の後じゃないかな。時計は床で粉々になって、そこらじゅうに金属の破片が散らばっとった」

「ここに来てから僕が見た死体はあれで二つめです」僕は言った。

あの女の人が死んでしまったら、あの時計の時間が正しかったとしてそれが何だろう？　僕はそう訊きたかった。いや違う、訊きたかったのは、地上の誰も僕らの存在に気づかずに暮らしているのに、ここで苦しむ意味があるのかという問いだ。最初の人間たちがバベルの塔を建てはじめたとき、神は人々のことばを混乱させ、互いの言うことを理解できないようにして、塔の建設を阻止した。それでどんないいことがあった？　怒った人間たちは、地上だけでなく空をも征服した。ひとつどころか千もの塔を築き、空をぐさぐさと突き刺した。建物が高くなるごとに、人間は神が滅び去ったことを知り、神を求めることをやめてしまった。蟻のたどる道よりも複雑な都市をいくつも建設した人間たちは、あらゆる言語とあらゆる人種をひとつところに集結させた。人々は不死であるかのように生きている。新たな神が必要になれば、その地位にふさわしい候補は人間しかいない。彼らがより強大になるほど、その影は長くなり、自らの影を仰ぎ見て、優しさとは何かを忘れてしまう。彼らは自分たちが何をしでかしたかを知らない。人々は優しさを権利に換え、権利を損得の計算と引き換えた。初めて囲んだ焚火を、初めて口にしたことばを、初めて交わした口づけを記憶から消し去った。最後に残った、人間に優しさを思い出させるものが痛みだった。彼らは麻薬でそれをやわらげようとした。この場所で僕らはよく優しさについて考える。それは痛みに耐えているからだ。僕らは自分たちの価値を優しさによって量る。だがどうなのだろう。この街にいる地上の全員が僕らに無関心なら、僕らが地下で苦しむ意味はあるのか？

「デミルタイ」とドクターが言った。「死について話すのはよそう。地上の人々が、人生を謳《おう》歌《か》していることを話そうじゃないか。われわれがいなくてもイスタンブルの素晴らしさに変わりはない。今も生き生きとさんざめいている。それがわかっているのはいいものじゃないかね？」

僕は答えなかった。

キュヘイランさんが僕たちをじっと見比べた。自分が口を開くのを僕らが待っていることに気づくと、穏やかな声で話しだした。

「昔、故郷の家に壁掛けがありましてな。鹿の絵がついとりました。その話をするとしましょう。ある日、親父がそれを指差して訊くんです。なあおまえ、おまえはこの壁掛けの鹿の絵が好きだが、それと同じくらい、現実の鹿を好きになれるか？　現実ということばと鹿ということばを並べて言うなんて、妙だなと思いましたよ。そのときあたしは窓辺に座っとりました。

夜で、外にはたくさんの星が煌めき、星々の下には山が連なり、そして山々の向こうに鹿どもがおったんです。親父は、まるでこの顔に星々や山や鹿が見えるみたいにあたしを見て、イスタンブルに住む憂鬱な若者の物語をして聞かせました。その憂鬱な若者は、ある女の絵を見て恋に落ち、昼となく夜となくその絵について空想にふけっとったんですが、ある日、絵に描かれた女にばったり出会いました。しかし、若者はひと目女を見るなり背を向けてもう一瞥もくれませんでした。俺が愛するのは絵のなかの女だ、と若者は言いました。現実の女には何も感じない、とね。若者の心の炎を掻き立てたのはその女の存在ではなく、女をめぐる空想だったんです。はて、奇妙なのは愛か、それとも人間でしょうかね？　イスタンブルの住人もこういう心の持ちようで生きているんだ、と親父は言いました。イスタンブルの住人は、わが家の壁に掛かったイスタンブルの絵のほうが、自分たちが毎日歩く通りや、雨に濡れた家々の屋根や、浜辺のティーハウスよりもずっと好きなんだ、とね。彼らはラクを飲み、伝説を語り、詩を暗誦し、そして壁に掛かった絵を眺めてはため息をつく。自分たちは違う街に住んどる気でいるんです。外では、両岸に波しぶきを上げながらボスポラスを潮が流れ、そのうねりの上で船が帆を上げ、カモメたちが翼を広げてアジア側からヨーロッパ側へと渡っていきます。橋の下では子どもたちが焚火を燃やし、エンジン音で車の種類の当てっこをしとる。夜働く者たちが哀れっぽいアラベスクの曲に聴き入っている。家々で、コーヒーハウスで、職場で、イスタンブルの目に見える顔は、壁に飾った絵の表から笑いかけてくる。だが、目に見えないほうの顔は、裏側に隠れたままだ。誰もがまるで魅入られたように絵を見つめ、それから悲しそうに寝床へと向かいます。彼らは時間をふたつに分けとるんです。ちょうど眠りと起きとる時間を分けとるようにね」

キュヘイランさんは頭のなかに無数のことばを持ち歩いていて、イスタンブルの街路の数より多くの物語を持っている。

「イスタンブルの住人はこんなふうに時間を分けました」そう言って、両手を体の両脇に開いた。「彼らは、本物のイスタンブルは過去の街だと思っとります。このくたびれた街は、昔は活気に溢れ、スルタンの栄光に満ちとった。でも今は眠り込んでしまい、そして多分、もう二度とその深い眠りから覚めんでしょう。数々の壮麗な館のように、素晴らしい物語もまた、がれきの下に埋もれてしまった。そう信じるイスタンブルの住人たちは、過去を崇拝し、昔のことを書いた小説を読みふけります。今日の時間をおいてほかにどんな時間がある？　ここはあらゆる時代の時間が集う街ではなかったか？　それともそんな都市の力はわれわれの手には届かんものなのか？　連中は、胸をよぎるそうした問いを忘れることを選びました。近くを見ず、彼方を望みました。忘れたいがために悲嘆に耐え、しかし、自分たちが今をも忘れつつあることに気づきませんでした。彼らにとって生きるも死ぬも同じことでしたが、過去は無限でした。過ぎ去った時代に恋焦がれ、毎朝、自分が目を覚ます街を蔑みました。コンクリートの上にコンクリートを積み上げ、互いにそっくりなドームを建設した。破壊し、粉砕し、そして疲れ果てて家に帰ると、頭上の美しいイスタンブルの絵を見ながら眠りにつくんです」

キュヘイランさんは僕に顔を向けると続けた。「聞いとるか、デミルタイ？　あたしは壁掛けの鹿の絵と同じくらい山にいる鹿が好きだったよ。イスタンブルの昔話に心を惹かれたが、今のままのイスタンブルにも愛着がある。あたしはね、人々はありのままのイスタンブルを愛したかもしらんが、愛着はなかったんだと思うんだよ。情けがなけりゃ、愛は人間を手前勝手にするよ。愛しとる相手を苦しめる恋人みたいに自分に欠けとるものが見えんのさ。幸福な時代に棄てられたと思い込んで、彼らはイスタンブルを信じなくなった」

「だからここに来たかったんですか?」僕は訊いた。「本物のイスタンブルがどんなか見たかったから?」

「あたしはね、死ぬ前に夢を叶えられるかどうか知りたかったんだよ。人生の最後の曲がり角で、あたしはここにたどり着いた。ここに来るのと引き換えに、こんな痛い目に遭う必要があったのか?　なぜ勇気を出してもっと前に来んかったのか、死と面突《つら》き合わせるようなときになって、どうして来ようと思ったのか?　あたしはそんなことを考えて自分を苦しめたりはせんよ。捕まったとき、尋問官たちにイスタンブルへ連れてってくれたら秘密を全部教えてやると言った。おかげで今、奴らはロボットみたいに、毎日同じことを訊いとるよ。あたしがイスタンブルのことを話してやっても、奴らには通じない。イスタンブルを見せてやっても、奴らには彼女の姿が見えん。奴らはあたしを痛みに屈服させて、この愛を棄てさせたいんだよ。あたしが自分とイスタンブルを信じるのをやめて、自分たちのようになるのを望んどる。あいつらは思いつくかぎりの方法であたしを痛めつける。体を八つ裂きにして、あたしの魂を奴らの魂そっくりに変えようとする。だがあいつらにはわからんのさ、あたしのこの街を信じる思いはただ強くなるばかりだということがね」

「キュへイランさん、僕らの信じる思いが強まったらどうだっていうんです？」僕は言った。声に苛立ちが混じった。「誰も僕らがここで苦しんでることに気づかない。みんな僕らが存在してることも知らないのに」

「あたしらを拷問してる人間は、あたしらの苦しみを見てるじゃないか」

ここで僕たちに苦しみをもたらしているのが、街と時間の両方なのはわかっていた。時間と街は同一物だ。だからここでは神の支配は覆されてしまった。僕らを見守っている者はいなかった。神は善を発明し、悪は人間から生まれたと人は言うが、それは間違いだ。神はそうしなければ、無限の善を創り出せたのに、なぜそうしなかった？　神は悪を創ったのだと僕は思う。そして善の創造は人間に委ねられた。地上に暮らす人たちはそのことに気づいているか？　僕らに思いを馳《は》せ、僕らが耐え忍んでいるあらゆることを、気にかける人間は誰かいるのか？

「苦しみの目撃者に一番ふさわしいのは、苦しめてる張本人さ。あたしたちは、奴らの人生の大きな一部だ。奴らがあたしらの人生の一部であるようにね」キュへイランさんは譲らなかった。

「時間と時計の話だが」とドクターが言った。「アリ・ザ・ライターもそのことをしきりに気にしていたよ。今は何時だと何度も訊いてね」

ドクターは昨日、奴らが牢に連れてきたアリ・ザ・ライターと話をした。彼の傷を調べ、寒がっているのに気づくと、上着を脱いでアリの肩に掛けてやった。アリ・ザ・ライターはここで時間について知りたがり、時計がないことに文句を言った。新入りがみんなそうであるように、彼もまた時間の流れる方向に関心をもった。外では、時間は朝日の光のなかにあり、夜空の闇のなかにある。仕事場では就業時間のなかに見つかるし、学校なら休み時間の合図の鐘に、車ならスピードメーターのなかにある。地上の街では、あらゆる音やあらゆるものが、時間の在処《ありか》を教えている。だが、ここでは時間はどこにある？　灰色の壁のなかに、暗い天井に、鉄の門にあるのだろうか？　彼方から響いてくる狼の遠吠えのような悲鳴のなかに、壁に沁み込んだ血に、牢から連れ出され二度と戻らない者たちの最後の眼差しのなかに？　それはアリ・ザ・ライターの心も悩ませた。奴らが彼を連れに来て、彼が怪我をした足を引きずりながらのろのろと獄房を出たときに、まずしたことは、看守に時間を尋ねることだった。「おまえの時間は終わりだ」看守たちは言った。「おまえにもう時間はない」

捕まった日、アリ・ザ・ライターは仲間たちと一緒にベオグラードの森にいた。そこで集まることにしたのは、寒くて雪が降っていて、森には誰もいないだろうと踏んだからだった。全部で二十人いた。そんな大勢で集まったのは初めてのことだった。尋問センターと呼ばれている、地下の三フロアに広がる秘密の拷問施設の見取り図を描き、そこを襲撃する作戦を話し合った。すべての出入り口、守衛の位置、侵入ルートの候補を示した。仕事を割り振り、各自の優先事項を決めた。煙草を大量にふかし、拘留されたまま消息がわからない友人たちや、最近そんな友人たちに仲間入りした若者たちのことを話した。気の滅入るような知らせばかりでも、まだなんとか冗談を言い、からかい合う余裕があった。彼らは今日を信じていなかったが、明日は確かに信じていた。

　彼らは肩を並べて座り、パーカの帽子をかぶりマフラーを巻いて身を寄せ合っていた。急に、みんなの耳がぴくりとした。見張り番の警告の笛だ。ひとりが立ち上がり、見張りたちのそばに歩み寄ったかと思うと、すぐに戻ってきた。囲まれてる。交戦準備だ、と彼は言った。みんなは四人ずつのグループに分かれ、囲みが狭まってくる前に森の四方へ散った。むざむざ狩り立てられるつもりはなかった。森のなかで敵の主力の居場所を確かめようと目をぎらつかせ、辺りを見渡した。まもなく最初の銃声が響いた。グループの一つが敵に遭遇していた。銃声が辺りに木霊《こだま》した。アリ・ザ・ライターが率いる一団は、違う一角の突破を試みた。西側に活路を開けば、住宅地に簡単に到達できる。頭上のヘリコプターの轟音《ごうおん》に樹々の枝がびりびりと震えた。スズメやムクドリやカラスが慌てて飛び立った。樹々の太い枝に隠れながら、グループはうまくヘリコプターに見つからずに、森のなかを移動した。互いに離れないようにひとかたまりになった。まもなく銃声が増えてきて、他のグループも戦闘に加わったと気づいた。暗くなる前に森を抜け出すのは難しそうだった。

　丘の斜面を移動していたアリ・ザ・ライターとグループの仲間たちは、間近で聞こえた数発の銃声に、地面に突っ伏した。見渡しても誰もいないとわかると、さっきの銃声は自分たちを狙ったものではないと気づいた。他のグループが戦っているのだ。斜面の反対側にいる。ここを越えて助けに行こう、と彼らは決めた。敵に奇襲をかければ、仲間のために道を切り開ける。彼らは音を立てずに進んだ。しかし、計画どおりにはいかなかった。ひとつの囲みを突破しても、気づくと別の囲みに追い込まれていた。弾丸がうなりをあげてかすめ、爆弾が炸裂《さくれつ》した。道を見失った。誰が発砲し、誰が攻撃し、誰が退却しているのか、もうわからなかった。枝が爆《は》ぜ、四方に雪を撒き散らし、互いの声も聞こえなくなった。頭上のヘリコプターがどこかへ行ってしまうまで、皆ただ撃ちまくった。やがて銃声がやんだ。アリ・ザ・ライターは自分が仲間とはぐれ、ひとりになったことに気づいた。周囲を見回したが、人影はなかった。彼は雪に残った足跡をたどり、茂みの後ろを探した。仲間たちは撃たれたか、別の方向に向かっていた。

彼は足を止めずに歩き回った。ひとりで脱出の道を探るより、むしろ銃声を追って、他のグループの応援に駆けつけることを選んだ。敵の小隊に遭遇するたびにうまくやり過ごした。生い茂った木立のなかで最後のクリップに弾丸を装塡《そうてん》する頃には、疲れ切り、荒い息を吐いていた。膝をつくと地べたに転がり、雪に身をまかせた。汗が引いてほしかった。どちらへ向かおうか考えながら、頭上の梢《こずえ》を見上げた。そのとき、夜が迫っていることに気づいた。雲が消え、空が晴れていく。水中に広がるインクのように、闇がするすると広がり、樹々の梢が高くなっていく。月のない夜だった。すぐそばで誰かが呼ぶ声がし、アリ・ザ・ライターの手は反射的に武器へと伸びた。

「アリ」

彼は赤い木の下の影に向かって歩み寄った。それが自分のグループのミーネ・バーデだとわかると、彼は膝をついた。

ミーネ・バーデは地面に座って木の幹に寄りかかり、苦しげに息をしていた。

「ずいぶん出血しちゃった」と彼女は言った。

「どこを撃たれた？」

「胸」

「一緒にここから離れよう」

「無理。もう駄目ってわかってる」

「いや、行くんだよ」

「ほかのみんなが無事だといいけど」

「うん、銃声はやんだが……」

「みんな逃げたわね」

「背負っていくよ。暗いから森を出るのは難しくない」

「アリ・ザ・ライター、あなたがなんでも途中で放り出さないのは知ってるけど、わたしのことは忘れて、今日みんなで話した計画を実行して」

「襲撃のことか？」

「そう。行って尋問センターを襲って、あそこで拷問されてる人たちを助けて」

「君も一緒にやるんだ」

「わたしだってそうしたかった。わたしの好きな人もあそこにいるの。なんだってあげるわ、彼を助けて、彼の腕に飛び込めるなら……」

ミーネ・バーデはことばを終えることなく目を閉じた。アリ・ザ・ライターは不安になって彼女の顔に手を触れた。

遠くで年老いたフクロウが啼く声が聞こえた。

ミーネ・バーデは目を開けた。

「喉がからから」彼女は言った。

アリ・ザ・ライターはひとつかみの雪を差し出した。

「口のなかで溶かすんだ」

「アリ、わたしが誰を好きか、知ってる？」

「ああ」

「彼には言えなかったの。臆病すぎて」

「大丈夫。あいつも君を愛してる」

「ほんと？　嘘じゃない？」

「俺たちみんな、ふたりのことを噂してたよ。両想《りょうおも》いなのは誰でも知ってた。知らなかったのは君たちだけじゃないかな」

ミーネ・バーデは深く息を吸い込み、頭を木の幹に預けた。星空を見上げる。流れ星がふたつ続けて流れ、彼女は子どものように目を輝かせた。

「流れ星見た？」

「ああ」

「わたし、願いごとしたわ」

「大丈夫、星に願いをかければ必ず叶うんだ」

「顔が火で燃えてるみたい」

「いつ撃たれた?」

「一時間前かな。ふらふら歩いてるうちに、この木の幹にぶつかって倒れたの」

「奴ら、血の跡をたどって探しに来るかもしれない」

「朝まで何の跡もたどったりしないわよ。だいたい、わたしは朝までもたないし」

「暗くても来ようと思えば来られる。ここにいるのはまずいよ。森を出たすぐのところに隠れられる家がある」

「アリ、わたし、もう怖くないの。それって、好きな人がわたしを好きだってあなたが言ったからかしら?」

「もう怖くないのはよかった」

「だったらわたし、好きですって打ち明けなくてよかったのね。ただ腕のなかに彼を抱きしめるだけでよかったんだわ」

「たぶん、彼は君よりももっと心を打ち明けるのが怖かったのかもしれない」

「だからあんなふうにわたしを見たのかしら」

「どんなふうに?」

「あの人、こんな目をするの……今この瞬間も……拷問部屋であの人、ものすごく痛い思いをしてると思う？」

「みんなで救出するよ」

「こんなところで愚図愚図しないで、アリ。仲間を探しに行って。苦しんでる人たちを救い出して」

ふたりはまた、遠くで年老いたフクロウが啼く声を聞いた。枝が擦《こす》れ合い、近くで一発の銃声が鳴った。

アリ・ザ・ライターはミーネ・バーデを地面に寝かせ、自分もその隣に横たわった。周囲を観察し、樹々や茂みに目を凝らした。誰も見えなかった。辺りは暗かった。月のない夜に星明かりではたいして遠くまで見通すことはできない。彼は息を殺して森に耳を澄ませた。少し先で鳥たちが飛び立つ音が聞こえ、彼は言った。「ここで待ってて。動くなよ。あの辺を見てくるから」

彼はゆっくりと音を立てずに歩いた。樹々の後ろを探り、顔を上げて梢を見上げた。誰も見えないので方角を間違えたのだと思った。戻ろうと向きを変えたそのとき、傍らで銃声が響き、彼はきりきり舞いをして地面に倒れた。焼けつくような脚の激痛に悶えた。傷ついた脚を片手でつかみ、もう一方の手で銃を求めて雪のなかを手探りした。だが彼らはそんな暇を与えなかった。彼を取り囲み、背中と頭を踏みつけ、手錠をかけた。

「放せ！」彼は絶叫した。何度も、何度も。「放せ！」

アリ・ザ・ライターの振る舞いに疑念を抱いた彼らは、雪のなかの足跡を調べ、ミーネ・バーデが寝ているほうへ向かった。赤い木にたどり着くと、その周囲を懐中電灯で照らした。血痕はあったが、人影はなかった。

「ここに誰がいた？　大声を出して誰に警告しようとした？」彼らは詰問した。

「誰にも警告なんてしてない」アリ・ザ・ライターは言った。

「おまえの足跡もここに続いてる。言え、この血は誰のだ？」

「どの血だよ？　雪しかねえよ」

アリ・ザ・ライターは、降りそそぐ拳の下に崩れ落ちながら、ミーネ・バーデのことを思った。怪我をしていても彼女が逃げおおせたことが嬉しかった。俺はここまでだ。奴らはこの場で俺を殺すか、生かしておいてもあと数日だろう。覚悟はできていた。悪態をつこうとしたが、口のなかが血でいっぱいで、うなり声しか出せなかった。薄れる意識のなかで、彼は頭上でホバリングするヘリコプターの光を見、森の四方八方で鳴り響く銃声を聞いた。

ミーネ・バーデの願いは叶うだろうか？　彼女は森を脱出し、胸に受けた傷は治るだろうか？

「そんなこと、彼女は願ってませんよ」僕はドクターに反論した。ドクターはその晩のことを、まるで自分の身に起きたことのように物語った。「僕、ミーネ・バーデはこの尋問センターの襲撃のことを願ったんだと思います。ここで苦しんでる全員が救出されますようにって。彼女の願いは叶いますよ。きっと僕らを助けに来てくれます」

「かもしれんな、デミルタイ。たぶん彼女の願いはわれわれに関係することだったんだろう」

「しかも流れ星はひとつじゃなく、ふたつだったんですよ。ひとつが外れても、もうひとつは的に当たりますよ」

「外れないといいな」

「ミーネ・バーデは誰を愛してるんですか？　アリ・ザ・ライターは言ってましたか？」

「いや」

「その男はたぶん、ここにいるんです、この同じ処刑場に」

「地下には獄房がぎっしり並んでるんだ」と考えにふけるようにドクターは言った。「彼がどこにいるか、誰にもわかるまい？」

「その物語で僕が一番気に入ったのは、愛する男が自分を愛してると知ってミーネ・バーデが喜ぶところです。僕もそれと同じことを願ったかもしれないなあ。今ここで、自分が愛されてると知ることができますようにって」

「だがこれは物語ではないよ、デミルタイ。これはほんとうのことだ」

「過去に起きたことをことばで語れば、みんな物語になるんじゃありませんか、ドクター？ここには過去なんてものはないんです。ここ数日で、僕らみんな、そのことがわかったでしょう、違いますか？」

僕らはイスタンブルに暮らす当たり前の住人たちと同じだった。昨日を理想化し、明日について空想した。今日は存在しないふりをしようとした。過去の物語をする一方で未来の物語をし、現在を、過去と未来のあいだに架かる橋だと思っていた。その橋が崩壊し、その下の無の

空間に墜落することが怖かった。僕らは絶え間なく同じ問いを反芻《はんすう》し、頭から追い払えない
――今日を所有するのは誰だ、今日は誰のものだ？

鉄の門の向こう側から大きな音がした。僕たちは耳を澄まして聞き取ろうとした。同じ音が繰り返し聞こえ、それが銃声だと気づいた。尋問官たちが銃の試し撃ちをしているのか、それとも誰かを殺して怒りのはけ口にしているのか。

「ありゃベレッタだ」とキュヘイランさんが言い、人間だけでなく銃についても詳しいことを披露した。僕らは遠い音がまた繰り返されるのを待った。鉄の門の先の通路は長く、迷宮のようで、壁は無数にある。その音がどれくらい離れているのか耳で判断するのは不可能だった。似たような破裂音がしたとき、またキュヘイランさんが言った。「今度はブローニングだな」

そして音がやんだ。四方の壁は、以前と同じ静寂を取り戻した。

「時間はどんどん経つし、誰もおらんし」キュヘイランさんは言った。「日も沈みかけて、そろそろ夕暮れ刻だ。昨日、ラクの宴会をしようと言っとったのに、できませんでしたな。代わりに今日やりましょうや、え？」

僕らはドクターの家のバルコニーで酒を飲むことになった。それは僕らの空想だった。ボスポラス海峡を挟んだアジア側のいろんな街区に明かりがぽつぽつと灯りはじめたら、みんなでそれぞれの街区の目印になる美しい建物を選ぶ。ユスキュダル、クズグンジュック、アルトゥニザーデ、サラジャック、ハレム、カドゥキョイ、クナル島、スルタンアフメト、ベヤズットと数え上げ、尖塔《ミナレット》の高さでモスクの名前を当て、車の警笛音でどの辺が渋滞しているのかを聞

き分ける。何世紀ものあいだ、人間たちは持てる力のすべてをつくして、この街を蹂躙《じゅうりん》してきた。砕き、壊し、建物を幾重にも積み重ねた。僕らはイスタンブルがこんな破壊にどうやって耐えてきたかと不思議がり、彼女が見事にその美を保っていることに感嘆し、やむことのない魅力に心を攫《さら》われる。

僕たちは目の前に広がる場面を演じた。ドクターが白いテーブルクロスを食卓に広げ、チーズ、メロン、作り立てのうずら豆のサラダ、フムス、そしてハイダリヨーグルト（濃厚なヨーグルト、にんにく、フェタチーズ、香草を使った定番の前菜）のディップを運んできた。さらにトーストしたパン、サラダ、ジャジュク（ヨーグルト、にんにく、キュウリ、ミントを使った副菜）。それからドクターは場所を開けて、葡萄の葉に米を包んだ料理と、スパイスの効いたエズメサラダ（トマトペーストのサラダ）を並べた。仕上げに黄色い薔薇を生けた花瓶を真ん中に飾ると、テーブルにはもう何も置く余地がない。ドクターはそれぞれ同じ分量になるように確かめながらラクをグラスに注ぎ、水を加えた。部屋に入ってステレオのスイッチを入れた。甘やかな歌が流れはじめる。

「さあ食事にしよう」

僕たちは、まるで祝杯を挙げるように空っぽの手を上げた。

「乾杯」

「乾杯」

「われわれの人生最悪の日が、今日のようでありますように」

一瞬、僕らの手は宙に静止した。

キュヘイランさんが繰り返した。「われわれの人生最悪の日が、今日のようでありますように」

三人とも一斉に噴き出した。

集まったのがドクターの家のバルコニーで、バーでなくてよかった。もしバーだったら、こんなに騒ぐとほかのテーブルの客たちに迷惑をかけてしまっただろう。

下のほうでは、車の警笛がカモメたちの声と入り混じり、僕らに構うことなく、イスタンブルはいつものように揺蕩《たゆた》い、流れていた。若者のグループが、向かいの歩道に面したテラスでビールを飲んでいる。ひとりがギターを弾いていて、ほかの連中がそれに合わせて歌っている。その声は遠すぎてここまでは届かなかった。隣の建物の最上階では、女性が窓から外を眺め、片手で髪を整えながら電話で話していた。ほとんどの家のカーテンはまだ引かれていない。肘掛け椅子に座りテレビを観ている老人の周りで、子どもたちが戯れていた。日没とともに海が暗くなっていく。エミノニュとユスキュダルを結ぶフェリーに明かりが灯り、千もの異なる幸福と希望を乗せて船出していく。

「ジーネ・セヴダはじきに来るはずだ」とキュヘイランさんが言った。「遅れると言ってきた。何か用があるんだそうだ」

僕たちは彼女の健康を祈ってグラスを上げた。

「山の乙女、ジーネ・セヴダに」

「山の乙女、ジーネ・セヴダに」

乙女の塔もライトアップされている。塔は、イスタンブルの頸《くび》を飾る螺鈿《らでん》のネックレスのように煌めき、揺れた。手を伸ばせば触れそうだ。僕たちは乙女の塔を眺めながら、それぞれの思い出に耽り、ステレオから優しく流れてくる歌のメロディに聴き入った。

「なるほどわかったぞ」とドクターが言った。「二日ばかり、拷問もなかったし、誰も牢から連れて行かれなかったのはそういう理由《わけ》か。ベオグラードの森で抗争があったからだ。広範囲で起きた大きな衝突だったし、終息に時間がかかった。ここの尋問官たちも加勢したんだろう。それでわれわれは放っておかれたんだ」

キュヘイランさんが微笑した。「ここであたしらの苦しみがましになると、どこかよそで人が死んどるわけですな。まったく妙な世界だ！　さて、そろそろあたしらの苦しみがまた始まるから、どこぞの誰かの健康を祈るとしましょうや」

僕らはグラスを上げた。

「他の人たちの幸福に」

「他の人たちの幸福に」

みんなどんどん酒を飲んだ。ラクの味はほんとうに久しぶりだった。

僕は向かいのテラスにいる若者たちのように陽気で、窓辺の女性のように幸福で、テレビを観ている肘掛け椅子の老人のように穏やかでありたかった。このバルコニーを離れて下に降りられるなら、橋の下に行ってなんでも好きなことをしたかった。奮発して、焼いた鯖《バルック》のサンドウィッチ《エキメッキ》を買う。金角湾に浮かぶ小舟たちを眺める。それからユクセク・カルドゥルムの通りをベイオウルへ向かってぶらぶら散歩して、映画館に入ろう。時々僕は、好きな映画ではなく好きな映画館に入った。選ぶ基準は、建物とか、彫刻とか、その映画館にまつわる思い出だ。上映しているのがどんな映画でも、心をくすぐる映画館でやっていれば、楽しめる。

「キュへイランさん」僕は言った。「そろそろ僕のなぞなぞに答えてくれてもいい頃ですよね？答えは何です？」

「そうだったな」

僕は、あのちっぽけなゲジェコンドゥでお祖母さんが僕に出した問題を繰り返した。「あるお婆さんが小さな女の子を連れていました。お婆さんは言いました。これはあたしの娘の娘で夫の妹なんだよ。どういうことかわかるかい？」

キュへイランさんはトーストしたパンを一切れとり、目の前に置かれたフムスの皿に突っ込んだ。ゆっくりと咀嚼《そしゃく》する。手の甲で口髭を拭った。

僕が身を乗り出して待っているのに気づき、老人は言った。「まあ待ちなさい、デミルタイ。いい頃合いに話してやるから。うちの村に、四十くらいの肌の浅黒い女がおったんだ。金髪の娘とふたり暮らしだった。隣に二十歳《はたち》の大柄な若者が住んどってね。色黒の女はその隣の若い大男とねんごろになって、干し草置き場でさんざん転がり回った挙句、夫婦《めおと》になった。ちょうどその頃、若者の父親が村へ帰ってきた。何年も前にイスタンブルに働きに出て、行方知れずになっとったのさ。みんなその男は死んだか、村のことを忘れちまったんだろうと思っとった。父親もだいたい四十くらいで、独り身だった。そこで隣の若い金髪の娘と一緒になって、新しい生活を始めた。まもなくふたりのあいだに女の赤ん坊が生まれた。祖母になった色黒の女は大いに喜んで、朝から晩まで孫娘と一緒にいた。女は家の前に座って孫娘の相手をしながら、誰か通りがかるごとに、こんな詩を口ずさんだ。娘の娘、夫の妹、こんな不思議はまたとない。みんな女を見ても、何を言っとるのかさっぱりわからんかったが、女が言っとることはほんとのことだ、そうだろう？」

「そんなのずるいや」僕は、キュヘイランさんがこんなに簡単に謎を解いてしまったのに驚いて言った。

「どうして？　間違っとるかい？」

「言いたくないけど、合ってます。でもずるいですよ。初めっからわかってたくせに」

キュヘイランさんとドクターは、人生をずっと共に過ごしてきた老人たちのように笑い合った。ふたりはグラスをちりんと当てて乾杯すると、ラクを一口すすった。

「最初《はな》から解けたわけじゃないさ。二日間、うんうんうなって、四十とおりもいろんな可能性を考えてから、ようやく答えを見つけたんだ」

「話してくれたのはほんとうの話ですか、それとも作り話ですか？」

「なんだ、そんなこと訊くのか、デミルタイ？　過去に起きて、あたしらがことばで語ることはみんな物語になるって言ったのはおまえさんじゃないか？　なあに、その逆もまたしかりさ。ここであたしらがする物語はどれも、昔起きた、隅から隅までほんとのことだよ」

そのとおりだった。僕のなぞなぞにも、それを現実につなぎとめる真実が混ざっていた。ヒサルストゥのあの家で、お祖母さんは僕の帰りを気にかけている。僕がなぞなぞの答えを持ってくるのを待っている。僕は彼女に約束した、きっと無事で元気に戻ってくると。イスタンブルの海流に流されたりしない。貧しい人たちを助け、人混みをひとりで歩き、ビルボードを眩《まばゆ》く照らす照明の、くらくらする誘惑に釣られたりしない。僕は秘密の待ち合わせ場所でヤスミン・アブラに会うだろう。幸福の予感が満ちる夜、きっと僕は彼女の隣に座り、彼女が暗誦する詩に耳を傾ける。その永遠の詩に編み込まれたことばを僕は信じるだろう。外では月が昇り、空が微かな光を放ち、星々が黄色やピンク、赤の花を咲かせるだろう。

「デミルタイ、もうひとつの問題はなんだね？」

「もうひとつの問題？」

「昨日、言ったじゃないか。このなぞなぞが解けたら、もうひとつなぞなぞがあるって」

お祖母さんのゲジェコンドゥを出たとき、僕には希望があった。彼女の出した謎を解き、そして彼女に会いに戻ったら、なぞなぞを出そうと思っていた。別の謎でお祖母さんの謎に応えたかった。お祖母さんに便りを出して、ときどき訪ねていきたかった。でも僕は、もう少し速く走れなかったばかりに、運命の餌食となってこの牢に放り込まれた。丘の上のゲジェコンドゥでイスタンブルを見晴らしながらではなく、この牢でお祖母さんのためにとっておいたなぞなぞを出すことになってしまった。

「あるところに若い娘と男がいました」僕は言った。「人々がその娘は誰かと訊くと、男は言いました。彼女はわたしの妻で、娘で、妹です。さてどうしてそんなことがあり得るでしょう？」

「こりゃあ難しそうだ」

「僕が簡単ななぞなぞを出すと思いましたか？」

「なになに、その男の妻で、娘で、妹だって？」

「そうです」

「あたしに大汗をかかそうって魂胆だな」

「記憶の底をさらってみたらどうです？　わかりませんよ。このふたりがあなたの村の人ってこともあるかもしれない」

「考えさせてくれ」キュヘイランさんは笑った。「解けなかったら、ドクターに助けてもらうよ。どうですか、ドクター、手伝いをお願いできますか？」

「もちろんです」

「お好きにどうぞ」僕は言った。「誰でも好きな人に手伝ってもらってください。僕は気にしません、ドクターでも床屋のカモでも……」

三人ともそこではっとし、互いに顔を見合わせた。そしてそろってラクのグラスを上げた。

「床屋のカモに」

「床屋のカモに」

「彼の無事の帰りを祈って」

はじめの数日は、みんなここを出て、人々を呑み込む地上のイスタンブルの潮流に紛れたいと願っていた。でも時が経つにつれ、僕らの願いは内側へと向かい、小さく縮み、とうとうこの獄房にぴったりと収まった。今、僕たちの最大の願いは、拷問に連れて行かれた者たちが、心も魂も失うことなく無事に帰ってくることだった。そんなふうに僕たちは、昨日連れて行かれた床屋のカモを待っていた。物語をし、ラクを飲み、歌に耳を傾けた。頭をめぐらせ、海上で揺れる光を見つめた。体に負った傷のことを忘れようと努力した。下のフロアの入り口が開いたような音が聞こえ、はっとして顔を見合わせた。それは鉄の門の呪われた音だった。それは近かった。門が軋る音は、僕らがいるのはドクターのバルコニーではなく、この地下の獄房であることを告げていた。

八日目
ドクターの話
ナイフそっくりの高層ビル群

「停電で飛行機がイスタンブル空港に着陸できず、四名の乗員と三十七名の乗客もろとも暗い海に消えた事故が起きた。翌朝目を覚ましたイスタンブルの住人たちは気もそぞろだった。七時三十分発のフェリーでカドゥキョイからヨーロッパ側へ渡るあいだもずっと、人々は新聞を読み、お茶をすすり、別のニュースが載ってはしないかと、ときどき隣り合わせた乗客の新聞を盗み見ていた。窓際の席に座った乗客たちは、波間で助けを求めて叫ぶ誰かを見つけるつもりか、ガラスの曇りを拭きとり、窓に鼻をくっつけた。一方の側にハイダルパシャ駅、セリミエ兵舎、乙女の塔、反対側にスルタンアフメトモスク、アヤソフィア大聖堂、トプカプ宮殿が連なる時間のトンネルを抜け、彼らはコンクリートの建物とナイフそっくりの高層ビル群が立ち並ぶ岸辺に到着した。毎日、こちら側から向こう側へと行き来する彼らの内心は、興奮と期待に満ちていた。家にいるときやフェリーや電車やバスに乗っているときどきで気分は違っても、きちんとその日にふさわしい表情を浮かべることは忘れなかった。三日目の朝、彼らが紅茶を飲み、そろって神妙に新聞を読んでいると、長髪の若者がギターをかき鳴らしながら、飛行機事故の犠牲者に捧げる当世風のロックソングを歌った。犠牲者たちはさぞかし喜んだことだろう。ちょうどそのとき、誰かがデッキで叫ぶのが聞こえた。人々が外へ走り出て、みんなで対岸に目を向けると、サライブルヌの岬の岩の上に、女の人が気を失って倒れていた。冷たい波に打ち上げられたその女性は、海に墜落したあの飛行機の唯一の生存者だった。翌日、ある新聞が、女性は両脚を骨折していたと報じた。ほかのもろもろの新聞報道を合わせると、彼女はあるいは鼓膜が破裂し、あるいは舌を失い、あるいは片目が見えなくなっていた。どの新聞の一面にも、女性の同じ写真が大きく掲載された。彼女は病院で管や点滴ボトルに囲まれて寝ていて、その傍らにはスーツを着てフェルト帽をかぶった男性が座っていた。写真の下の見出しには、妻が助かって天にも昇る心持ちだ、とあった。別の新聞では、同じ男性が娘と喜びの再会を果たしたとあり、さらに別の一紙には、慈愛の神がわが妹を救ってくださった、と書かれていた。フェリーの乗客たちは、自分が読んだ新情報を互いに教え合い、どれが正しい報道だろうかと話し合った。どの乗客も自分の新聞が正しいと主張し、議論は翌日も続いた。すべての新聞で一致していた唯一の情報は、フィリス・ハニムとジャン・ベイという、女性と男性それぞれの名前だった。写真入りロマンス小説のように、記事の続きは毎日少しずつ報じられ、その細かさときたら、もはや単なる全国ニュースの範疇《はんちゅう》を超え、今や文化・文芸欄の記者が健筆を振るうのにふさわしいものとなった。どんどん長く入り組んでいく大河物語に毎日新たな写真が追加され、フィリス・ハニムとジャン・ベイの身の上話が、人々が見守る前で繰り広げられた。ジャン・ベイは、ヨーロッパのどこかの国――ある者によればフランスとも、他の者によればスイスともいわれる――に生まれ育ち、青年時代にイスタンブルに旅行に来て、ベイオウルのナイトクラブで歌っていた歌手――ある者によればフランス人とも、他の者によればスイス人ともいわれる――と束の間の情事を楽しんだ。名所をひとつ残らず見物し終えた彼は、女が身ごもっていることを知らずにそのまま帰国した。大学を卒業すると、大学講師として働きはじめ――学科は社会学とも、生物学とも、物理学ともいわれる――、同じ学部で教えていた誰かと結婚した。彼は幸せで、努力家で、評判もよかった。五年が経ち――ある者によれば十年ともいわれる――、明らかにされていない理由で妻と離婚し、もう二度と結婚しないと誓いを立てた。何年もひとりで暮らし、その誓いを守り続けたが、ある時、教え子のひとりと恋に落ちた。その教え子がイスタンブルから来たフィリス・ハニムだった。ふたりは結婚しようと決め、フィリス・ハニムの母を結婚式のために呼び寄せた。イスタンブルからの飛行機の出発が遅れ、ぎりぎりになって到着したフィリス・ハニムの母親が招待客がそろった式場に入っていくと、ジャン・ベイは死ぬほど驚いた。目の前にいる女性は、何年も昔に彼がイスタンブルを訪れ、束の間の情事を楽しんだあのナイトクラブの歌手だったのだ。ふたりはそれぞれ相手に気づいたが、あたかも気づかなかったかのように振る舞った。フィリス・ハニムがジャン・ベイの妻であり、娘でもあると読んだフェリーの乗客たちは、仰天して互いに顔を見合わせた。そんなひどいめぐり合わせを聞いたのは何年ぶりだろう。翌日、最新回を読んだ乗客たちは、話はそれで終わりではないことを知った。ジャン・ベイがまだ小さな赤ん坊だった頃、彼の母親は家を捨て、彼と父親はふたりきりで苦労しなければならなかった。ジャン・ベイの父は結婚式場の上座に座っていたが、義理の娘の母親を見てわが目を疑った。それは彼の妻、何年も昔に自分たちを捨てて、家を出ていった妻その人だったのだ。ふたりもまたそれぞれ相手に気づいたが、あたかも気づかなかったかのように振る舞った。フィリス・ハニムはジャン・ベイの妻であり、娘である上に、妹でもあったのだ。フェリーの乗客たちは、一語一語、貪るように書いてあることを読みつくすと、嘆息した。なんてこった！　白黒テレビのドラマを食事代わりに育った彼らは、読んだものをすっかり信じた。新聞の報道はところどころ食い違ってはいたが、彼らは一致のなかにではなく、不一致のなかに真実を見出した。ひとりの乗客が新聞を宙に掲げて言った。ここで終わると思ったら大間違い。なるほどフィリス・ハニムがジャン・ベイの妻で娘で妹なのはわかった。だが、俺の新聞にはもうちょっと詳しいことが載ってるぞ。フィリス・ハニムはジャン・ベイの叔母でもあったんだ。フェリーの乗客たちは文句を言った。そりゃいくらなんでもやり過ぎだ。とはいえ、自分たちが間違っていて、もっと驚くような事実を聞けることを願い、物語の新しい欠片《かけら》を話してくれと頼んだ。噂好きな人間が誰でもそうするように、彼らは興味を惹かれながら無関心を装おうとして、お茶をかき混ぜたり、窓の外を何気なさそうに見やったりした。フェリーは時間という名の霧に煙る海を進み、遠い岸辺に立ち並ぶナイフそっくりの高層ビルの時代へとゆるやかに向かっていった」

わたしは口をつぐみ、遠くを見ようとする旅人のように目を細くした。周りを見回す。「フェリーは時間という名の霧に煙る海を進み……」

わたしが物語をどう締めくくるのかと身を乗り出して聞いていた学生のデミルタイは、微笑した。

「ドクター」彼は言った。「キュヘイランさんに助太刀《すけだち》したんですね。なぞなぞを代わりに解いて」

デミルタイはいかにもつらそうに笑った。痛みがますますひどくなっている。今日、尋問から連れ戻されてきたときは、半ば意識を失っていた。脈絡なく呟き、うめき声を上げた。腕を動かせず、頭をぐったりと垂れていた。まるでベッドに倒れ込むようにしてコンクリートの床に横たわり、深い息を吐くとすぐに眠り込んでしまった。わたしは上着を脱ぎ、少しでも眠りやすいように頭の下にそれを置こうと思ったが、思い直していくらか暖めてやろうと体に掛けた。彼の髪を撫で、額と首についた血を拭き取った。

その後すぐ、老キュヘイランが連れてこられた。まるで事故・救急部で当直しているような気がした。怪我をした患者が続々と運ばれてくる。老キュヘイランの両眉は切れていた。またしてもシャツとズボンがぐっしょりと血を吸っていた。足裏は血まみれだった。わたしは老人をデミルタイの隣に横にならせた。「よき朝を迎えられんことを」そう言って寝かしつけた。自分の上着をふたりの胸の上に広げ、荒い息づかいに耳を傾け、しかめた顔の皺を見つめた。そうやって見守るうちに、われわれの房が用足しに行く順番がきた。わたしはふたりに手を貸しながら、通路の端にあるトイレへ向かった。ゆっくりとではあったが、デミルタイは自力で歩けた。だが老キュヘイランは片足に体重がかけられず、わたしに寄りかかりながらようやく歩いた。

「何か文句あるのかい、デミルタイ?」老キュヘイランが訊いた。「昨日のなぞなぞは、あたしらふたりに出したんじゃないか。だからドクターが代わりに答えてくれたんだよ」

「あなたには難しすぎましたか?」

「長いことうんうん考えたが、思いつかないから、ドクターに助けてもらったんだ」

「それじゃ、この謎の答えはイスタンブルにあって、あなたの村にはないってことですね」

「そう、ここだ。だいたい嘘を真実《まこと》に変える謎かけときて、どんな村がイスタンブルと勝負できるか聞きたいもんだよ……」

「イスタンブルは昔もこんなふうだったんでしょうか、キュヘイランさん?」

デミルタイは尋ねたが、答えを求めているふうではなかった。「この街は昔から不誠実で欺《ぎ》瞞《まん》だらけだった?」

自然は嘘をつかない。昼と夜、誕生と死、地震と嵐は皆、真実だ。イスタンブルは自然から真実を学んだが、自らが創り出すのは嘘だった。人の目をくらまし、二枚舌を使い、まやかしの記憶を操ることは、みな彼女の発明だ。彼女はすべての人間に自分を崇拝させ、朝になれば昔の恋人を腕に抱いて目覚めるのだと信じる酔っ払いを発明した。金持ちは真っ当な手段で金を稼いだのだと信じる貧者の群れを発明した。彼女は希望を遠く広く撒き散らした。もちろん、失意の者にも、いつかは栄光の瞬間《とき》が巡りくるだろう。失業者だって、パンと肉を家に持ち帰る日が来るのだろう。孤独を覆い隠すために、彼女は明るく照らされたショーウインドウを創造した。神の不在を諦めるのではなく、神そのものになろうとする発想を生み出した。イスタンブルは——さまざまな体臭がいっそうきつく漂うイスタンブルは、約束を繰り返しつつ距離をおこうとする恋人に似ている。彼女は嘘の達人だ。彼女は、自分を必死に信じようとする女や男を創り出す。

「デミルタイ、おまえさんはだんだんあたしの親父に似てきたよ。親父みたいに難しい質問ばかりして」と老キュへイランが言った。

「もう遅いんです、キュへイランさん」

「なぜ?」

「もう遅いんです」デミルタイは繰り返すと、肩をすくめた。

外の世界でも、デミルタイはこんなふうだったのだろうか? 巨大な広告や、コーヒーハウスや、物乞いの間を彷徨《さまよ》いながら、投げやりな思いに襲われていたのだろうか? 街の通りのすべてが絶え間なく変幻し、あらゆる形が混沌《こんとん》とするなかで、きっと彼の内面の世界も混乱をきたしたのだろう。彼は朗らかで、同時に悲観的だった。笑いながら憂鬱になり、弾む会話の途中でふと黙り込んだ。「もう遅いんです」何がもう遅いのか、彼はわかっていたのだろうか。

「デミルタイ」わたしは口を挟んだ。「答えを却下しなかったんだから、わたしが謎を解いたということでいいのかな」

「ほんとのこと言うと、ドクター、僕はなぞなぞより、飛行機の墜落のほうが気になります」

「墜落のことを知ってたのかね?」

「ええ。母の友人がその飛行機に乗っていたので。ふたりはその翌日に会う約束があって、母はちょうど読み終わった小説を彼女にプレゼントするつもりでした。事故のことを聞いたけど、信じようとしませんでした。何日も何日も吉報を祈りながら待ってました」

「お母さんはその本をどうしたんだね？」

デミルタイは俯《うつむ》いて、しばらく自分の足を見つめていた。日ごとにますます寒がるようになっていた。どう姿勢を変えても、全身が痛むらしかった。だんだん動きが緩慢になり、大きな瞳の光が陰っていく。話すのも、黙っているのも何の助けにもならなかった。

「さあ」彼は下を向いたまま言った。「本箱にしまったままじゃないかな。僕、訊きませんでした」

「わたしなら、その本のことを知りたくなっただろうと思ってね」

「ドクター、今、僕が考えてるのは、本より飛行機の乗客のことです。飛行機に乗ってた全員が死んだと思ってたから。生存者がいたなんて知りませんでした」

彼が知りたかったのは飛行機事故で生き延びた女性のことだったが、物語のその部分が真実かどうかを尋ねる勇気がなかった。この場所では、人は概念を理解していても、それが何を指すのかに確信が持てなくなる。光を、水を、壁を、生まれて初めて見るような気がする。あらゆる音が何か別の意味をもつ。疑問で心が溢れかえっている人間は、自分の両手すら疑いの目で見るものだ。彼は一方の端が開きっぱなしの物語の、もう一方の端が閉じている理由が理解できなかった。イスタンブルも同じではなかったか？　地上でも地下でも生きているイスタンブルも？　そのことを発見するために、苦痛を耐え忍ばなければならなかったデミルタイは、訊けなかった。「何が真実なのですか？」と。

「母がそれを知ってたらなあ」と彼は言った。「全員が絶望視されてた墜落事故で、ひとりでも生存者がいたって聞いたら、母はそのかすかな希望にすがれたと思うんです。それがあれば、悲しみがこみ上げる夜、さんざん煙草を吸うよりも悲しみともっとうまく付き合えたんじゃないでしょうか。ひとりで僕を育てるだけで、母にとってはじゅうぶんすぎるくらいの重荷でした。母は工場でお茶くみ係として働いてます。僕には学問をして、自分とは違う人生を歩んでほしいと言ってました。夜は僕より遅く寝て、朝は僕と一緒に家を出ます。バス停で、母は毎週入れ替わる広告を眺めます。そこに、母が夢見る旅先のリゾートや、いつか僕らが住む美しい家を見つけては、将来、ふたりでどんな生活をするかについて勢いこんで話すんです。週末は遠くの街区までいろんな家の掃除に通って、お金を貯めてました。人間誰でも自分の街区がありますす。金持ちも貧乏人も、東側の人間も西側の人間も、訛《なま》りの強い人も訛りのない人も、みんなそれぞれの街区に寄り集まっています。隣の人が腹を減らしてるのに、満腹でベッドに入るのが居心地悪かった人が、いい解決策を見つけたんですよ、別の街区に引っ越してね。イスタンブルのなかには小さいイスタンブルがいっぱいあって、腹を空かした人間と、たっぷり食べている連中のあいだにはすごく距離がある。街の一方の端で一日が終わる頃、反対側ではこれから始まるお楽しみを待ち構えています。こっち端の人々が起きて仕事に出かけようとする頃、向こうではやっと床につくといった案配です。誰もが自分のイスタンブルにいて、同じような人々と一緒に暮らしています。海を見るときだって、目に映る眺めは違います。僕の母は、今住んでる家と街区から出て、テレビや冷蔵庫を定期的に買い換えられるようになりたいと願いながら、仕事から仕事へと駆けずり回り、僕の未来は自分のとは違うんだと信じてました。ただ母は、僕がそんなことを信じてないとは知りませんでした。ドクター、僕、あの話、しましたっけ？　人々がシンデレラにどうして王子と恋に落ちたのかって訊くんです。そしたら、物語がわたしに用意した運命はそれだけだったからよ、って答えるんですよ。僕らの住んでた街区の暮らしも、それ以外の運命を用意してくれませんでした。どの家族も同じ夢を見るけど、みんな同じ行き止まりにぶつかって、そこからどこへも行けません。誰も理由なんて訊かないんです。僕だって同じでした。前に空き地で一緒にサッカーをした年上の仲間たちに、本をもらって読むまではね」

デミルタイは身を乗り出して、水の入ったペットボトルを取り上げた。二口飲むと先を続けた。

「イスタンブルには、パンへの欲求と自由への欲求があって、互いが互いの奴隷になれとせめぎ合っています。パンのために自由を犠牲にするか、自由のためにパンを諦めるしかありません。両方を同時に手に入れることは不可能です。街区の若者たちはその宿命を変えたかったんです。煌々《こうこう》と照らされた看板の陰に立ち、彼らは新しい未来を夢見ました。もらった本を読みながら僕は思いました。イスタンブル全体が爛《ただ》れ、ぶよぶよに腫れ上がってるのに、どうして新しい未来なんか来る？　通りには車がひしめき、細切れの土地には建物がひしめいている。

クレーンや金属の桟橋が物憂げな樹々にとって代わり、物乞いの数も、必死で食べ物を探す小鳥たちもどんどん増えていくのに。僕は次から次へと本を読み、母が、教師たちが、友人たちがこうも愛着を持つこの街を理解しようとしました」

デミルタイの声は、目覚めたときはしわがれていたが、少しずつ柔らかになっていった。

「母は、街の流れについていけませんでした。仕事のし過ぎでへとへとで。子どもの頃のことを話しては、昔は毎日の変化がこんなに速くなかったわ、と言ってました。昔は、新しいものはだんだんに入ってきたの、と。少しずつそういうものを暮らしに取り入れていった。昔は新しいものはわくわくさせてくれるものだった。混乱させるんじゃなくてね。その頃の母たちは、明日、自分が何に出会うかわかってました。でも今はそうでしょうか？　新しいものはあっという間にやってきて、同じように瞬く間に消えていきます。時代遅れになる暇もなく、僕らの暮らしから一掃されてしまいます。何の痕跡も、何の記憶も残しません。新しいものをひとつ取り入れたと思ったら、もう次の新しいものに入れ替わっています。でも、人間には限界があるんですよ。僕らは亀よりは速く歩けるけど、うさぎより速く走れない。思考や感情にだって限界があります。伝統を後ろに従えて行進しながら、革新には追いつけない。そのバランスをひずませる矛盾が、僕たちの内なる秤を壊すんです。新しいことは、古いことの続きじゃない。だって古いものがないんですから。あらゆるものがごみになる。永遠は忘れられる。人とつながりを結ぶことが信じられなくなっていく。ごみ捨て場みたいに、心もごみでいっぱいになる。そんな毎日のリズムに、母は疲れきってました。夜ごと、悲しみを抱いて眠りにつく母は、昼を夢で埋めつくしました。ほかにどうすればよかったんでしょう？　母は、イスタンブルの混沌の真ん中で、たったひとりでどうやって暮らしを立てていけばいいのか、途方に暮れてました。夢のほかに、母は何にすがりつけばよかったんでしょう？」

デミルタイはひとりになることを嫌った。牢に置いていかれることを恐れ、仲間が多いほど嬉しがった。鉄道駅や、おんぼろのフェリーや、みんながぶつかり合いながら歩く大通りの雑踏を懐かしんだ。イスタンブルの美は群衆のなかに宿る。あらゆる場所が人や騒音、光に満ちていた。ある通りでは静かに見えた存在が、別の通りではうなりを上げて動き出した。金属はコンクリートと混じり合い、鉄はガラスに覆われた。イスタンブルの人々もイスタンブルによく似ている。イスタンブルは土、火、水、そして吐息から生まれた。彼女は鋼のように硬く、ガラスのように脆《もろ》かった。都市の人々は、過去の冒険家たちがこぞって命を捧げた錬金術に生命を吹き込んだ。今あるものに甘んじるつもりのない彼らは、圧倒的な革新を追い求めはじめた。火と水を、愛と憎しみを融合した。自然に反発を感じ、善に悪を足して作り変えようとした。金で嘘を買い、プラスチックの造花で家を飾り、肌にシリコンを注入した。毎朝、鏡に昨日より魅力的な顔が映りはしないかと期待しながら目を覚ました。イスタンブルでは、錬金術は自分自身から始まるのだ。

デミルタイの母親は強くて弱く、機敏でのろく、希望に満ちながら悲観的だ。彼女はさまざまな重荷をまとめて担ぐ方法を知らなかった。夕暮れに、広告に、車の警笛に必死について行こうと努力した。彼女は思い出を恐れた。思い出は、よい時代は過ぎ去ったことを思い出させるから。都市は打ちのめされている。人生は無為だ。人々は堕落している。どの今日も昨日より悪い。孤独の海に沈む人のご多分に漏れず、彼女もまたハッピーエンドの小説を好んだ。小説のなかには、家にも、職場にも、街にも存在しない完全があるからだ。彼女は魂の相反する両端を結び合わせる。彼女の魂の半分は鋼で、もう半分はガラスだ。半分は涙で、もう半分は燃え盛る怒りだ。

「母は本の力を信じてました」とデミルタイは言って、われわれも本の信者かどうか確かめるようにこっちを見た。「小説に夢中で僕なんかそっちのけの夜もあれば、普段より煙草の本数が増える夜もあって、そんなときは母の心の傷が新しく増えたのかと気になりました。尋ねませんでしたけどね、母も何も言わなかったし。母は、水中でもがいてる子どもみたいでした。息継ぎのために水面に上がってこようと必死にもがいてるんです。溺れてるわけじゃないけど、水面に出て息を吸えるわけでもない。母は、この街は夢の代わりに計算の上に建っているといって腹を立てていました。イスタンブルは見栄えがいい本の表紙みたいだって。外側の装飾や模様が人々を騙して、内側にある真実から遠ざけるんです。時々、僕は子どもみたいに尋ねました。ねえお母さん、どうしてそんなに働くの？　デミルタイ、と母は言いました。家を買って、いつかあなたが安楽に暮らせるようにするためよ。今はいい暮らしをさせてやれないけど、何年後かにはあなたを必ず幸せにしようと思って、一生懸命働いてるの。未来はずっと遠くにあると思っちゃだめよ。ほんとはすぐそこにあるんだから。あなたも本でいろんな人生について読めば、もっとよくわかるようになるわ――そんなふうに母が話すたびに、僕は真面目に耳を傾けました。母のおかげで、僕、本を信じることを学んだんです」

「お母さんは君が捕まったことをご存じなのかね？」わたしは訊いた。

「いいえ。母にはもう何か月も会ってません。奴らが僕を探してたから、うちの街区には戻ってないんです」

「なぜだね、デミルタイ？　お母さんの仕事の後にでも、人の多い通りでなら誰にも見つからずに会えただろう」

「それも考えたんです、ドクター。何度かやってみようかとも思いました。でも、ぎりぎりになっていつもやめてしまいました。奴ら、母のことを尾行してるかもしれなかったから」

息子は、人目を忍んでよくわたしに会いに来た。あるときは人混みに紛れて、あるときは暗い街角にそっと隠れて、わたしの腕に触れた。わたしに歩調を合わせ、並んで歩いた。デミルタイの話を聞きながら、わたしは自分の幸運を思った。息子や娘をひたすら待ち続けている人々や、それどころかその死の知らせを受け取った人々のことを考えれば、自分が運に恵まれた少数派だとわかる。わたしは息子を見つけ、病院に入院させてある。息子を安全な手に委ねてある。

「デミルタイ」わたしは言った。「以前、何年も一緒に働いた同僚がいてね。まだ成人前の娘さんが家出して革命グループに入ってしまった。ある日彼は、娘さんが銃で撃たれて、仲間たちが密《ひそ》かに埋葬したと聞かされた。同僚はその墓の場所を突き止めて、大理石の墓石を拵《こしら》えさせた。石に船の絵を彫ってもらってね。それは娘さんが子どもの頃、一緒に読んだ『イスタンブルの絵本』の表紙の絵だった。彼は毎週、墓を訪ねては土の下に埋められている娘に語りかけた。『イスタンブルの絵本』から彼女が好きだった章を読んでやった。星々のように光り輝くドームや、川のようにうねる通りや、槍《やり》のように天を突く建物の物語をして聞かせたんだ。ある日、娘の仲間たちがやってきて、間違いがあったと言った。ここに眠っているのは別の仲間で、あなたのお嬢さんがいるのはボスポラスの反対側の墓地でした、と彼らは言った。同僚はその晩、眠れなかった。翌晩も眠れず、三日目の晩に、彼はいつもの墓へ出かけていって、その傍らに横たわった。夜明けに目を覚まし、見上げると暁の明星が輝いていた。糸杉のあいだを鳴り渡る風の音に耳を傾けた。彼は手で地面を掘り、墓の土をひとつかみ握った。その匂いを嗅ぎ、宙に投げ上げた。そして風が土を散らし、吹き飛ばすのを見つめた。わたしはこの墓の主《あるじ》だ、彼は呟いた。わたしはこの墓が好きになったし、墓もわたしを好いてくれている。彼は両膝をつき、むせび泣いた。自分がこの墓を去れば、別の墓にいる娘も、ほかのあらゆる死者たちも、誰にも顧みられないまま見捨てられるのだと信じた。それからも同僚はしげしげとその墓を訪れた。『イスタンブルの絵本』を携えていき、そのなかのお話を読み、絵の説明をしてやった。なぜわたしがこのことを思い出したかわかるかい？　わたしは君のお母さんも同じことをしたんじゃないかと思ったんだ。お友達に上げるつもりだった本を、飛行機が墜落したイスタンブルの海に向かって読んだんじゃないかな。そしてきっと、それを読み終えた後、海に流してやったんだろう」

「ドクター」デミルタイが落ち着かない顔をして言った。「ドクターが悲しい話をするのはこれで二度目です。どうしたんですか？　前は、死とか苦しみのことはここでは話さないようにしようって言ってたのに」

考えてみれば彼の言うとおりだった。「うっかりしていたよ。たまにはわたしも、自制心を失うってことだな」わたしは言った。

デミルタイは両手に息を吹きかけて温めようとしていた。わたしはその額に触れて熱を計った。脈をとる。皮膚の下には肉というものがなく、骨ばかりだった。彼は絶えずがたがたと震えていた。熱が上がっている。わたしは彼に後ろに寄りかかるように言った。彼の両足をゆっくりと持ち上げて膝に載せた。足の裏の皮膚は、切り傷と、赤やピンク、白のみみずばれの塊だった。彼には生気がなかった。わたしはデミルタイのつま先を、まるで脱脂綿でくるむように両の手のひらで包み込み、暖めようとした。

彼はくすくすと笑いだした。

「どうしたね？」わたしは言った。

「くすぐったくって」

「よし、とにかく笑えるのはいいことだ」

「笑わないと駄目ですか？」

「ああ、笑わないといけない。さもないと悲しい物語をしたといって、キュヘイランさんと揉めることになる。ほらもう難しい顔をしてこっちを見ているよ」

「それなら僕、笑い話をします」

デミルタイは新しい冗談を考えついたのか、それとも前から知っているのを話そうというのだろうか？

「どんな笑い話だね？」わたしは言った。

「ホッキョクグマの笑い話です」

「ホッキョクグマの笑い話って？」

「赤ちゃんホッキョクグマです」

「いいだろう、話してごらん」

デミルタイは、足をわたしの手に預けたまま、語り出した。

「その北の国では、地面は氷で、山も氷で、息をする空気さえも凍っていました。赤ちゃんホッキョクグマは、お母さんグマにすり寄って、ふさふさの温かい毛皮のなかに埋もれていました。ねえママ、と赤ちゃんホッキョクグマは言いました。ママは僕のほんとのママ？　お母さんグマは驚き、もちろんよ、わたしの可愛い子グマちゃん、と言いました。そっか、じゃあママのママもホッキョクグマだった？　ええそうよ、ママのママもホッキョクグマだったの。じゃあママのパパは？　パパもホッキョクグマだったわ。そこで赤ちゃんホッキョクグマは、お母さんグマからよちよち離れてお父さんグマのところに行きました。今度はお父さんグマのふさふさの毛皮にもぐり込みました。パパ、と赤ちゃんホッキョクグマは言いました。パパは僕のほんとのパパ？　ああそうだよ、とお父さんグマは言いました。さっきと同じ質問が繰り返されました。それで、パパのパパもホッキョクグマだった？　ああそうだ。じゃあパパのママもホッキョクグマだった？　そのとおり。じつは話せば長いのですが、かいつまんでお話しします。思っていたとおりの答えをもらった赤ちゃんホッキョクグマは、怒ったように足を踏み鳴らしてお父さんグマから離れました。そして氷の上に立ち上がると、地団太しながらわめきました。じゃあなんで僕はいっつも寒いんだよ！」

わたしたちは小声で笑った。そうやって声を抑えなければ、それはいくつもの壁を越え、はるか地上の世界まで伝わってしまうかもしれなかったから。

「なんで僕はいっつも寒いんだよ」とデミルタイが言った。デミルタイは自分の言ったことを繰り返し、遠くから駆け戻ってきた子どものように、息を切らせながら続けた。「僕もいつも寒いです。肉のなかに骨じゃなくて氷の塊が入ってるみたいだ。なんで僕、この牢で一番寒がりなんでしょう？」

間髪を入れず、わたしは言った。「君は赤ちゃんホッキョクグマだから」

「それですね」

鉄の門が開く音が、ふたりの顔から微笑を消した。わたしたちは耳を澄ませ、通路に漏れ出る声を聞こうとした。

闇のなか、若い娘の生き血を吸った吸血鬼どもが洞窟へ戻り、森で子どもたちを貪り食った狼たちが鉄の門から入ってきた。強烈な臭いがわたしたちの鼻腔を襲った。わたしたちはまるで砂漠で井戸の底に落ち、ラクダの隊列が星々を追いかけて救いに来るのを待っているようだった。わたしたちは夢を見る――ある朝目を覚ますと、ここからはるか遠いどこかにいて、鉄の門の音が聞こえない温かな砂丘の上に起き上がるのだ。わたしたちは嵐のなかで波に揉まれる船のように無力だった。それぞれが自分を沈没船の唯一の生き残りだと思いながら、死んだ船乗りたちと運命を共にするのは恐ろしかった。

皆、身じろぎもせずに待った。外の音にじっと耳を傾けた。彼らは通路の手前の房のドアを開けて、また閉めた。それから裏の通路に移動した。別の房のドアを乱暴にバンバンと叩いた。酔って高笑いをしている。歌を歌っているが、歌詞は聞き取れなかった。彼らは気勢を上げて戻ってきた。こちらへ近づいてくる。足音が壁に反響する。ずいぶん大勢だ。彼らのうなり声と悪臭が押し寄せてくる。われわれの房の前で止まった。だが、開けたのは向かいのドアだった。彼らはジーネ・セヴダをなかに放り込んだ。彼女を罵り、侮辱し、ドアを叩きつけるように閉めた。どっと狂暴な笑いに沸いた。

デミルタイが立ち上がり、ゆっくりと鉄格子に歩み寄った。向かいの房を見やり、振り向いて言った。「ジーネ・セヴダは鉄格子のところに見えません」

「今戻ってきたばかりだ。少し休まないことには立ち上がれんだろう」

デミルタイは、冷え切ったコンクリートに裸足で立っているのを忘れていた。「僕、ここで待ちます」彼は言った。

彼が待つのは、これが最後ではあるまい。

獄房の生活は繰り返しだ。闇が頭上をゆっくりと回転するあいだ、われわれのことばは同じ人間について語り、同じ都市を通り抜け、同じ希望にしがみついた。しかしそれでもなお、今日こそは違う日になるという願いを抱き、胸をふくらませて毎日を迎えた。互いの顔を、初対面ででもあるかのように凝視した。夢も、苦しみと同じく自己再生することに気づいたとき、わたしたちはふと黙り込んだ。幸福を制限したら、不幸が無限にならないだろうか？　笑いをやめたら、苦しみが終わらなくならないだろうか？　わたしたちは日々、笑うための新たな口実を拵えた。笑いもまた自己再生することを感じ取り、自分たちが新たな境地に達したことに気づいた。

われわれは顔を上げ、天井を見つめた。頭上のイスタンブルも自己再生していたか思い出そうとした。市場の屋台は、モスクの鳩たちは、放課後の子どもたちのはしゃぐ声は、どちら側でも同じだったか？　ボスポラスの流れはどの街区でも同じだったか？　赤ん坊は皆、同じ泣き声を上げて生まれてきたか？　老人は皆、同じため息をついて息を引き取ったか？　われわれは死に好奇心をそそられた。死もまた繰り返すのか、どの死も他のあらゆる死と同じだったか？

「ジーネ・セヴダが格子のところにきて、おふたりを呼んでます」とデミルタイが言った。

「ふたりともかね？」

「そうです。話があるんだそうです」

わたしは老キュヘイランを助け起こした。ふたりで二歩、ドアのほうへ進んだ。廊下から入る光がまぶしく、わたしたちは目をぱちくりさせた。まるで実の娘の顔を見るような嬉しさでジーネ・セヴダに向かって微笑した。

「大丈夫か?」老キュヘイランが書いた。

「ええ」ジーネ・セヴダが言い、同じ問いを書いてよこした。「あなたは大丈夫ですか?」

「こっちはなんともないよ」

ジーネ・セヴダの塞がれた左目は腫れあがり、顔に痣がいくつも増えていた。下唇の裂けた傷が広がっている。首は黒く垢じみ、脂ぎった髪が頭に張りついている。彼女はわたしを見て、傷をひとつずつ数えるように、顔をしげしげと観察した。

「ドクター、あなたはいかがですか?」彼女は訊いた。

「大丈夫だ」わたしは言った。「だが、君は尋問から戻って来たばかりなんだから、眠って体を休めたほうがいい」

わたしが書き終えるのを待たずに、ジーネ・セヴダは指を上げ、すばやく書いた。「皆さん同士で話すとき、秘密を打ち明けたりしますか?」

「いや」わたしは書いた。

老キュヘイランとデミルタイが首を振り、わたしの答えを保証した。

「ほんとうに?」ジーネ・セヴダは書いた。

「どういうことかね?」

どういうことなのだろう?

われわれは、拷問されている以外の時間を眠ったり、喋ったり、寒がったりしながら過ごしていた。それぞれの夢を語り合い、ここに自分たちだけの天国を築いた。だがイスタンブルがその秘密を隠しているように、われわれも自分の秘密を互いに明かそうとしなかった。

「ドクター」ジーネ・セヴダが綴った。彼女の指は、しばらく宙に浮かんだままで、文を最後まで書く決心がつかないようだった。「尋問官たちは、あなたの秘密を知ってます」

わたしの秘密？

わたしは唾を飲み込んだ。視界が揺らぐ目をきつく閉じ、再び開けた。

「どうして知っている？」わたしは書いた。

「あなたが自分で話したから」

「まさか。拷問されているあいだ、一言だって漏らしていない」

「拷問でじゃありません。牢のなかでです。あいつらは、あなたの牢に手先を忍び込ませました。あなたはその手先に話したんです」

「なあ君、いったい何を言っているのかね？」

彼女は何を言っているのだろう？

ジーネ・セヴダは辛抱強く書いた。

「尋問室で気を失って倒れていたとき、ふと目が覚めたんです。尋問官たちはわたしを壁際に放ったまま、雑談していました。奴らの話が聞こえました。昨日、尋問されていた誰かが、目隠しを引きちぎってひとりの尋問官の銃を奪い取ったそうです。その人は滅茶苦茶に銃を発砲しました。それまで立ち入ったことのない通路に走り込んで撃ちまくりました。でも遠くまでは行けませんでした。奴らは彼を取り囲み、さっさと撃ち殺しました。昨日、わたしたちが気にしていた銃声はそれだったんです」

ジーネ・セヴダは、わたしが話についてきているか確かめるように書くのを止めた。

「ドクター、わたしは目隠しされていました」と彼女は書いた。「奴らの顔は見えませんでした。あいつらはわたしが気を失っていると思っていて、紅茶をかき混ぜたり、煙草を吹かしたりしていました。そのうちにあなたのことを話しはじめたんです。男たちのひとりが、どんなふうにあなたに話しかけて信用させたかを自慢して、あなたから手に入れた情報をみんなに教えました」

わたしから手に入れた情報?

「その男はどんな情報をわたしから手に入れたのかね?」

「あなたがほんとうのドクターではないってこと……」

わたしは鉄格子から後ずさった。鉛のように重い足を引きずってよろめき、そのまま牢の奥の壁に突き当たった。夢のなかで悲鳴を上げようとしても声が出せない子どものように、わたしはその場に立ちつくした。

「奴らは知っている」わたしは呟いた。「おお神よ、奴らは知っています」

足をじりじりと動かしてまたドアに向かった。

「もうひとつあります」とジーネ・セヴダは続けた。「彼らはミーネ・バーデという人のことを話していました。あなたは彼女が愛している相手ではないらしい、と。ミーネ・バーデが愛しているのは別のドクターだ、と」

わたしにはもう歩く力が残されていなかった。床にどさりとへたり込んだ。両手で口を撫で、その手を額に、髪に走らせた。シャツが苦しい。ボタンを一個ずつ引きちぎった。その両手首を老キュヘイランがつかんだ。わたしを力ずくで壁に寄りかからせた。逃れようともがいたが、彼はつかんでいる手首をいっそう強く握りしめた。

わたしに何が起きているのか？

人生にはやり直せないことが三つあるという。何だっただろう？　漏らしてしまった秘密もそのひとつだろうか？　時計を巻き戻せたらいいのに。わたしが戻りたいのは先月でも去年でもなく、はるか原初の時代だった。人間がまだ人間でない時代を——残酷などというものが存在しない時代を生きられたらどんなにか素晴らしいだろう。なんの不安もない。存在が拠って立つものは苦しみではない。人々は見て、触れることで満ち足りる。出生数は登録されず、死は自然の順番で巡りくる。そして秘密をもつ必要はない。

「僕たち、密告なんてしてません」デミルタイは言って、わたしの片方の手首を握りしめた。彼の声は震えていた。「誰にもあなたの秘密を話したりできません。だって知らないもの。ねえ、キュヘイランさん？」

「ふたりは……」わたしは言った。

「あたしらは誰にも何も言っとりません」

「あなたがたに何を告げ口できる？」わたしは言った。「奴らは息子の代わりにわたしを捕まえたんです。本物のドクターは息子なんだ。その話は一度もしなかった。わたしは息子の待ち合わせに出かけていった。そして警察の罠にはまって、息子の身分を名乗ったんです」

息子が会うことになっていた相手はアリ・ザ・ライターだった。季節の名残の暑さが何日か続いた頃だった。太陽がわたしの目に美しく映った。最後にもう一度、わたしはラギップ・パシャ図書館のなかのイスタンブルにありったけの愛を注いだ。そしてあの中庭の地面にしゃがみ、この手で穴を掘り、地下に飛び込んで、幾重もの地層を転落し、蚯蚓《みみず》のように暗闇のなかをのたくりながら、とうとうこの獄房に落ちてきた。わたしは皮を脱ぎ、その下に新たな皮を生やした。孤独のうちに自分の肉を喰らい、喉が渇けば自分の血をすすった。妻が昔、歌っていた古い恋歌があった。わたしはその歌詞を壁に爪で彫り込んだ。ああ花のつぼみよほころんで、わたしは書いた。現《うつ》し世の悦《よろこ》びは永久《とわ》に続きはしないのだから。わたしは目を閉じた。闇に語りかけた。ここが最後の審判の場所なのだろう。生けるすべての者は死に、死せるすべての者が生きている。この耳があらゆる哀訴の声で満ち満ちる。ある日、ドアが開き、アリ・ザ・ライター《光を灯す者》が入ってきた。彼は怪我をしていた。そのポケットには光が詰まっていた。彼の痛みが増すと、光のしずくが漏れ、溶けだした。彼は死んだ友を懐かしがり、ミーネ・バーデのことを語り、わたしの苦境を悲しんだ。彼は、ミーネ・バーデはわたしを愛していると告げた。彼女の胸には傷がふたつあるんだ、ドクター、と言った。銃弾の傷と、あんたが負わせた傷と。銃弾の傷はいつか癒えるだろうが、あんたが負わせたほうはどうなんだ？　ミーネ・バーデはどうすれば心の痛みをやわらげられる？　アリ・ザ・ライターが話すと、天井が開き、星々がわれわれの上に雨のように降りそそいだ。遠くのほうで、いつか妻が歌っていた歌が聞こえた。わたしはあなたの悦びの庭の夜鶯《ナイチンゲール》、あなたはその庭でほころぶ薔薇。息子は自由で、少女を愛し、その少女も彼に心を寄せている。ふたりはいつか出会うだろう。ふたりともまもなく元気になるだろう。アリ・ザ・ライターも回復し、背負ったたくさんの悲しみの重荷を投げ捨てねばならない。ポケットから漏れる光を手放してはいけない。わたしは彼を助けたかった。掌を開き、わたしの秘密のいくらかを彼に分けてやった。心配ない、とわたしは言った。その娘さんが愛しているのはわたしじゃない。彼女はわたしの息子を愛しているんだ。いつかふたりは巡り合い、互いを支え合うだろう。心配ない、ふたりはすぐに元気になるだろう。

「それだけですか?」老キュヘイランが訊いた。

「それだけって?」

「尋問官たちが知ってるのはそれだけかってことですよ」

「そうですよ」

「じゃあ、構わんじゃないですか」

「奴らは息子が外にいることを知ってるんです。息子を探すでしょう」

「でも息子さんの居場所は知っとるんですか?」

「いや」

この場所で、わたしはわたしではなかった。わたしは息子の身分を騙《かた》った父親だった。そしてアリ・ザ・ライターもアリ・ザ・ライターではなかった。彼はベオグラードの森の抗争で撃たれた警察官だった。治療を受け、よれよれの顔をして、そしてわたしのいる牢に入ってきた。

彼はファイルで読み、捕えた者たちから聞き出したことを、あたかも自分の秘密であるかのようにわたしに語った。彼は怪我をしていた、だからわたしは彼を信じた。彼は痛がっていた、だからわたしは彼を信じた。わたしは彼に水を与え、パンを分けた。彼が息子の愛する娘のことを話したとき、わたしはますます彼を信じた。彼の重荷を軽くしてやろうと思った。彼の痛みをやわらげてやりたかった。わたしは自分の秘密の一部を彼に渡した。しかし息子がどこにいるのかは言わなかった。

「ほんとですか?」

「ええ。息子の居場所は誰にも言っていません」

「もちろん言ってませんとも」老キュヘイランはそう言って、わたしの両肩をつかんだ。「だってご存じないんですから」

「そうだ、わたしは知らない」わたしは言った。

「知らんものを奴らに話せるわけはありませんよ、ねえ」

「いかにも」

「だって知らんのですから」

「だって知らないんだから」

「じゃあ何を怖がっとられるんです?」

「わたしは秘密を守れませんでした。もし最後の一線も守りきれなかったら……」

その時はじめてわたしは、自分が牢のなかで幸福だったことに気づいた。痛みを堪《こら》え、うめき、血反吐《ちへど》を吐いても、わたしは幸福だった。わたしは満ち足りていた。自分の秘密を愛していた。きっとわたしは血管が干からびるまで血を流すだろう。おそらくここで最期の息を引き取るだろう。だが誰ひとり、わたしが心に抱えているものを知ることはない。この体が一個の巨大な傷と化しても、わたしの息子は外で元気になる。わたしが死んでも、彼は生きる。人は不幸には気づくが、必ずしも幸福に気づくとは限らない。わたしは今そのことを悟った。

老キュへイランはわたしの首を支えて上を向かせると、水をくれた。

「落ち着くんです。すべてうまくいきますよ」彼は言った。

「ええ、うまくいきますね」

「ドクター、心配はいりません。これからはすべてうまくいくんです」

「わたしは死ぬでしょう。それもいい」

季節は冬に変わっていた。日が落ちるのが早くなってきた。羽根のような雪の片《ひら》が屋根の上に絶え間なく落ちてくる。商店のウインドウがきらきらと輝いている。地上のイスタンブルでは、ベイオウルの街に陽気な人々の群れが溢れ出てくる。どちらを向いても、映画のポスターと、食べ物の匂いと、音楽の調べに満ちている。無限発、無限行きの路面電車が人混みの間を過ぎていく。路面電車の最後尾で若い男が愛する少女の両手を握っている。それは息子だった。わたしには聞こえないなにごとかを娘の耳にささやいた。何を言ったのかぜひとも知りたい。息子は賢そうな顔をしている。子どもの頃そのままの笑顔を浮かべている。懐かしい恋歌の調べが外から漂ってくる。息子はそれを聞きつけ、窓から頭を出して外を見た。ああ花のつぼみよ、ほころんで、と歌は歌う。ほころんでこのうたかたの悦びを永らえさせよう。息子は知っている誰かを探すように雑踏に日を注いだ。人々の顔をじっと見つめていたが、やがて娘の手をさらに固く握りしめた。無限を発車した路面電車は、ベイオウルの人群れを流れる光となり、わたしの息子を新たな無限へと運んでゆく。

その瞬間、鉄の門が開いた。何かを削るような音が廊下に反響した。

「わたしは死ぬでしょう」わたしは繰り返した。

「死ぬでしょうってどういうことですか？」と老キュヘイランが言った。

「わたしが死ねば、息子の居場所を知る者は誰もいませんから」

「でもドクター、あなただって息子さんの居場所を知らんのですよ！」

「もう遅い……」

「遅くなんかありゃせん！」

「もう遅いんです……」

老キュヘイランはわたしを睨みつけ、顔を平手で強く打った。ひと呼吸おき、もう一度、平手打ちを食らわせた。

九日目
床屋のカモの話

すべての詩のなかの詩

「眠そうな顔で夜行列車から降りてきた乗客が、ハイダルパシャ駅前の海に降りる階段の上で、縁なし帽をかぶった痩せた男に目を留めた。男は骨ばった指で握りしめた写真に見入りながら、泣き出したかと思えば、次の瞬間には吠えるように高笑いした。泣くときはうなだれ、笑うときは狂人のように笑った。列車の乗客は、小さな旅行鞄を地面に下ろすと、その男の隣に座った。シミット売り《ごまパン》に声をかけ、自分と帽子の男に一個ずつ買った。対岸の、雲の花飾りが縁取るいくつものドームを眺めた。晴れた天気と、季節ごとに変化するイスタンブルの匂いのことを口にした。次々と通り過ぎていくボートの名前を読み上げては、それぞれに意味を与えた。この街では、一見したところ真実は明々白々なようで、じつはそうではなかった。海に続く階段、列車と船をつなぐ階段、人々が座って写真を眺める階段が持つ真実はひとつではなく、さまざまな形をしていた。誰もが街のあちこちでそれぞれの真実にしがみついていた。イスタンブルの此岸《しがん》の太陽が、彼岸の太陽と同じかどうか、知るすべはない。ここで吹く風が、向こう岸で吹く風と同じか、誰にもわからない。列車の乗客と帽子の男は、それなら行ってみようじゃないか、と言い合った。ふたりは行って、向こう岸の太陽と風を観察してくることにした。そして船着き場からフェリーに乗った。後部デッキでお茶を飲みながら、古い宮殿に、兵舎に、塔に感嘆の目を向けた。イスタンブルは、歴史を自分に引き寄せるのではなく、むしろ歴史のはらわたに穴をほじくって逃げ出す手段を持たない街なのだと考えた。カラーの絵葉書に写って売られているのがその歴史だ。だがフェリーを降りて、通りの物売りや盲目の歌うたいの前を通りかかると、ふたりはすぐ考えを変え、絵葉書で売られているのは歴史ではなく嘘だという結論に至った。スィルケジの駅で通勤列車に駆け込み乗車し、老人ばかりが住む街区や、日の高いうちから酒飲みが集まる酒場、崩れかけた城壁を経由して、はるばる終点まで乗っていった。この先にはもう駅がない場所に立ち、並んでイスタンブルを眺め、新しい色の空を見上げた。犬たちがごみ溜めで死んだ鳥を貪っていた。ふたりは往復切符を持っていた。同じ通勤列車に乗り、同じフェリーに乗って、鉄道線路を伝い、波を越えて海を見下ろすハイダルパシャ駅前の階段に戻ってきた。日が沈もうとしていた。鳥の群れが深紅の太陽に向かって、尖塔《ミナレット》やドームをかすめるように飛んでいく。列車の乗客が差し出した煙草を受け取り、帽子の男はこの瞬間を丸一日待っていたかのように話しはじめた。このくらいの時間に、いろんなことが起きるんだ、と男は言った。ある夕暮れ、妻が出ていったまま帰ってこなかった。みんな妻は逃げたんだとか、どこかで迷っているんだとか、死んだとか言ったが、俺にとってはどれでも同じことだった。俺は広告を出し、ポスターを貼りまくった。はじめはいろんな警察署と病院を順繰りにまわったが、そのうち酒場に入り浸るようになった。酒を飲みながら妻の名を声に出して呼んだ。妻を忘れようとして娼婦と寝た。自分の街に島流しになったみたいに、日々を、月を、季節を数えて暮らした。ほら、これが女房の写真だよ。どこへでも持って歩くんだ。彼女の美しさは、飲み干すたびに水が満ちる、エメラルドで飾った盃で水を飲むのに似ている。それは無限だ。それはイスタンブルの美と渡り合える。ふたりで暮らした昔のことを夢想するとき、俺は嬉しくて笑う。だが未来のことを考えると、もう二度と妻には会えないことを思い出す。これが俺だ、深い淵《ふち》に転がり落ちてしまった。写真のなかの過去を笑い、未来を思って泣いているんだ」

話が終わりに近づくにつれ、俺が口をきくのもやっとなのに気づいたキュヘイラン爺は、俺を助け起こし、壁に寄りかからせた。手を伸ばしてまだ二口分くらい残っている水のボトルをとった。

「飲め、少し喉が楽になるだろう」じじいは言った。

「キュヘイラン爺、俺も過去を嗤うよ。痩せた帽子の男みたいに」俺は言った。「けど未来のことを嘆いたりしない、未来なんて糞《くそ》だからな」

「カモ、なんでもあんたの好きなものを笑えばいいし、何を嫌ったっていい。苦痛の前で壊れちまわなきゃいいんだ」

「痛いのは平気さ」そうは言ったが、全身が痛かった。つま先から股間、背骨から首、こめかみから顎、体のあらゆる部分が痛んだ。息をすると、あばらが引き剝がされるようで、塞がってないほうの目がちかちかした。

やっとの思いで俺はペットボトルから水を一口すすり、飲み込んだ。喉が焼けた。

「じゃあ今度はこいつだ」キュヘイラン爺は言い、パンをひと切れ、俺の手に載せた。

「こりゃ無理そうだな」俺は石のように堅そうなパンを見ながら言った。

「噛めんのか？」

「歯が痛くてね。口のなかじゅう切れてるし」

「ならこっちへよこしな。代わりに噛んでやる」

キュヘイラン爺はパンを取り戻し、端っこを噛みちぎった。

「どれくらいひとりでいたんだ？」俺は訊いて、大きな広場を見渡すみたいに牢のあちこちに目を走らせた。

「あんたが帰ってきたちょっと前に、ドクターと学生のデミルタイが連れて行かれて、あたしだけ置いてかれたんだよ」

「学生はどうしてる？　まだ正気をなくしてないか？　降参してないか？」

「いいや、カモ。ふたりとも痛みに耐えて頑張っとるよ」

「キュヘイラン爺、ここにずらっと並んでる牢屋に、まだ頑張ってる奴は何人残ってるんだろうな。尋問中、きいきい悲鳴を上げて、這いつくばってる囚人を山ほど見せられたよ。みじめったらしかったぜ。命乞いしてさ」

「ときどきいろんな牢から助けを求める声が物凄《ものすご》くて、あたしは身が引き裂かれる思いがする。

降参しちまう連中だって、あたしらの兄弟なんだよ、カモ。だが、あたしらには嘆き悲しむことしかできないときてる」

「嘆き悲しむ？　馬鹿くせえ。目隠しを取られるたびに、俺は奴らがあの学生野郎を俺の前に連れてこねえかと思ったね。そうすりゃ、奴のみじめったらしいところを思う存分眺められるからさ。他の連中みたいに泣きわめいて、目を血走らせた拷問者たちにすがりついて……」

「そんなことは今考えなくていいから、このパンを食べるんだ」

親指と人差し指で、キュヘイラン爺は噛んだパンの小さな団子をつまみ、小鳥みたいに大きく開いた俺の口に放り込んだ。

俺はそれを食うという大事業にとりかかった。舌でそいつを触った。まず頬の内側に入れておく。唾を飲み込んで喉のすべりをよくしてから、舌先でパンを拾い、喉の奥に無理やり押し込む。棘《とげ》を食ってるみたいだった。それは喉を焼きながらすべり落ちていった。

「もう少し……」キュヘイラン爺が言って、またぐちゃぐちゃのパンの小さな団子を差し出した。

「いや、ちょっと休憩だ」俺は言った。

「そうか、ひと息つくか」

「この布、いつ縛ってくれたんだ？」俺は左の手首を上げて訊いた。

「痛いか？　きつく縛らなくちゃならんくてな」

「痛いのは包帯じゃないよ、傷のほうだ」

「運び込まれてきたとき、手首から出血しとったから、シャツの袖を引きちぎってあんたの腕に巻いたんだよ。半分気を失ってたからな、覚えとらんか？」

「最後に覚えてるのは、奴らが俺に釘を打ち込んだことだな」

「釘をどうしたって？」

「トンカチで俺の手首に釘を打ったんだよ」

「手首にか？」

「うん」

「なんてこった！　信じられん。あいつらどういう人間なんだ？」

「人間？　奴らこそ本物の人間だよ、キュへイラン爺。まだわからねえのか？　神が自然と大地と空を創ったとき、悪魔が人間は自分のものだと言って、知恵の木の実を喰わしたじゃないか。いったん知恵をつけた人間は、ほかの生き物がそれまでできなかったことをやってのけた——自分の存在に気づいたのさ。自分の存在について知れば知るほど、人間はそいつを崇めるようになった。人間が愛するのは自分だけだ。神すら愛さない。神にこだわる理由はただひとつ、死んだ後も生き続けたいという欲望さ。人間はすべてを自分の存在をものさしにして測るんだ。自然を踏みつけにし、生物を死に絶えさせてね。時がくれば、神だって殺すだろう。だからこの世で優勢なのは悪なのさ。拷問者たちにもそう言ってやった。サタンの餓鬼どもめ！　奴らは俺の耳に針を突き立てて、なんだか妙なものを流し込んだ。煮えたぎるように熱いんだ。それから俺の脳みそに穴を開けようとした。こっちは正気を保つのに必死さ。鎖を外そうと暴れた。壁に頭を打ちつけた。命乞いをしろと言われたときは、罵ってやった。うめいたり、馬鹿笑いしたりした。あんたらこそ人間だ、と俺は言った。あんたらこそ真の人間だってね。自分でもこんな声が出るとは思わなかった血も凍る絶叫が俺の口をついて出た。奴らは俺の頭を水に突っ込んだ。ちゃんと痛みを感じるように、意識をはっきりさせとくためにさ。奴らは、外科医とか職人とか肉屋になったつもりなんだ。俺の血管に侵入し、苦痛の配管の詰まりをとる。人間であるためには、そうするしかねえんだ」

キュヘイラン爺は、人差し指と親指でパンの団子をつまんで待っていた。

「キュヘイラン爺よ」俺は言った。「俺は革命家連中の仲間にはならなかった。だって、奴らの人間についての考えは間違ってるからね。あいつらは人間の本性は善だと信じてる。だから悪から救い出せると信じ込んでる。身勝手さも残酷さも、逆境のなかでしか生まれてこないと思ってるんだ。あいつらには人間が魂の内に抱えてる地獄が見えてない。人間が世界を地獄に変えようとあくせくしてるのに気づかねえのさ。革命家たちは、間違った場所で真実を探し、命をどぶに捨てている。人間の回復なんてありえねえ。人間なんか救えるもんか。やれることってったら、人間から逃げることとくらいさ」

キュヘイラン爺は、好奇心と憐れみの入り混じった目を俺に向けた。ほかのみんなと同じで、俺を救いがたい変人だと思ってやがる。だがじじいは辛抱強く、俺の話に耳を傾けた。

「なあキュヘイラン爺、この世のどこかに、人間の手の及ばねえ場所が残ってるかな？　人間はさ、高級ジープにもパトカーにも工員用のバスにも乗ってる。銀行や学校や祈りの場所にもぞろぞろいる。町や村、山や森を侵略する。あんたが大好きなイスタンブルだって奴らのものだ。人間は嘘をつく。攻撃する。どこまでいっても満足しなくて、俺たちの内側に這いこんできやがる。俺たちの体を強奪するんだ。なんとか人間から逃げられたって、どうすりゃ自分から逃げられる？　どうやって自分から自分を救えるんだ？　この問題をちゃんと考える代わりに、革命家も政治家も教師も坊主たちもべらべら喋りまくって、自分と他の全員をだまし続ける。だから俺は拷問者を尊敬するのさ。奴らは嘘をつく必要を感じない。真実を隠さない。奴らはためらわずに悪を迎え入れる。言ってやったよ、あんたらほど天晴《あっぱ》れな人間は見たことないって。そのとき奴らは、俺の肉をみじん切りにしてたんだけどね。食肉処理場で生きた動物をバラすみたいに。心底あんたらを尊敬する、と俺は言った。あんたらは内側も外側もおんなじだ。まったく見た目どおりだ。俺のことばを聞いて奴らは怒りくるい、キレまくった。壁を殴りつけ、窓を割った。痛みにわめき散らした。ドアを叩きつけて部屋を出てったよ、俺を壁に鎖でつないで、目隠ししたまま ね。あれは昼だったのか、夜だったのかな？　外の世界の毎日は飛ぶように過ぎていくのか、それともゆっくり流れていくんだろうか？　きっと奴らは控室に行って、たぶん電話をつかんで女房にかけ、おまえの顔が見たいとでも言ったんだろう。もうへとへとだ、と奴らは言う。また悪夢を見た、と奴らは言う。酒を食らっておまえの腕のなかで眠りたい、と奴らは言う。女房たちから、愛情がじゅくじゅく湧いてくる。彼女たちはいい妻だよ。そうなるように餓鬼の頃から叩きこまれてるからな。こんなとき、彼女たちは甘い声を出し、旦那に同情する。愛する男に言う、あなたが帰ってきたら抱きついて、キスの雨を降らせ、寄り添って横たわり、あなたのために脚を開くわ、と。彼女たちは自分の男に欲望で熱くたぎる体を約束する。ほかにできることがないんだ。彼女たちも、外が昼なのか夜なのか知らねえからさ。毎日は飛ぶように過ぎていくのか、それともゆっくり流れていくのか？　通りは混雑しているのか、人っ子ひとりいないのか？　俺の尋問官たちは電話をおくと、おとなしくなる。汗をぬぐい、壁際にしゃがんで煙草を吸う。奴らは動悸が収まるのを待っている。怒りが鎮まると、俺がまだ縛られたままの部屋のドアを開け、正確に同じ歩数で俺の傍らに戻ってくる。奴らの口調は冷静だった。カモ、と奴らは言った。過去のことを話すんだ。なあカモ、と奴らは言った。おまえは過去の秘密を打ち明けなきゃいかん。俺は顔を上げて、目隠しの裏の闇を見つめながら答えた。あんた、過去の向こうにあるものを聞く覚悟はあるか？　神様だって過去を変えられなくて、見捨てられた俺たちはひとりでそれに立ち向かうしかないんだぜ。なのにあんたはそれ以上のことを聞きたいのか？　さすが地獄の落とし子だ！　呪われた畜生だ！　奴らは俺の鎖を外し、目隠しをほどいた。俺を鏡の前に座らせて、屍みたいな顔を無理やり見せた。俺たちは未来だ、と奴らは言った。鏡を見ろ、カモ。おまえに未来はない。あるのは過去だけだ。その過去をおまえは俺たちに引き渡すんだ」

「なあキュヘイラン爺、俺が見た鏡のなかの顔は、叩き潰されて、汚らしくて、ぼろぼろだったよ。片っぽの耳からは血が染み出し、もう片っぽからは膿が漏れていた。片っぽの目は開いてたが、もう片っぽは塞がっていた。眉はぱっくりと裂け、唇も切れていた。口からは涎が垂れていた。そいつは人間には見えなかった。なあキュヘイラン爺、俺たちは鏡のガラスのことはよく知ってる。木や金属でできた額縁や、花の形の飾りやきらきら光る彫刻もね。だが、その内側はどうかな？　俺たちは果たして鏡の奥の虚無に親しむことはできるんだろうか？　その重層のなかに閉じ込められた魔法をいつか理解できるだろうか？　その鏡は、俺が餓鬼の頃、身を乗り出しては何時間も覗き込んだあの井戸にそっくりだった。周りは見えるけど、その中心では見えない黒い渦が回転している。俺はその渦に捕まった。ぜいぜいと荒い息をし、胸の痛みが岩のように俺を押し潰した。咳が止まらなくなった。肺が引っぺがされるような気がした。それでどうしろっていうんだと思った。そこにある鏡を叩き割りゃいいのか、それともその隣に立ってる尋問官の誰かの首をへし折りゃいいのか？　俺は面白くなって子どもみたいにひいひい笑いだした。なんだか移動遊園地の鏡の間にいるみたいでさ。胸の痛みなぞ気にしなかった。俺の笑いはけたたましく、部屋じゅうに響き渡った」

俺を黙らせようとしたのか、キュヘイラン爺は手を伸ばし、噛んで柔らかくしたパンの団子を俺の下唇の内側に落とした。

「これも食べろ」じじいは言った。「あんたは食べなきゃいかん」

黴の臭いが鼻腔に充満し、吐き気がした。俺はえずき、パンを口から出した。

「無理だ、飲み込めないよ」俺は言った。

「そうか、じゃあまた後にしよう」

「それでジーネ・セヴダに会ったんだ」

「ジーネ・セヴダに？　尋問室でか？」

思ったとおり、彼女の名前を聞いたとたん、キュヘイラン爺の顔がぱっと輝いた。「ああ」俺は言った。「俺が鏡をつかんで、尋問官のひとりの顔に叩きつけてやったら、みんなして飛びかかってきてさ。俺に怒りのすべてをぶつけてきた。緻密に練り上げた拷問テクニックなんてどっかいっちまって、俺が気絶するまでひたすらぶちのめした。どれくらい経ったかわかんねえけど、奴らが俺に冷たい水をぶっかけたんだ。気がついたら俺はコンクリートの床で震えていた。体がずっしりと重かった。見えるほうの目を煙幕が覆っていて、視界がぼやけていた。見分けられるのは影だけだった。テーブルがひとつ。椅子がひとつ。立ってる人間が何人か。長い壁。その壁の向こう端のちょうど俺の真向かいに、二本の太い柱が立っていた。柱と柱のあいだに人間の体が吊るされていた。誰なのか見分けるには、そばに寄るか、目のなかのもやもやをどうにかするしかなかった。俺は目をこすって、目の周りの血を拭いた。床から頭を持ち上げて、また前方を見た。女が二本の柱のあいだに張った金属のロープで吊り下げられていた。左右に広げた両腕をロープに縛られて、体がぶら下がっていた。頭を動かすのもようやくなありさまだったよ、素っ裸で、両の乳房から血を流して。傷は彼女の肩から始まり、血は腹へ、股間へ、脚へと垂れ、赤い筋を残していた。尋問官たちが俺を参らせようとしてるのは明らかだった。また目の前で誰かをいたぶってみせて、俺の同情心に訴えるつもりなんだ。俺が情にほだされて日和《ひよ》る人間だと思ってやがるんだよ。俺はまた目をこすった。よく見ようと首を伸ばした。十字架に架けられた聖人みたいなその人間は、ジーネ・セヴダだった。彼女は軽々としていた。秋の木に残った一枚の儚い葉っぱみたいに、地面からはるか遠く、天に近いところにいた。彼女の腕にかけられたロープは、彼女が落ちるのを防いでるんじゃなかった。彼女が天に昇っていかないように捕まえていたんだ。これは数日前に、俺たちの牢の前で跪《ひざまず》き、廊下にひしめく尋問官をものともしなかったあの痩せた少女か？　この宙吊りの女は、蹴られても殴られてもじっと動かなかったジーネ・セヴダか？　彼女は俺に気がついた。頭をほんの少し持ち上げた。潰れてないほうの目を見開いた。唇の端がぴくぴく動いた。微笑もうとしていた。いくらもしないうちに、彼女は力尽き、また頭を胸に向かって垂れた。俺は彼女から視線を外すことができなかった。彼女の裸にも、自分の裸にも、気恥ずかしさは感じなかった。尋問官たちは、体より先に、俺たちの感情を手に入れようとしてたんだろうがな。俺は両手を床につき、腕にありったけの力を込めて身を起こした。跪き、額の汗と、頬から首にかけて垂れている血を拭った。彫像のように屹立《きつりつ》した。身じろぎもしなかった。通路は静まりかえっていた。聞こえるのはただ、ジーネ・セヴダの全身を伝って流れる血が、つま先から床に滴る音だけだった。俺はそこで膝をついたまま、待った。彫像が太陽に照らされ、雨に濡れ、雪に埋もれながら待つように。尋問官たちはうなり声を上げ、苛々と悪態をついた。数日前にジーネ・セヴダが俺たちの通路で跪いてみせた連帯のポーズを、俺がここで再現してることに気づいたんだ。奴らがのしかかってきた。髪をつかんで奥の壁のところに俺を引きずっていった。俺の両肩と片腕を厚い板の上に載せ、光のようにぎらつく、長く細い釘を取り出し、俺の左手首の上に構えた。奴らはそれを重いハンマーで叩き込んだ。脳みそにハンマーを叩き込まれたみたいだったよ、手首じゃなくね。俺はうめいた。開いた目と閉じた目から涙がほとばしった。

あんたらを尊敬するよ、俺は尋問官たちに言った。あんたらは他の誰にもできないことをやってのける。内側にあるものを、そっくりそのまま外に映し出す。囚人の魂を打ち砕く前に、あんたらは、自分の魂を柘榴《ざくろ》みたいにぱっくりと割り、辺り一面に撒き散らすんだ。奴らは俺から手を離した。後ろに下がり、お互いに顔を見合わせた。けど続けるほかないのさ。釘をもう一本、箱から出し、もう片方の手首の上に構えた。ハンマーが宙に振り上げられた。俺はもうほとんど息もできず、目をぎゅっと閉じた。俺に口を割らせようとして真っ暗になった。気絶する前に、最後に疑問が胸をよぎった。あいつらは、俺に口を割らせようとしてジーネ・セヴダを吊り下げたのか、それとも彼女に吐かせるために、彼女の前で俺を十字架につけ、手首に釘を打ち込んだのかって」

キュヘイラン爺は俺の無事なほうの手首に触れ、指で包むようにした。まるでパンにキスするようにそこに口づけした。それを額に当て、目を閉じた。俺の手首を額に当てたまま、老人はじっとしていた。受難に価値を見出す奇特な人間のひとりとして、恭《うやうや》しい吐息を漏らした。そんなことしなくていいんだ。俺は俺の苦しみの面倒を見る。奴は奴の苦しみの心配をしてりゃあいい。俺は手首をもぎ離そうとしたが、じじいは放そうとしなかった。俺はもう一度引っ張った。キュヘイラン爺は、大きな両手で俺の手首をつかみ、俺が咳をしだすまで額に当てていた。咳がやまないことに気づいて、奴は顔を上げた。手首をスズメの雛《ひな》みたいにそろそろと床に下ろした。俺の肩を支え、一方の側に倒れ伏していた体を抱き起こし、背を壁に寄りかからせた。床から布きれを取り上げると俺の口元に染み出す血を拭いた。たぶん、奴のシャツのもう片方の袖だろう。老人は俺の額と首を綺麗にし、最後に残った数滴の水をその布に垂らすと、俺の唇を湿した。

頭がぐるぐるする。頸動脈の脈動は俺の心臓の音ではなく、時間の音だ。過去から寄せ返す時間が、未来という防波堤で砕け、俺を運命の手に置き去りにしていく。俺はそのリズムについていけなかった。それは高まり、引いていく。刹那と無限のあいだを循環する。それは妻のマヒゼルを俺から奪い、遠くへ連れ去り、その名を俺の頸動脈に刻んでいった。だから息をするたびにそれを感じる。時間は俺が過去を嗤い、未来のために泣くことを望んでいる。

キュヘイラン爺が、空には俺たちと対になった世界があって、俺たちの分身が住んでいると言ったあの日、顔を上向けると、闇のなかに人でごったがえす雨降りのイスタンブルが見えた。物売りの呼び声、渋滞の排気ガスを吸い込む車のエンジンのうなり、一日の仕事の終わりを告げる鐘の音が聞こえた。空の一方の端からもう一方の端へと広がるイスタンブルは、男と女を呑み込み、咀嚼し、そして吐き出した。どこもかしこも腐肉の悪臭が漂っていた。みんな自分以外の人間には知らん顔で、誰も誰にも話しかけない。人間は住んでいる街に似ているから、ある朝気持ちよく目を覚ますかと思えば、翌朝は憂鬱な気分で起き出す。彼らは朝から晩まで、そして晩から朝まで働く。死を受け入れ、あらゆるものを覚悟しているが、自分の心に巣くう真実とだけは向き合えない。彼らは泥川のように通りを流れ、疲れれば広場に溜まる。俺の分身も、そうした人間たちのなかにいた。俺の分身は、人混みをひとりで歩き、首に薄いスカーフを巻いていた。彼女は鏡に映る反転像のように、俺を映し出していた。俺は男で、彼女は女だった。俺は混乱し、彼女は冷静だった。俺は醜く、彼女は美しかった。俺は邪悪で、彼女は善良だった。俺は床屋のカモで、彼女は俺の妻のマヒゼルだった。ふたりが出会ったとき、俺たちはひとつの影のなかにすっぽりと嵌った。俺たちは互いを結ぶ詩を読んだ。そうした詩のおかげで、俺たちは無数の言語のなかにふたりだけの秘密の言語を創った。誰も理解しないその言語で語り合い、冗談を言い、愛を交わした。眠りのなかですら詩の夢を見て、詩と共に新しい一日を始めることを願った。だが時間は俺たちの言語が根を張り、大地とつながることを許さなかった。あのクソアマの時間めが。

マヒゼルが俺を捨てて家を出たとき、初めのうち俺が捜したのは彼女ではなく、すべての詩のなかの詩、あらゆる詩の王だった。

俺が母親から学んだ言語は不完全だった。俺は母親の言語を使って育ち、名前を覚え、その名前で物や人を認識するようになった。言語のもたらす情報は真実の情報だと考え、ほかのみんなと同様、自分の存在を受け入れようとした。少ないことばを使って話し、頭のなかに同じ数のことばを浮かべながら沈黙した。俺は言語を発明しなかった。母親が言語のなかに俺を産み落としたんだ。あの日、母親の引き出しのなかにあった数冊のノートをぱらぱらとめくり、手書きの詩をいくつか見つけるまで、自分がその言語の外に足を踏み出せるとは思っていなかった。色褪せたインクで書かれた詩は、俺の父親が書いたものだった。父親の署名と筆跡を見たのは、それが初めてだった。詩のなかで、父は俺が知っていることばを使っていたが、その音の響きを変化させ、文字に新たな重みを与えていた。父は、それまで誰ひとり思いつかなかった意味を発明していた。不死の霊薬を求めて旅に出た伝説の医師ロクマン・ヘキムのように、父は純粋な存在の言語を探していた。空から星々を下ろし、詩の星々と入れ替えようとした。詩と愛は、どちらも死の乳房から乳を吸ったと信じていた。父は、カーテンにわずかな隙間を開け、真実に向かって開く窓の結露をその手で拭こうとした。父は、一頭、また一頭と狩られていく獣さながら、絶滅に瀕《ひん》した詩人族のひとりだった。父は俺が生まれる前に死んだが、金では買えない財産を残していった。父は、詩によって俺を欲望の流砂から救ってくれた。欲望は人生の新たな神だ。そいつは神と同様、あらゆる場所に手を伸ばし、すべてを支配しつくそうとする。そいつは限度を知らない。神は偽りだが、欲望はその欺瞞を繰り返す。そこに人間の嘘が加われば、生きることは耐えがたいものになる。この負の循環を断ち切れる者がいるとしたら、詩人のほかに誰がいる？　死の言語で語り、果てなき欲望よりも真実の無限を約束する者が、詩人をおいて残っているか？

俺は、あらゆる詩人たちの書いたなかでもっとも美しい詩を見つけ、それをマヒゼルの足元に捧げることを願って、図書館を訪ね歩いた。目録をじっくりと読み、閲覧室で雑誌や本のシリーズを渉猟《しょうりょう》した。やがて子どもの詩の番になると、俺はある晴れた秋の日にアジア側へと渡り、チニリ子ども図書館の中庭に入っていった。

父親の抒情《じょじょう》的な詩のように、図書館の小ぢんまりした中庭では小鳥たちが賑やかに囀《さえず》り、蔦《つた》が作る日陰が安らかなまどろみを誘っていた。ペンキが浮いて剝《む》けかかった木製のベンチがひとつ、側壁の際《きわ》の芝生に置かれていた。俺は石畳と芝生の上を横切った。ベンチに座り、ユスキュダルの波止場から曲がりくねった坂道を登るあいだに噴き出した汗の玉が引くのを待った。壁の向こう側はしんとしていた。どこにも人影はなかった。瞼が落ちかけたとき、中庭の扉が開いた。入ってきたのは小さな女の子だった。学校の制服を着、通学鞄を持っている。先に二階の図書館に続く階段をちらりと見て、それから俺に視線を移した。分厚い眼鏡を通して俺が見えているのか、よくわからなかった。女の子は近づいてきて、隣に座った。

「誰のお父さん？」女の子は訊いた。

「じゃあ、誰のお父さんでもない」俺は言った。

「誰のお迎えに来たの？」

「じゃあ、誰のお迎えに来たんでもない」

「じゃあ、新しい司書の先生？」

「違うよ。前の司書はどうしたんだ？　おじいさんになって辞めたのかい？」

「女の先生だよ、死んじゃったの」

俺はなんと続けるべきか迷った。

「年寄りだったのか？」俺は訊いた。

「お母さんよりは年寄り。司書の先生が死んじゃった晩に、図書館に泥棒が入ったんだよ。でも本しかなかったから、壁掛け時計を盗んでったの。だから今、時計がないんだ」

「新しい司書さんが来たら、時計を買って壁に掛けてくれるよ」

「前の時計は十分間進んでたの。みんなそれに慣れてたのにね」

「新しい時計も進ませればいい」

「司書の先生はね、外のことは忘れなさい、ってよく言ってた。外の時間は忘れなさいって」

「忘れられた？」

「時々はね」

俺は子どもたちがどうやって外の時間を忘れるのか、知りたかった。子どもたちに時間を忘れさせるのは、何世紀もそこにある石の壁か、絵本か、鳥の囀りか、それとも司書の先生か？

「俺はカモっていうんだ。君の名前は？」俺は言った。

「クヴァンツ」

「クヴァンツ、その眼鏡でどれくらい遠くまで見える？」

「カモ・アービ《お兄さん》も他の子たちとおんなじね」彼女は言った。「わたしの眼鏡のことからかうんだもの」

「いや、からかってるんじゃないよ。ただ、君は夜、空の星が見えるかなと思っただけだ」

「見えないよ。空はすごく遠いから、霧がかかったみたいにぼんやりしちゃう。星は絵本で見るの。星図で北のほうをぱっと見たら、いっぱいの星のなかに、いつもちゃんと北極星を見つけられるんだよ」

「俺が君くらいの頃には、北より南のほうに興味があったな。なぜって、南は下に降りることを連想させるからさ。うちの庭に井戸があってね、子どもの頃はそのそばでよく遊んだんだ。南ってことばを言うと、井戸の底のことが思い浮かぶ。深い深い地の底がね」

「でも図書館は二階だよ。階段を十段上らないと閲覧室に入れないよ」

「俺も大人になったからね。もう大きいから上の階にある場所にも慣れたんだ。君は数を数えるのが好きなのかい？」

「うん。階段も、線も、窓も数える。それで絶対忘れないの」

「クヴァンツ、図書館を開けるのは誰だい？　君らを監督するのは？」

「お隣のお風呂屋《ハマム》さんの係のおばさんが入り口を開けて、夜に鍵をかけるの。私たちのことはほったらかし。みんな勉強してる。司書の先生が死んじゃってから、ぜんぜんいたずらしてないんだよ」

「いい子だ。俺も何日か一緒に勉強しようかな」

「ここは子どもの図書館だよ、カモ・アービ。なんの勉強するの？」

「ちょっと調べものをしてててね。詩の本を調べるんだ。君はここで何をするんだい？　宿題か？」

「毎日、放課後に来るの。お母さんのお仕事が終わって、迎えにくるのを待ってるんだ。お母さんが来るまで勉強しながらね」

　クヴァンツはベンチからすべり降りた。リュックサックを背負うと、階段に向かって歩き出した。俺も後に続き、階段を上った。ひと部屋しかない正方形の図書室では、数人の子どもたちが本やノートを広げて勉強していた。壁際には書棚が並んでいる。どこもきちんと整頓されていて、テーブルは綺麗に拭かれていた。雨漏りの跡が丸天井に残っているほかは、どこにも染みひとつなかった。クヴァンツは窓際のテーブルに座り、隣の椅子に座れと合図した。俺は書棚を見渡した。科学や歴史や地理の本を素通りして、詩の本を見つけだした。それを一抱え積み上げると、クヴァンツが指差した椅子に座った。ポケットから紙とペンを出し、詩の本の横に置いた。正面の壁に、盗まれた時計の跡が丸く残っているのが見えた。その跡の上には錆びた釘が目的を奪われたまま刺さっていた。

その日、俺は子ども時代を懐かしむ老いた詩人たちの詩を読み、子どもたちと共に学ぶという二重の喜びを得た。俺は静寂に同化した。ページを一枚ずつ繰っていき、一冊、また一冊と本を読んだ。前に置いた紙に、簡単なメモをとった。そのうちに窓の外を見ていたクヴァンツが、自分の持ち物をしまいはじめた。その時はじめて、もう夕暮れになっていることに気づいた。俺はクヴァンツの後について階段を降り、彼女が中庭の門を入ってきた母親と抱き合うのを見つめた。

「カモ・アービ」とクヴァンツが言った。「これお母さん」

俺が手に紙とペンを持っているのを見た母親は、俺を教師だと思い込んだ。

「初めまして、先生《ホジャ》」そう言って、手を差し出した。

「初めまして」俺は言って、その手を握った。「とても賢いお嬢さんをお持ちですね。クヴァンツは、ここで一番熱心に勉強していますよ」

「ありがとうございます」

母親と娘は、手に手を取って去っていった。

外で母親がクヴァンツに言うのが聞こえた。「びっくりすることがあるのよ」

俺は煙草に火をつけた。一服吸い、煙を空気のなかに吐き出した。長い間、味わっていなかった満足感を抱いて図書館を出た。通りは森閑として、左側のチニリ・モスクと右側のチニリ・ハマムに明かりが灯っていた。だんだん日が短くなり、暗くなるのが早くなっていた。夕闇のさまざまな色が、たちまち家々を包んでいく。秋風が、家々のバルコニーに干されている洗濯物を空に向かって吹き上げた。満足しきった猫のように、母親の横をとことこ歩くクヴァンツがバルコニーを見上げていた。分厚い眼鏡を通して見えるものすべてを見ようとしている。頭をめぐらせ、道の向こう端を見やり、残りの道はゲームをすることに決めたらしかった。母親の手を離し、クヴァンツは駆け出した。その情景は、昔どこかで見た絵に似ていた。見たのは何年も前なのに、頭をずっと離れない。黄色の光が、黒と白の壁と歩道を照らしていた。樹々の裸の枝がひょろひょろと伸び、小鳥たちが電線の上に飾りのように止まっている。樹々と小鳥たちの向こうの、明かりのついていない街灯の下に、女が待っていた。女は歩道から足を踏み出し、両腕を広げ、そのなかに駆け込んだクヴァンツを抱きしめた。ふたりはしばらく抱き合ったままでいて、やがて腕と腕を絡め、風車のように回り出した。ふたりのスカートが大きく膨らんだ。これがクヴァンツの母親の言っていたびっくりだろう。影は三つになり、そろって通りの先で見えなくなった。

　再び通りが空っぽになり、樹々と鳥たちだけになったとき、俺はわれに返った。クヴァンツに腕を回した女は、マヒゼルに似ていたような気がした。遠かったたし、街灯は消えていたし、俺は暗いところでよくいろんな女をマヒゼルと取り違える。確信はなかったが、煙草を捨て、三人の後を急いで追った。角に来ると脇道に目を凝らして、彼女たちがどこで曲がったか確かめようとした。明かりがついているアパートの窓の一つひとつに目を走らせながら、とうとう突き当たりの表通りに出てしまった。表通りの二車線の車の流れと人混みにぶつかって、彼女たちを見失ったことに気づいた。向きを変え、同じ脇道、同じ窓に目を凝らしながら、同じ道を引き返した。俺はひと晩、その道を何度も行ったり来たりした。寒かったし、へとへとになった。次の日の午後、図書館の中庭でクヴァンツに会ったとき、疲れた顔を隠せなかった。

俺がベンチに座っていると、クヴァンツが中庭の門から入ってきて、三つ編みの頭で隣に座った。彼女は、三年生の同級生に話しかけるみたいに話しかけてきた。「なんでそんなに疲れてるの?」

「昨日の晩、遅くまで忙しかったんだ」と俺は言った。

「わたしも忙しいんだ。今日はいっぱい宿題が出たから」

「手伝おうか?」

「ほんと?」

「君がそうして欲しけりゃね、もちろん」

「じゃあお願い」

「よし」

「宿題が終わったら、今夜、映画館に行くんだよ」

「そりゃいいね、お母さんが連れて行ってくれるのかい？」

「ヤスミン・アブラが連れてってくれるの。お母さんは今晩、夜勤だから」

「ヤスミン・アブラって誰だい？　親戚の人？」

「ううん、お母さんの友達。昨日来たの。今晩はうちに泊まるんだって」

「それが昨日、お母さんが話してたびっくりすることか？」

「うん、ヤスミン・アブラはたまに会いに来て遊んでくれるの」

「一緒に何をするんだい？　ままごと？」

「おままごともするし、かくれんぼもするし、猫ちゃん遊びもする」

「それで一緒に寝て……」

「一緒にくっついて寝るよ」

「そうだ、俺も君にびっくりがあるんだ」

　ポケットから板チョコを取り出し、クヴァンツの小さな手に載せた。緑の目が真ん丸になり、眼鏡の分厚い透明なレンズが緑色に染まった。

　その日、俺は一篇の詩も読まなかった。クヴァンツの宿題をみてやりながら時間を過ごした。彼女が分けてくれたチョコレートをいくらか口にした。クヴァンツがノートにお話を書き、山と子羊と木の絵を描くのを手伝った。十問のテストに答えられるように、ちょっとしたヒントを出してやった。宿題が終わらないうちに、窓から差し込む日の光が薄れはじめていることに気づいた。俺は言い訳をして席を立ち、前日よりも少し早く図書館を出た。さよならの挨拶がわりに子どもたちに微笑を向けた。彼らがじっと俺に向ける視線には、もう慣れっこになっていた。子どもたちは全員、時計のほうを向いて座っていた。たとえもうそこに時計がなくても、彼らはそれに依存していた。俺もその仲間入りし、不在の時計が示す時刻に従ってそこを出た。チクタクと鳴る秒針の音を耳に溜めながら階段を十段下りていく。少し開いていた中庭の門から外へ出ると、早足で道を渡り、向かい側のモスクの中庭に入った。よぼよぼした老人たちと並んで腰掛けに座り、夕暮れを待った。

中庭の門のところから、俺は通りにいる数人の女と子どもたちを見張った。クヴァンツが嬉しそうにスキップしながら出てきたのを見つけ、立ち上がった。物陰に隠れながら、その後を尾《つ》けた。思ったとおり、少女は同じ道を駆けていき、昨日ヤスミン・アブラが待っていた、同じ暗がりに向かった。俺はじゅうぶんな距離をおいてついていった。ふたりが余裕で見えるくらいの近さだが、こちらに気づかれないほどには離れている。クヴァンツがもう少し先へ行くと、暗い街灯の傍らにいた女が進み出て、両腕を少女に回した。彼女は昨日と同じコートを着ていた。それは俺の妻、燦然《さんぜん》と輝く美しきマヒゼルだった。彼女がここにいる。ピンクの唇と大きな目をして。俺は壁にもたれ、ふたりを観察した。ふたりが長い間、固く抱き合い、互いの温もりを感じ、頬をすり寄せ合うのを見つめた。

俺を置いて出ていった後、マヒゼルが革命グループに入ったのは知っていた。彼女は秘密の隠れ家に住み、始終名前を変えていた。なるほど、今の名前はヤスミンというわけか。実に勿《もっ》体《たい》ない話だ。咲く花が自分の美しさに頓着せず、散る葉が死を覚えぬように、俺の妻のマヒゼルは、自分を知らないまま生きている。彼女は眠りのなかで妖精になり、シーツに香りの魔法をかけるのに、本人はそのことを知らなかった。彼女は知らなかったが、俺は知っていた。彼女が知らないから、俺が代わりに彼女の美しい面影を胸のなかに住まわせていた。今日、図書館で宿題をしていたときに、「美とは何か？」という問いに出くわしたとしたら、俺はマヒゼルの絵を描き、こう書いただろう。「手の届かない美や愛は、水が何であるかを知りながら、水なしで生きるのに似ている」と。それは俺のことだ。俺は水が何か知っている。だがそれを奪われている。マヒゼルを見ることはできるが、彼女なしで生きている。俺は時間を、イスタンブルを、人々を呪った。あらゆる人間を憎悪した。

狭い小道を後にして、俺たちは表通りに出た。マヒゼルたちに先を歩かせ、俺はその後に従った。二台のタクシーに乗り、一台が一台を追うように、バハリエ通りに向かった。そこで俺たちはそれぞれホットサンドを食べ、それから俺がポスターも見たことがない映画を観に入った。ふたりは前列に座り、俺は後ろの扉近くの席に座った。最後にマヒゼルと一緒に映画館に行ったのはいつだったか、思い出そうとした。映画の上映中ずっと、俺はスクリーンと同じくらい、ふたりを見ていた。ふたりが映画に見入っているあいだ、俺はぼんやりと昔の夢に耽っていた。みんなで外に出ると、天候が変わり、気温が下がっていた。身を切るような風は、秋風というより冬の霜のようだった。俺たちは雑踏のなかを歩いた。露店で熱い焼き栗《ぐり》を買った。店のショーウインドウを覗いて歩いた。二台のタクシーに分かれて乗り、わが家のある通りへ戻った。ふたりはドアを緑に塗った建物の前で止まり、俺は次の角で車を降りた。暗がりの壁際に隠れ、マヒゼルを何時間も尾け回していた灰色のレインコートの男を待った。

マヒゼルとクヴァンツが会ってからずっと、小柄な男がふたりを尾行していた。灰色のレインコートの襟を立てて、外国映画の探偵のような謎めいた空気を漂わせていた。そいつもタクシーに乗り、映画館に入り、ショーウインドウを眺めて歩いた。煙草を立て続けに吸い、辺りをきょろきょろするのに忙しくて、俺が尾けていることに気づかなかった。その晩の最後に、奴も同じ通りに戻ってきた。タクシーから降りると、男はまた煙草に火をつけた。建物の緑色のドアに急ぎ足で近づいていく。歩調をゆるめ、屋内を覗いた。ポケットから出した紙切れに何か走り書きしている。ひと仕事終えた男はまたコートの襟を立てて、道路を渡った。低い塀の向こうの空き地に入っていく。空き地は暗かった。その後について行くと、奴が闇に包まれた木のそばに佇んでいるのが見えた。俺は近づいて、火を貸してくれと頼んだ。男はポケットからライターを取り出した。数回カチカチとやって、ようやく点火すると、男は火を俺の顔に近づけた。そして俺を見るやいなや、空いたほうの手を腰にさっと動かした。だが俺の素早さにはかなわなかった。俺は鋼のナイフを抜き、男の喉元に突きつけた。膝を蹴り、相手を地面に転がすと、ベルトの内側に押し込まれた銃を取り上げた。

「おまえ、誰だ?」俺は言った。「誰の後を尾けてる? 誰の女房をたぶらかそうってんだ?」はじめの驚きから立ち直った男は、冷静さを取り戻した。「俺は政府の者だ」偉そうな口調だった。「放さんと後悔するぞ」その面《つら》に一発食らわしてやると、男は仰向けにぶっ倒れた。俺はその胸に片膝を押しつけた。「てめえは悪魔の息子だ、国のイヌめ!」俺は言った。まだ足りず、もう一発かましてやった。男はよくわからんうなり声を漏らした。悪態をついたのか、それとも憐れみを請うたのかもしれん。貧弱な体が左右にのたくった。さらに胸を強く押してやると、男はますます苦しがって、膝の下から抜け出そうとじたばたした。肋骨がぼきぼき折れ、苦悶にうめいた。奴の不快な息が顔にかかった。「おまえ、自分が何者だか知ってるか？」俺は言った。「おまえには理解できないことを教えてやる。俺の妻のマヒゼルは真実だ。そしておまえは彼女を破壊しようとうろつく影だ。真実の影に価値はない。だが、無価値なものから真実を生み、造り直すものはなんだって一篇の美しい詩なんだ。だがおまえはなんだ？　おまえは真実の敵だ」

その晩から、俺は鋼のナイフの歌を前より頻繁に歌うようになった。一週間で三つの影から妻を救った。俺の妻のマヒゼルは甘ちゃんだった。自分は世間を知っていて、世の中を変えられると思い込んでいたが、そのあいだじゅう、ひと声叫べば聞こえる場所に俺がいることに気づかなかった。彼女は自分の背後に何が潜んでいるかまったく知らず、イスタンブルの街を歩き回った。ボスポラスの両岸を行き来した。バスの停留所で待ち、カフェに座り、図書館の周りをうろついた。待ち合わせの相手が約束の場所に現れないと、そのたびに不安げに立ち去った。彼女はユスキュダル、ラーレリ、ヒサルストゥの寂れた地区にある、屋根に苔が生えてじめじめした家に寝泊まりした。寝るのは遅く、朝は早かった。隠れ住んでいる家の植物や子どもたちの世話をした。ある晩、彼女はチニリ子ども図書館がある通りに行き、またクヴァンツを抱きしめた。嬉しそうなふたりと同じくらい、俺も嬉しかった。

マヒゼルはその晩、クヴァンツの家に泊まり、翌日は外出しなかった。ここ数日、彼女は疲れて具合が悪そうだった。顔がやつれて見えた。大事をとって、体を休めるべきだった。少なくとも一日、彼女が家で過ごすと知って俺はほっとした。図書館に行き、彼女が家で休んでいるあいだ、詩を読むことにした。街角の売店で板チョコを買って、ゆっくりと、今や俺もその一部となったいつもの通りを歩いた。図書館の中庭で待っていると、まもなくクヴァンツが門を開け、にこにこしながら中庭に駆け込んできた。

「こんなに何日も、どこに行ってたの？　心配してたんだよ！」彼女は言った。

「別の図書館に行ってたんだ」俺は言った。

「ヤスミン・アブラも心配してたよ」

「ヤスミン・アブラが？　誰のことを？」

「誰って、アービのことに決まってるじゃない」

「俺のこと知ってるのか？　つまり、俺がここに来て……」

「あったりまえでしょ。教えたもん」

「いつ？」

「先週、わたしたち映画に行ったでしょ、夜にアービのこと教えてあげたの。宿題を手伝ってくれるんだよって」

「一週間も知ってたのか……」

「うん」

「何か言ってたか？」

「アービのこと知ってるって。愛してるんだって」

「俺を愛してるって言ったのか？　ほんとに？」

「ほんとだよ」

「ほかになんて言ってた？」

「昨日の夜、ヤスミンがアービに手紙を書いたの。鞄に入れて、渡してって。はい、これ」

俺は封をした封筒を受け取った。表と裏を見た。どうしていいかわからず、しばらくそれをひねくり回していた。ありとあらゆる可能性が、いいのも悪いのも頭のなかを駆け巡った。気がつくと、クヴァンツがからかうような笑顔でこっちを見ていた。俺は微笑を返し、その頭を撫でた。

「君はこの図書館で一番可愛い女の子だよ」俺は言った。

「今日は宿題で詩を書かないといけないの。手伝ってくれる？」彼女は言った。

「そろそろ行かなきゃならないんだ。今日はひとりで宿題できそうかい？」

「わかった」

「じゃあ、もう行きな。詩を書いておいで」

「はあい、カモ・アービ」

「詩神《ミューズ》が君の筆に微笑みかけんことを、クヴァンツ」

「ありがと……でも、なんか忘れてない？」

「何かって？」

「今日のびっくりは？」

「忘れるところだった、これを貰っといたよ」

「チョコレートだ！　ありがと、カモ・アービ。わたし、チョコレートのびっくり、大好き」

クヴァンツが階段を上って閲覧室に入っていくのを見ながら、手紙を握っている両手が汗ばんでいることに気づいた。

封筒を開いた。マヒゼルの真珠のような筆跡で、表も裏もびっしりと埋めつくされた一枚の紙を凝視した。愛、とそれは言った。苦痛、傷、記憶、とそれは言った。彼女は俺のよく知っていることばを次々に並べ、その一つひとつのなかに渦を作っていた。彼女は書いた。後悔、涙、怒り、別離、涙、後悔、忘却、許し、運命、死、孤独、運命、後悔、涙、忘却。何度も何度もそれを書き、もう書いたことをまた数行後に繰り返した。遠いことを近いと書き、死と書くところを生と書き、別離の代わりに再会と書いていた。その逆も然《しか》りだった。今ではなく、ここではない場所でなら、それらのことばが意味することが俺にもわかっただろう。しかし今の俺にはマヒゼルが言っていることが理解できなかった。彼女の言語は、俺の母親のとも父親のとも似ても似つかなかった。それは意味を無意味にした。恐慌をきたして飛び立つ小鳥の群れのように、彼女のことばはめちゃめちゃに入り乱れていた。彼女はことばを隣のことばの翼に突っ込ませ、ことばたちの翼を折っていた。過去の俺たちを作っていたものをぶち壊し、そうすることで未来への扉が開く可能性を完膚なきまでに破壊していた。私のことは忘れてほしい、そう彼女は書いていた。この巨大な都市で、わたしはひとつの部屋に閉じ込められている気がする。あなたのことは愛してるけど、ふたりの過去がふたりの運命なの、カモ。わたしたちはわたしたちの過去から逃げられない、そう彼女は書いていた。

なんだ、この世迷い言《よまいごと》は？　彼女は愛という言葉を、その他大勢のすべてのことばと同じ軽さで使っていた、なんの重みも持たせることなく。俺は良心の疼《うず》きにうめきを漏らした。ああ、あの老いたしぶとい良心め！　手紙を読み直しながら、俺は自分に問うた。これだけの苦しみの末に、俺に時間を支配できるか？　見えず聞こえずの運命を征服できるか？　俺は打ちのめされた。俺は孤独だった。悪夢が眠りに押し寄せた。ああ、打ちひしがれた俺の心臓！　ああ、あの老いたしぶとい良心！　こんな恐怖に誰が耐えられる？　人生の残酷さに、誰がそんなに長く抗い続けられる？　マヒゼルは俺に、忘れられる権利を求めていたが、俺に必要なのは忘れない権利だった。一瞬たりとも、彼女の顔を心から消し去れなかった。消してしまったら、俺は俺ではなくなるだろう。魂を抜かれ、墓に拒まれた死者になるだろう。ああ、俺の魂に毒矢を撃ち込む、あの老いたしぶとい良心よ！　もしもマヒゼルを俺から取り出したなら、残されるのは俺の骸《むくろ》ばかりだ。蛆《うじ》どもに齧《かじ》りつくされる死骸。

マヒゼルは俺たちが互いに読み合ったすべての詩を集め、それを手紙のなかに溶かし込んでいた。彼女は親のない子のようだった。彼女は苦悩にうめいていた。自分は部屋のなかに閉じ込められていると言い、俺に扉を開けて、助けてほしいと訴えていた。「ドアを開けて！」彼女は言った。「ドアを開けてわたしを解放して！　あなたはあなたの道を行くの、わたしはわたしの道を行く！」彼女はもがいていた。小さな両の拳でドアを連打していた。バン！　バン！

「ドアを開けて！」彼女は、俺が彼女を救う鍵を持っていると言う。だが、俺はどうすればい

いかわからない。ここがどこか忘れてしまった。犬たちが吠える遠い声が次第に近づいてくる。

闇のなかで吠え声が聞き分けられた。はっきりと白い犬の声がする。俺は寒かった。胸が痛ん

だ。いろんな声が頭の内側に響いた。バン！　バン！

「ドアを開けてくれ！　看守！　ドアを開けてくれ！」

俺はしぶしぶと、どこかとても深いところから聞こえてくるその声が、キュヘイラン爺の声

であることを認識した。

バン！　バン！

「ドアを開けろって！　仲間が死にかけとるんだ！　助けてくれ！」

俺は見えるほうの目を薄く開けて、闇のなかを覗き込んだ。キュヘイラン爺が突っ立って、

牢のドアをどんどん叩いている。声はかけられなかった。指一本、動かせなかった。息をしよ

うと喉をひゅうひゅう鳴らし、うなった。

キュヘイラン爺が来て、俺の上に屈み込んだ。

「あんたは生きとる」彼は言った。「わしの素晴らしい床屋よ、あんたは生きとるぞ」

老人は力なく垂れていた俺の首をまっすぐにし、床から布を拾い上げて俺の唇を湿らせた。

額を拭った。俺の髪を撫でながら、話をした。そのことばは希望に満ちていた。俺たちはいつ

かここを出て、一緒にイスタンブルを探索するんだと彼は言った。美しい夢は、胸破れた恋人たちか、死の戸口に立つ者たちのためにある。俺の手を握りながら、キュヘイラン爺は、俺の終わりが近いことを知った。俺が地上で無駄に使い果たした時間が、ここでも尽きかけていることを悟った。

鉄の閂《かんぬき》の音がした。牢のドアが開き、馬鹿でかい看守の体が光を遮った。

「何をわめいてやがる、うすのろ！」奴は吠えた。

「仲間の容態がひどく悪いんだ、助けてくれ」キュヘイラン爺が少し穏やかに言った。

「おっ死《ち》ねばいいさ、そうすりゃ自由になれるし、俺たちも楽になる」

「せめて水と、痛み止めだけでもやってくれんか……」

「阿呆《あほう》、てめえのほうがすぐ痛み止めが欲しくなるさ。尋問室に呼び出しがかかってる。とっとと立て！」

看守の馬鹿でかい足の隣に白い犬の影が見えた。犬は床を踏んで、廊下から優雅な足取りで部屋に入ってきた。混じりけのない大理石のように、光のなかに立っている。太い首。耳はぴんと立ち、毛皮が温かな毛布のように波打ち、尾まで流れ落ちていた。その狼に似た目が、いつかのように俺を刺し貫いた。

白い犬に気づくことなく、看守はキュヘイラン爺の襟首をつかみ、外へ引っ立てていった。ドアに閂がかかった。あとには俺と犬だけが残った。

力が抜けていく。ひとつ残った目が閉じた。俺の望みは終わりのない眠りのなかへ漂っていくことだった。

白い犬がゆっくりと近づいてきた。その息づかいで、犬が傍らに横たわり、俺に寄り添っているのが感じとれた。温かな体が俺の体に寄りかかっていた。犬は長い尾を俺の脚に巻きつけた。俺たちの呼吸はひとつになり、ふたつの胸は同時に膨らみ、沈んだ。犬は俺が温まるのを待っていた。俺たちに時間があれば、犬は何時間でもそうして寝ていただろう。だが時間はなかった。犬は頭を上げた。身を寄せ、俺の顔を舐めた。犬は、仔犬を慈《いつく》しむように、湿ったピンク色の舌で俺の体じゅうを舐めた。目から耳へ、胸から手首へ、一つひとつ、すべての傷を癒していく。痛みがやわらいでいく。この耐えがたい苦痛に満ちた世界で、人間がその眼《まなこ》を閉じるとき、息くらい痛みなくできたっていいだろう。でなきゃ、生きる意味がどこにある。白い犬が重い体をずらした。俺の肩にさっきよりずっしりと寄りかかった。なめらかな舌を出し、俺が子どもの頃から積み上げてきたあらゆる恐怖を舐めとった。犬は俺を慰めた。すべての重荷から解き放った。なんて身軽なんだろう。まるで温かで静かな水のなかを漂っていくような気がする。ただひとつ、人生がせめて白い犬ほどに優しくあってくれたなら。俺が道を見失ったとき、別の道を示してさえくれたなら。

十日目
キュヘイラン爺の話

黄色い笑い

「りんごをみっつ、言《こと》づけてください。そのうちひとつをあなたが齧《かじ》ってから。船の老いた地図製作者は、小さな木箱からずっと昔に死んだ恋人の手紙を取り出して読み、ちょうど目に入った文を読み返しました。りんごをみっつ、言づけてください。そのうちひとつをあなたが齧ってから。ねえドクター、この話はしましたっけ？　そうですか？　なら今度はちょっと違った筋立ての話をするとしましょう。まあ聞いてください。老いた地図製作者は、恋人の形見をふたつもって、七つの海を彷徨《さまよ》いながら一生を過ごしてきました。その形見っちゅうのが、ひとつは孤独、そしてもうひとつが手紙の詰まったその小さな木箱でした。地図製作者は大陸に着けば新しい地図を描き、島に上陸すれば海図に新しい名前を書き足しました。最後の航海に出る頃には、白髪の老人になっとりましたが、これを最後に海に別れを告げて、余生を陸《おか》で暮らすつもりでおりました。波間に魂をゆだねた海の男たちに敬意を払ってはいましたが、自分の亡骸《なきがら》が若き日の恋人の傍らに葬られることを夢見とったんです。老人は船室仲間の羅針盤係にこのことを打ち明けました。羅針盤係のほうは、海でもどっちでもよかったんですが、ちょうどいい頃合いに死にたいものだと思っとりました。俺はこの時計でその時を測るんだ、そう羅針盤係は言うと、懐中時計を取り出し、愛おしそうにその蓋を撫でました。ルビーを嵌め込んだ蓋の飾りには、羅針盤係がどうしても読み解けないある印が隠れとりました。それとも、そんな秘密があると思いたかったんですな。星の降るような晩でした。荒い波が船腹にぶつかり、外で何かが割れる音が聞こえました。老いた地図製作者と羅針盤係は、慌てて船室から飛び出し、デッキに上がる階段を上りました。ちかちかと星々が瞬く空を見てふたりは足を止め、目を瞠《みは》りました。その顔には一生を海で過ごしてきた老船乗りというより、空に魅せられた子どものような表情が浮かんどりました。ふたりが見つめる前を、銀河がゆっくりと流れていました。老いた地図製作者は、星々が川のように弧を描いとる場所を指差しました。おい、と彼は羅針盤係に言いました。ありゃ、あんたの時計の模様に似とらんか？　ふたりは懐中時計を出すと見比べました。蓋に嵌め込まれた赤いルビーが煌めき、それが天空で弧を描いて回転している星々を正確に写していることを見て取りました。やっぱりそうだ、老いた地図製作者が続けました。あんたの時計の時間も印も正しいんだ。雲がみるみるうちに集まり、空がどんよりとしてきました。帆が吠えるような音を立て、ロープが鞭のように鳴り渡りました。外洋へ向かうその船は、木の葉のように風に弄ばれました。雨が激しく叩きつけ、四方八方から突風に襲われます。みんなは恐ろしくなりました。慌てふためく叫びに混じって船長ががなり立てる命令に従い、必死に船の舵輪《だりん》を航路に戻し、帆を操ろうとしました。右に左に駆け回り、ロープをゆるめたり引き絞ったりしました。豪雨は三日も弱まらず、雲は垂れ込めたままでした。波にあちこち抛《ほう》られ引きずられするうちに、船はどうやら外洋へ、それもこれまで誰も航海したことのない海へと流されてしまったようでした。三日目の終わりに海が凪ぎ、風が鎮まり、星々が空にふたたび輝きだすと、一同はようやく嵐が終わったと確信しました。そして自分たちがどこにいるのか確かめようとしました。みんなして、目を皿のようにして陸地を探しました。破れた帆を修繕し、叩き壊された樽《たる》から流れた飲み水を補給せにゃなりません。船長は海図を一枚一枚広げて調べ、星を辿りました。それでようやっと一枚の古い海図に描かれた形が、星々の位置と一致していることに気づいたんです。人差し指で海図の端っこの海のところを指し、船長は言いました。われわれはここだ。そして続けました。ここから一日行ったところに島がある。そこへ向かうとしよう。船長の横に立っとった老いた地図製作者と羅針盤係は、顔を見合わせました。ふたりは、船長が指差している群青色の島を見て疑わしそうなそぶりをしました。船長、とふたりは言いました。航路をそんなに外れるのはよしませんか。どうもそれは、恋にのぼせた地図製作者たちが描いた例の偽島のような気がする。昔の地図製作者たちのなかには、海図の空いた場所に島を描き込んで愛する女の名をつけた連中がおったんですよ。そうやって自分たちの愛の証《あかし》を世界に残そうとしたんです。海図に見つけた偽島へ船が向かった後、真実がわかったという話は海ではよくありました。老いた地図製作者と羅針盤係がこの島を怪しんだといったって、なにも予言者っちゅうわけじゃありません。ふたりとも、海図にその島を描き込んだのが若い頃の老地図製作者だと知っとったんです。そんなこと表立って言うわけにゃいきませんよ。船長の雷が怖いですからな。縛り上げられ、さるぐつわをかまされて海に抛り込まれちゃかなわんでしょう。一蓮托生《いちれんたくしょう》のふたりは船室に降りていき、その晩を語り明かしました。惚れたあの娘に初めて会ったのは村の市場だった、と老地図製作者は言いました。わしはまだ少年でな。その娘に何通も手紙を書いた。たちの悪い兄弟たちに見つからないよう、娘がそっと届けてくれた手紙を、何度も何度も読んだものだ。初めて外洋に航海に出るとき、わしはその娘に一生忘れられんような土産を持って帰ると約束した。鯨漁で金を稼ぎ、帰ったら愛しい娘をどこか遠くへ連れて行くつもりだったんだ。愛する娘は美しかった。ほっそりとして、嫋《たお》やかだった。だが娘はわしの留守のあいだに病になり、何日も燃えるような高熱を出して臥《ふ》せってしまった。そしてとうとう、死がそのガラスのように華奢《きゃしゃ》な体を打ち負かしてしまった。航海から戻ったわしは、彼女の墓へ行った。そしてその隣に自分の墓を掘った。数夜をかけて、持っていた海図に手を加えた。人知れぬ海岸線にこの世で一番美しい島を描いた。それを青く塗り、愛しい娘の名をつけた。世界がめぐり続けるかぎり、愛しい娘の名をつけたこの世にない島を探し求めよう、そんな夢を心に抱いて、わしは航海に出たんだよ。その頃、胸も露わに波をかき分け、帆を失った白い船は海面を滑るように、海図の上の人知れぬ海岸線を目指していました。夜明け、老地図製作者と羅針盤係は眠りに落ち、夢の国へと漂っていきました。そろそろ夕刻という頃、船は老人が偽島を描いた海域に着き、おーい陸だ！　と叫ぶ見張りの声でふたりは目を覚ましました。おーい陸だ？　そんな馬鹿な。老地図製作者はわが耳を疑いました。老人は急いでデッキへ上がりました。霧に包まれながら、その目に映ったのは、城壁とドームと塔が眩《まばゆ》く立ち並ぶ青空の色をした都市でした。イスタンブル、老人は死んだ愛しい娘の名を呟きました。わしの愛しいイスタンブル！　かつてこの手で海図に描いた島が現実になったその光景を、驚きながら陶然と見つめました。と、そのとき膝ががくりと折れ、老人はデッキに崩れ落ちました。羅針盤係が両腕に抱きかかえると、老地図製作者は弱々しい、しかし人生に悔いはないという満足気な微笑みを浮かべました。わしが今見てるものが現実だなんてことがあるんだろうか、と老人は言いました。今この目で見ているのは、わしが愛しいイスタンブルに贈った、この世に影も形も存在しない島なのか？　爽やかな微風が吹き、カモメたちが海岸から船のほうへ、滑るように飛んできます。老地図製作者はそのまま息を引き取り、船乗りたちのしきたりに従って、その亡骸は果てしない海へと託されました。それから長い歳月が過ぎ、自分の街は現実で、霧をまとった船は幻だと信じるイスタンブルの住人たちは、白い船の船長と地図製作者、羅針盤係にまつわる無数の物語を語るようになったと、そういうわけです」

牢にいるのはあたしひとりだったが、ドクターが目の前に座っていると想像しながら話をした。

潰された指先で苦労して巻いた煙草をドクターに差し出した。マッチを取り出し、まずドクターの煙草に火をつけ、それから自分のにつけた。

「イスタンブルの住人は、自分たちは実在しとると思っとりましたが、ほんとは白い船の海図の上に住んどることを知りませんでした」そう言うと、煙草を長く吸い、煙を上に向かって吐き出した。「どう思います、ドクター？　海図の上に島を描き、捕鯨船に雇われて、果てしない大海原へと帆を上げるってのは、いかがですかね？」

　子どもの頃からずっと、あたしの秘密の島もやっぱりイスタンブルだった。冬の夜、親父が老いた地図製作者の物語をしてくれると、通学鞄から地図を取り出し、そこに島を描いた。その島の幸せな夢を見て、大切に慈しんだ。その頃あたしは、人間は理解するより見ることを選ぶんだと感じた。世界はどこもかしこも変わってゆく。人々は目で見ないものを愛する術《すべ》を忘れてしまった。彼らには夢に見る島もなく、何を探しているのかもわからない。あたしがどうして遠く離れたところから、この街を長年愛してこられたのか想像もつかん。征服という記憶を消し去った彼らには、あたしを理解できなかった。あらゆる征服は夢に執着し、それぞれの道を進軍する。イエスの道はアレクサンダー大王の道とは違った。アレクサンダーは都市を征服したが、イエスは都市の人々を征服したかった。あたしの夢は、都市とそこに住む人々の両方を征服し、同時にそのふたつを救うことだった。イスタンブルはそれを必要としとった。

　誰もがイスタンブルの美を語るが、誰もそこでめでたく暮らしたとはならん。不安、利己心、暴力が街の美を覆い隠した。イスタンブルは、人間がこの世で追い求める美と完全性の顕現だった。神がその力を喪《うしな》ってからもう久しい。この街で、人々は自然を拵《こしら》えようとあくせくし、そのなかに自分を見出そうとした。神も同じことをしたのではなかったか？　神が地を、空を、人を創ったのは、自分の立派さを見出すためではなかったか？　時代は過ぎた。物事は移り変わった。混沌が神を外へと押しやりだした。神を外へ押しやるために、〝なか〟が必要だとすれば、人々はそれを都市のなかに作り上げていった。自分流の自然を拡大しながら、人間は知らず知らずに新しい時間を築いていった。憂いもまたそこで生まれた。それは人間の憂いではなく神の憂いだ、新しい時間に順応できなかった神の。バベルの塔以来、神が恐れてきたことがここに成就しようとしとるからだ。

海の彼方に住むある部族の者たちは、敵に攫《さら》われて奴隷に売られちゃいかんと、子らの顔を醜く切り裂いたという。おかげで子らは自由の身でいた。彼らの使う言語では、醜さと自由は同義語で、美と隷属は同じことばで表された。イスタンブルの住人もそれと同じだ。街を失うことを恐れ、その美を破壊するために力のかぎりをつくしとる。地の上でも下でも、彼らは苦しみの底に堕《お》ち、すがるものは悪しかない。彼らは都市を醜く傷つけることを自由と呼んだ。悪のほんとうの魂胆が、美の破壊であることを見抜けなかった。だがイスタンブルはそれに気づいた。人間の愚かさに抗った。この偉大な都市は、ただひとり抵抗し、必死にその美を守ろうとした。

善は頑迷固陋《ころう》だ。正義は計算ずくだ。しかし美は無限だ。美はことばに、顔に、雨に濡れた壁の彫刻に宿る。誰かの白昼夢に――たとえ夢の絵が消えてしまっても、読み解けぬ意味のうちに宿る。荒野を発見することに倦《う》み、都市の内にわれとわが手で自然を創りはじめてからというもの、人間はその人生を、ガラスに、鉄に、電気に捧げてきた。創造の味をしめた人間たちは、鏡を覗き込み、呟いた。自分は自然の発見者ではない。都市の創造主だ、と。人間と自然の対立にかたをつけ、精神と物質とを合体させた。あらゆる時間と場所をごちゃまぜにした。

都市について夢想するとき、その目には過去だけでなく未来が映った。だがやがて、彼らは駆けずり回ることに疲れてきた。人間たちは世を儚んだ。希望を失った。美に含まれる醜さに、富に含まれる貧しさに押し流された。へとへとに疲れ切ってしまった。彼らに、都市の美が断末魔に悶えとるのが見えたか？　見えたなら、今一度人生をその美に捧げにゃならん。街の暮らしが無価値になろうとしとることに気づけたか？　そんならそれを今一度価値あるものにせにゃならん。情熱が底をつき、もはや秘密も失せた？　彼らは情熱でもって都市を取り囲み、破壊しつくすのではなく、一から征服し直さにゃならん。

空っぽの壁を見つめながら、こうしたことを一切合切ドクターに喋った。空想上の煙草を指に挟んで、口元へ上げた。一服吸いつけた。気をつけとったのに灰が床に落ち、ため息が出た。指でつまもうとしたが、灰はみじんに崩れ、また腹を立てた。

その苛立ちは、尋問から戻ってきて、床屋のカモが牢にいなかったときから始まっていた。看守にカモはどうしたかと尋ねたが、奴は答える代わりに眼前でドアを叩きつけた。ドクターと学生のデミルタイもおらんかった。これで二日、ふたりを見ていない。あたしが尋問されとったあいだに、ここへ戻ってきたろうか。体を休め、少しは眠れたろうか？　ふたりのいた形跡は見当たらんかった。空の水ボトルはさっきと同じ場所にあった。手で壁とドアを撫で回してみたが、新しい血痕は見つからん。向かいの牢も、もぬけの殻だった。床に腹ばいになって、ドアの下にボタンを投げてみたが、ジーネ・セヴダの応えはなかった。ましなほうの足でドアのそばに立ち、数分待ったが、彼女は鉄格子のところに来なかった。

遠くで大きな破裂音がした。壁を越え、通路を越え、鉄の門を越えてきたその音は、ブローニングのように聞こえた。同じ破裂音が二度目に聞こえたとき、勘が当たったと思った。座ったところから身を起こし、壁につかまりながら、どうにか立ち上がった。傷を負った脚をとったところから身を起こし、石の詰まった袋のように引きずりながら、ドアに近づいた。鉄格子の棒を握り、何か見えないかと外を覗いた。通路は空っぽだった。白っぽい光のなかでゆらゆらする影もなく、息づかいひとつ聞こえんかった。銃声はどっちから来たんだろう？　いや、もっと肝心なのは、銃を撃ったのは誰かっちゅうことだ。

ふたつの可能性があたしの胸を弾丸のように貫いた。さっきの射撃の的は「死もまたよし」と言ったドクターではなかったか？　それとも利口なデミルタイ、あるいは怒りん坊のカモ、それとも頑固なジーネ・セヴダではなかったか？　彼らのうち誰かが隙をついて銃を奪い取り、どこかの通路に走り込んで抵抗を始めたのだとしたら、果たしてどこまでたどり着けるか。張りめぐらされた通路を果たしてどうやって通り抜けられるか。

もっとましな解釈もある。地上のイスタンブルがあたしらを忘れとらんかったのだ。ベオグラードの森の戦いを生き延びた若い革命家たちのグループに、ほかの者たちが合流した。彼らは誓った。この場所の苦しみを終わらせ、苦痛に悶える者たちを救い出すと。彼らは助けに来ようとしとる。ドクターの若い息子とミーネ・バーデも一緒に。

また銃声が響き渡った。破裂音に破裂音が重なる。ベレッタ、ワルサー、スミス&ウェッソンの銃弾がブローニングの銃撃に混じり合う。残響が通路に木霊《こだま》する。あたしは一つひとつの銃声を聞き分けた。一生を暮らしたハイマナ山で、野の獣たちの吠え声を聞き分けたように。耳を澄ませた。一発一発の銃弾が人間の体に負わせる傷を思い出し、気が気でなくなった。

仲間たちが心配だった。今どうしとるだろう？ 生きとるのか、死んどるのか？ 生きてもいるし、死んでもいるような気がした。会えんでいるかぎり、仲間たちは生きとって、同時に死んでもいた。彼らは呼吸をし、同時に骸《むくろ》となって床に横たわっとった。あたしらを隔てるいくつもの壁が、そのどれをも起こり得るものにした。戦闘しながら向かってくる連中だって同じことだ。完全武装して進んでくるのは、あたしらを救出しに来た者たちであり、同時にあたしらを殺そうとする者たちでもあった。あたしにはそれ以上のことはわからない。知らんでいるかぎり、どんなことだって同等に起こり得る。地上の世界から見たあたしらの地下牢だってそうだ。ここであたしらが苦しんどると聞いたイスタンブルの住人たちは、悲しみ嘆きながらうろうろし、あたしらについてふたつの可能性を考える。生きとるかもしれん。死んどるかもしれん。たぶん息がある。たぶん骸となって床に横たわっとる。

あたしは地上の人々の身になってみた。しばし彼らの目を通して自分を眺めると、どう考えりゃいいかと途方に暮れた。あたしは生きとるような死んどるような気がした。まるで同時にその両方であるかのように。

じっと考えごとをしながら、通路の白い光に惹かれた蛾《が》よろしくドアに張りついとったあいだに、銃声がやんだ。すべてがしんと静まりかえった。牢はもとどおり無音になった。あたしは待ち続けた。誰かが今にも通路の端から出てきそうな気がした。鉄格子にしがみついて、いいほうの足でもうしばらく立っていようとした。光が眩しくて、目をぱちぱちさせた。うちの牢の裏の通路で、ドアを叩く音がした。「看守！」と声が叫んだ。ここと背中合わせの獄房で誰かが助けを求めとった。「看守！」あたしはその通路のほうに耳を澄ませた。看守の足音を待った。看守は今、椅子から立ち上がり、部屋を出て、硬い踵でコンクリートの床を踏みながら、のしのしとやってくる。裏の通路に向かい、獄房のドアの前に立つ。錠をずらし、ドアを開け、悪態をつきはじめる。だが看守は動かなかった。看守は椅子を立たず、踵はコンクリートの上を大股でやってこんかった。背中合わせの獄房から呼ばわる声を、応えることなく放置した。ふたたび静かになった廊下は、底なしの穴になった。あたしは精魂尽き果て、もう待っとられんかった。壁に寄りかかった。いいほうの脚に体重を預けて、ゆっくりとすべり落ちた。床に座った。両脚を大きく広げ、深い息をついた。

そのとき初めて、鼻血が出とることに気づいた。床からぼろきれを拾い、拭いた。眠くはなかった。腹が減っとった。飲み水がなく、口が渇いとった。

あたしは空っぽの壁を睨んで時間をつぶすよりも、ドクターと話し込むほうがいいと決めた。ポケットから煙草入れを取り出す真似をした。傷だらけでひび割れた指で煙草を巻きながら、ドクターの家に行って、そこでお喋りすることにした。ドクターと一緒に、ドクターのお気に入りの場所に座っとる自分を思い浮かべた。ボスポラス海峡を見晴るかす、ドクターの家のバルコニーに。たっぷりと葉を巻いた煙草をドクターに渡した。それから自分のために一本巻いた。テーブルからライターを取り、互いの煙草に火をつけた。一服吸い、しばらく肺のなかに煙を溜めておいてから、青空に向かってふかした。冬の初めのイスタンブルでこんな空は珍しい。たった今聞こえた射撃音を頭から追い払った。車の警笛に、フェリーのサイレンに、下のほうから聞こえるカモメの声に耳を澄ませた。

バルコニーにしつらえたテーブルを覆うレースのテーブルクロスの上には、エズメ、チーズ、ピクルスの皿が並んどった。ルッコラは新鮮で、ヨーグルトはクリームのように濃くなめらかだった。レモンを搾ったラディッシュに、チリをぱらぱら散らしたオリーブ。パンは薄くスライスされ、幾枚かはこんがりとトーストしてある。半分まで水を満たした水差し。長細い、繊細なグラスに注いで氷を入れたラクは曇り空のように白く、きりりとよく冷えとった。煙草入れ、ライター、灰皿がテーブルの上に整列しとる。純白のテーブルクロスの縁取りにほどこされたレースの刺繍《ししゅう》を見れば、それが古きよき時代の形見とわかる。

暖かな日だった。ドクターはくつろいで朗らかだった。録音の古めかしいトルコの歌が、ぱちぱちと爆ぜながら室内から漂ってくる。歌っているのはドクターの奥さんだ。何年も昔に亡くなったが、彼女はずっとこの家にいる。あなたはわたしの心の主《あるじ》、と彼女は力強い声で歌う。それはあなただけのもの。命の時間が尽きかけて、この髪が白くなろうとも、あなたはわたしのすべて、あなたは喜び、あなたは命、彼女は歌う。その歌詞は、水のようにバルコニーから滴り落ち、樋《とい》を伝って地に流れていった。アパートの、下の庭の、通りのなにもかもが、そのせつない憧れを呼びさました。物売りはあの日と同じ声で呼ばわっとる。フェリーのプロペラも車のタイヤも同じ音で回転しとる。幾列も連なる屋根は、階段のように海へと降りてゆく。

海の波が歌に合わせて膨らみ沈んだ。船長たちが次々に汽笛を鳴らした。連中には、あたしらが飲んどるラクが見え、聴いとる歌が聞こえるんだろうか。

ドクターはまずあたしに、それから目の前の海に向かってグラスを上げた。あたしが真似したのを見て微笑した。ラクを一口含んだ。

「来てくださって嬉しいですよ、キュヘイランさん」ドクターは言った。

「あたしもお邪魔してよかったです」そう応じた。

「イスタンブルはたっぷり見物できましたか？」

「長い一生分、それにおまけの十日でじゅうぶんです」

「それはよかった」

「これで思い残すことなく死ねますよ、ドクター。とても穏やかな心持ちです」

「なぜ死ぬことなんか話すんです？　愉快なことを考えましょう。こうやってちょくちょく一席設けられますように、と願をかけようじゃないですか。季節がめぐるごとにイスタンブルを眺めながらラクを飲めるように、と」

「善き日々に乾杯」

「善き日々に……」

あたしたちはグラスをちりんと鳴らした。

ふたりで向かいの建物のルーフテラスに置かれた空っぽのデッキチェアを、物干し綱を、屋根瓦を眺めた。霧は影も形もなく、空は澄みきっていた。チャムルジャの丘に雲の切れっぱしがちょっぴり出ているほかは、どこもかしこも群青色に染まっていた。クナル島の家々や小さな木立ちまで見える。小一時間もすれば、右手に傾きかけた日が沈み、空を燃えるような橙色に染めるだろう。

「じき日が暮れて、何もかも魔法の毛布に包まれますな」とあたしは言った。

「魔法の？　イスタンブルにどんな魔法が残っているんです？」

「ドクター、あなたがこのあいだ希望についておっしゃってたことを魔法に言い換えたんですよ。魔法は、今あるものよりましですから」

「希望にせよ魔法にせよ、どっちを使おうが同じことです。イスタンブルの美を救うには足りません。こんなことは誰にでも言うわけじゃありませんよ、キュヘイランさん。あなただから話すんです。みんな嫌になって、寄りつかなくなってしまいますからね」

「ドクター、みんながこの場所を見限るのは、生きるのに向いとらんからですよ。しかしあたしらは、イスタンブルが住むのにいいかっちゅうことより、創造する値打ちのある街なのかってところを見ないといけません」

「イスタンブルのどのあたりを創造するんです？　破壊しつくされた美ですか？」

「彼女の美を再生することひとつとっても、征服の名分が立ちます」

「征服……まだその決意は固いんですね？」

「もちろんです」

「この十日間、さんざんいろんなことを目にしたでしょう……」

「だからこそ、前にもまして確信しとります」

「じゃあ、それに乾杯すべきでしょうな」

「今日、思いつくことすべてに乾杯するとしましょう」

あたしらは機嫌よく椅子の背にもたれた。

赤いショールが右手の屋根の上に浮いとるのがちらりと見えた。ショールは風をとらえ、海に向かっとった。ひらひらとはためいたと思えば一直線に飛行した。翼を広げた鳥のように空を滑った。屋根の上に降りるつもりはないようだった。海まで行こうと決めとるようだった。ショールの鮮やかな赤い色にうっとりと見惚れながら、あたしたちは遠い彼方のさまざまな場所に思いを馳せた。

「キュヘイランさん、時々わからなくなるんですよ。なんだかあなたのことを生まれてからずっと知っていたような気がします。たった十日でなくてね。あなたもそんな気がしませんか?」

「あたしも、昔っからドクターと一緒にイスタンブルを隅から隅まで探検して、よもやま話に花を咲かせてきたような気がします。話せば話すほど、お互い話したいことが湧いてくる」

「われわれも歳ですな……」

「あたしはもう年寄りですからね、ドクター。ご自分のことをお気をつけなさい」

「だが、あなたは剃刀みたいに頭が切れる。わたしよりもお元気だし」

「学んだことを忘れないのは確かですな。たとえば、ドクターが前におっしゃっとった本は、脳みそにしっかり刻まれとります。ずっと何日もそのことを考えとったんですよ」

「どれのことです？」

「デカメロン」

「題名を覚えたんですね」

「ええ、もう忘れませんよ」

「そこに入ってる可笑《おか》しな物語も忘れないんでしょう」

「ドクター、あの本から話してくだすった物語はみんな面白かったですが、あれで親父が話してくれたことを思い出しました。どの旅だったか、イスタンブルから戻ってくると、親父は地下牢に入れられとったと言って、同室だった船乗りから聞いたある島の話をしてくれたんです。なんでもその島のしきたりでは、誰かが死ぬと島中で死んだ者の家に集まり、真夜中になるまでおいおい泣いて嘆き悲しみ、それから家に帰っていくんだそうです。喪の家に家族だけが残ると、みんなで喋ったり笑ったりしながら故人の面白おかしい思い出話で盛り上がるんです。ひとつ物語をするたびに、どっと笑いが起こります。次から次へと話が続き、涙が人々の頬を転がり落ちます。それは黄色い笑いと呼ばれとるんだそうです。その人たちは、黄色は死を忘れさせる笑いの色にふさわしいと考えたんでしょう。どうです、ドクター？『デカメロン』の貴婦人たちや紳士たちが、首筋に死の息吹を感じながら笑い話をしたのは、彼らに黄色い笑いが必要だったからだと思いませんか？」

「かもしれません」とドクターは言ったが、先は続けなかった。立ち上がり、居間で鳴っている電話に出るために行ってしまった。

今あるものより、笑いのほうがいい。それはあたしらが人生から得た学びのひとつだった。バルコニーでひとり、そのことばを目の前の食べ物に当てはめてみた。今あるものより、チーズとピクルスのほうがいい。だがラクは、今あるどんなものよりもいい、こりゃ絶対だ。あたしはひとりくすくすと笑った。ひと口すすった。グラスをテーブルに置いて、きゅうりのピクルスを齧った。イスタンブルで暮らすのは実にいいもんだ、と口に出して言った。金角湾の潮がボスポラスの海流と出会う海域で、マッチ箱のような漁船たちが波に揺られてぷかぷかしとるのをじっと見つめた。西の尖塔《ミナレット》と背の高い集合住宅の向こうの空が、さまざまな赤の濃淡に移ろっていく。ふと気がついた。島側に忽然《こつぜん》と湧いた霧がこっちへ広がってこようとしている。やがてそれは漁船たちの上に垂れていくだろう。あたしは一枚のトーストにエズメを塗り広げた。

もう戻ってきたドクターとあたしは、ラクの最後の数滴を飲み干した。またグラスを満たす。

「息子でした」ドクターは言った。「今夜は帰ってこないそうです」

「われらが若きドクターですな？　帰ってこられんのですか。お目にかかりたかったなあ」

「息子もあなたに会いたがってますよ、キュヘイランさん。よろしくと言っていました」

「それはそれは」

「まったく若者というのはね。好き勝手し放題です。さっぱり理解できませんよ。どうも、何か大切な用があるらしいのです」

「お付き合いされとる娘さんはお元気ですか？　ミーネ・バーデさんでしたか……」

「元気にしています。と言っても実は私も彼女にまだ会っていないんですよ。今晩ふたりで来て、会うことになってたんですが」

「どうもそういうわけにはいかんようですな、ドクター。次回のお楽しみってことで……」

「次回？」

ドクターは口をつぐんだ。少し酔いが回ったのかもしれん。波のように連なる屋根の向こうの海を見つめた。両手でグラスを包み、指を組み合わせた。前に少し身を乗り出して肩を丸めている。その目は、今は穏やかなボスポラスの海に注がれていた。室内から流れてくる奥さんの声をよく聴こうとするように、首を一方に傾げた。目を閉じ、彼女の歌に合わせて歌詞を口のなかで呟く。頭が傾いていき、肩に触れた。声が間延びし、やがて途絶えた。深く呼吸しながらじっと動かなくなった。さては眠気がさしたかと思いはじめたとき、ドクターは座り直して目を開けた。あたしを見た顔は悲しげだった。あたしがここにいることを疑うように、初めはぐっと近寄り、それから離れて矯《た》めつ眇《すが》めつした。そしてラクをひと口飲んだ。

「どうかされましたか、ドクター？」あたしは言った。

「息子が大事に思っている娘さんに会いたかったですよ。ミーネ・バーデが今夜来てくれたらよかった」

「今夜、星が流れたら、ふたりに会えるように願をかけましょうや」

「キュヘイランさん、今夜は星ではなく霧を見ることになりそうですよ。あなたの魔法のイスタンブルは、今にも霧に巻かれそうだ」

破裂音が連続して聞こえた。

あたしらには、それがどこから聞こえてくるのかわからなかった。まず向かいの家々に目をやり、次にバルコニーの手すりから身を乗り出して、三階下の通りを見下ろした。夕暮れ刻の渋滞と、そこらを駆け回る学校帰りの子どもたち、順々に灯っていく街灯。何も変わったことはなさそうだった。バルコニーや窓から身を乗り出しとる者もほかに見当たらず、テラスも、引いてあるカーテンもそのままだった。

「あれは銃声でしたか?」ドクターが訊いた。

「違うでしょう」心配させたくなくて、そう答えた。「外で起きとることなんぞほっといて、ぐっといこうじゃありませんか」

グラスに半分残ったラクをぐいと呷《あお》った。今ここで酔っぱらわずにはいられん気がした。イスタンブルに夕陽が沈み、光の筋が遠くの窓を輝かすのを、まるで珍しいもののように目を凝らして見つめた。

「キュヘイランさん」とドクターが言った。「お父上がした、空にはわれわれのとそっくり同じ世界があるという話ね。先日、息子にその話をしたんですよ。面白がっていましたが、相変わらずわたしが考えるのとは、正反対の意見を持たないと気が済まないのです。息子が言うには、われわれのとそっくりな世界を探すなら、上ではなく下を見ないといかんそうです。地下は遠くにあるんじゃない、僕らのすぐ隣にあるんです、と息子は言っていました。そこで人々は苦しみ、のたうち、出口を探している。疲れ、弱り果てている。空を仰ぐかのように顔を上向ける。われわれの存在を夢想し、呼びかけている。わたしたち一人ひとりに地下に住む分身がいるんです。耳を澄ませば、その声が聞こえます。下に向かって目を凝らせば、彼らの姿が見えるでしょう」

「ひょっとして、親父のイスタンブルでの分身はドクターの息子さんかもしれません。さては生まれ変わったな。どう思います、ドクター？」

ふたりして噴き出した。それぞれ椅子の背にもたれかかった。親父は死に、ドクターの息子は生きとった。あたしらの笑いは、生と死を訣《わか》つ境界線で黄色に変わり、川のようにイスタンブルの海へ向かって流れていく。どちらを見ても、幾列も綺麗に並んだ光が輝いとった。トプカプ宮殿と乙女の塔はライトアップされているが、セリミエ兵舎とハイダルパシャ駅は霧に囚われていた。船は速度を落とし、フェリーは長めに汽笛を鳴らした。漁船たちが岸を目指して帰ってこようとしていた。昼と夜、現実と幻想が入り混じり、混沌としていく。万物はその内側に正反対の自分を隠し持っている。夜は昼の色を包み、幻想は新たな現実の到来を先触れる。裸身を長々と横たえた都市は、銀の糸で縫い取りした絹のように柔らかな夜具に身を包んでいる。だが、村が人間の子ども時代の、都市が成人期の象徴だとしたら、イスタンブルの住人は、さながら悩み多き青年期のようにいまだ煉獄《れんごく》の生活から抜け出せずにいる。彼らは美にふさわしい表情を浮かべられない。昼は神経質にうろつき回り、夜は不安なままに眠りにつく。美しい都市を欲するのは、美しい人生を望むことと同じなのに、彼らはそのことを忘れている。

ドクターは笑いながら両手を振り、あやうく水差しを倒しそうになった。あわやというところで、テーブルの端から落ちる前にその胴のところをうまくつかんだ。濡れた手を拭きながら、ドクターはまた笑いだした。その黄色い笑いと一緒に、あたしらを取り巻くすべてが黄色に染まっていく。水差しの水と、籠に入ったパンが黄色に染まる。黄色い風が向かいのテラスに置かれた椅子を包んだ。海から岸へ向かって飛ぶカモメたちが、黄色の虚空に翼をゆだねる。イスタンブル港の船が黄色い積み荷を降ろし、ボスポラス大橋の橋脚が黄色い光に照らされる。記憶は永遠のように長く、生は短かった。ドクターの記憶は、黄色い影を引きずる思い出で溢れていた。街の場所の一つひとつがさまざまな時間へと彼を運び、ラクの一口ひと口が別の記憶へと彼をいざなう。氷入りのラクも黄色に染まった。

ドアをノックする音がして、あたしらは顔を見合わせた。

「やっと来ましたよ」ドクターが言った。

グラスをテーブルに置くと、急ぐふうもなく立ち上がってドアを開けに行った。

あたしは玄関のやりとりに耳を澄ませた。

「デミルタイ」とドクターが言っている。「どこへ行ってたんだね？」

「ここらへんにはまともな魚が見つからなくて、はるばるクムカプまで行ってこなきゃならなかったんです」学生のデミルタイが言った。

「この辺の魚の何がいけないんだ？」

「イスタンブル一の魚を持ってきますって約束したでしょう？」

「やっと来たかと思えば、もう六時じゃないか」

「六時ですって？　ドクターの時計はくるってます。僕の時計だと六時十分前だもの」

「大人をからかうんじゃない、いたずらっ子め。キッチンに買い物袋を運んでおいで」

「サラダにする野菜も買ってきました」

「遅刻した罰に、わたしが魚を揚げているあいだにサラダを作りなさい」

「喜んで。キュヘイランさんはもう来てますか？」

「みんなが君みたいだと思うかね？」

「いるんですか？　どこです？」

「バルコニーだよ」

デミルタイが勇んでバルコニーに飛び出してきた。あたしに立ち上がる暇《いとま》も与えず、両腕を首に巻きつけ、頭を肩に埋めた。心臓が脈打っている。生命《いのち》はなんと若者に似合うことだろう。死に彼を連れて行かせてはならん。誰にもこの腕からデミルタイを奪わせるものか。あたしは、若者の鼓動が落ち着くのを待った。

彼の両手をとり、自分の手に包んだ。

「元気そうだな」あたしは言った。「少し肉がついたんじゃないか。髪を伸ばしとるのか？」

「ええ、キュヘイランさんみたいに肩まで伸ばそうと思うんです」

「伸びたら一緒に写真を撮ろうか」

「ぜひ撮りましょう。ふたりで撮った写真、一枚もありませんし」

「手が氷みたいに冷たいな、デミルタイ」

「相変わらずです」

「入ってセーターを一枚引っかけておいで。バルコニーに座ってラクを一緒にやるんだろう。風邪《かぜ》をひいちゃ困るよ」

「セーター一枚なんて着ませんよ。二枚着ます」

「名案だ」

日が沈んだとたん、バルコニーは冷え冷えとしてきた。気温が下がり出している。あたしもウールのカーディガンを着とらんかったら、風邪をひいたかもしれん。

「キュヘイランさん、僕、活《い》きのいいゴシップを仕入れてきましたよ。食卓についたら話してあげます。若い頃魚売りをしていたある歌手が、音楽をやめて幼なじみの恋人と一緒にまた魚売りに戻ったんです。それが誰か教えましょう。イノニュ・スタジアムの地下に埋まっている宝の地図がどの宮殿に隠されているか、魚売りたちが噂してるのも聞いてきました。それから、こないだの競馬で誰が八百長したかもわかりましたよ。ぜんぶ教えてあげます」

「そりゃ楽しみだ。だが、そろそろドクターのところへ行って手伝っておいで。また叱られるぞ」

「あ、そうだった」

デミルタイは居間に引っ込んだが、見えなくなったと思ったらまた戻ってきた。

「キュヘイランさん」彼は言った。「忘れるところでした」

「どうした?」

「食卓についたら、いろんな噂話だけじゃなくて、なぞなぞの答えも教えますね」

「どのなぞなぞだい？」

「ジャン・ベイとフィリス・ハニムのなぞなぞですよ。ほら新聞の話題になって、何日もフェリーの乗客を夢中にさせたじゃないですか。フィリス・ハニムはジャン・ベイの奥さんで、娘で、妹ってやつです。僕らそこのところは聞きましたよね。でも、最新の記事によると、フィリス・ハニムはジャン・ベイの叔母さんでもあるんです。覚えてます？」

「覚えとるよ」

「どうしてそんなことがあり得るのか、わかりました」

「ほんとか？」

「聞いたらびっくりしますよ」

「そりゃ待ち遠しいな」

「でも僕、ご褒美が欲しいです」

「なんの褒美かい？」

「遅刻した罰を受けるんなら、なぞなぞを解いたご褒美を貰えてもいいですよね。そう思いませんか？」

「なるほど筋が通っとる。貰ってもいいんじゃないかね。ドクターがなんと言うかな」

「僕、キッチンで説き伏せます」

「幸運を祈るよ、なかなか骨だろうからな」

学生のデミルタイは部屋に入っていった。あたしはひとり、バルコニーに残された。イスタンブルの眺めに見入った。日々、苦しみと悲しみを再生し、同時に希望と夢とを創造するイスタンブル。痛めつけられた魂たちが、自死しようとボスポラス大橋に上り、今生《こんじょう》の名残に景色を見渡すように、手に手を取ってそぞろ歩く恋人たちが、まるで初めて見るようにその美に打たれ、目を瞠るように、あたしはドルマバフチェ宮殿を、セペトジレル・パビリオンを、ガラタ橋を見つめた。アナトリア側に連なる丘の、ゲジェコンドゥが立ち並ぶ貧しい界隈が今にも白い霧に包まれそうだった。イスタンブルは無数の部屋からできている。そしてイスタンブル全体が一個の独立した部屋だった。部分は全体に含まれ、全体は部分のなかにある。近いは遠く、遠くは近い。すべては不毛で、豊穣《ほうじょう》だ。

この都市で、すべての肉の痛みは心の痛みを連れてくる。群れるのも孤立するのも等しく気づまりだ。不幸な恋の痛みが貧しさと競い合う。家計をやりくりする難しさは、歳を重ねるのと同じ速さで増していく。伝染病と恐怖の伝播《でんぱ》は腕を組んでやってくる。成長する子どもらは、皮膚の下には血管の代わりに光ファイバーケーブルが走っとるつもりだし、ポケットに鏡の代わりに電卓を入れて歩く老人ばかりになっていく。彼らの舌には文字の代わりに数字が載っている。愛が金に形を変えたと言いながら、いくら電卓を取り出し、せっせと数字を打ち込んでも、金が決して愛に変わらないのはなぜなのか、その答えは導き出せない。数字にそんな力はないからだ。

ドクターが部屋のなかから大声で呼んでいる。

「キュヘイランさん！　すぐそっちへ行きますから。もう、ひとりにはしませんよ。辛抱してください」

「急がんと、ラクをみんな飲んじまいますよ」

空になったグラスを満たした。水と氷を加えた。数多《あまた》の夢に描いた街で、愛する人々に囲まれ、バルコニーからボスポラスを見渡しながら、あたしはラクをすすった。

親父はよく、イスタンブルは季節がめぐるごとに別の街を創るのだと言った。闇の、雪の、霧のなかで、ほかの都市を産むのだと。ある暑い夏の日に、親父は学校の生徒たちの一団が、トプハーネの岸に一列に並んで絵を描いているのに出くわした。どの生徒も、乙女の塔やカモメたちや目の前の海を観察してはキャンバスに絵具をなすりつけとったが、そこに同じ絵はふたつとなかった。ある絵では海は青く、別の絵では黄色だった。ある絵では乙女の塔は若く、別の絵では年古《としふ》りていた。ある絵ではカモメたちが翼を広げ、別の絵では折り重なって死んでいた。キャンバスに描かれていたのは同じ都市ではなく、いくつもの時代と遥《はる》かな距離に隔たれた、種々雑多なまったく違う都市だった。それらは明るく、暗く、陽気で、陰鬱だった。だが親父が見た街は、そのどれでもなかった。そのときようやっとあたしは親父が言っとったことを理解した。都市を都市にするのは、人の目なのだ。悪《あ》しき目で都市を見る人間が都市を邪悪にし、善良な目で彼女を見る人間が都市を美しくする。都市が変化し、美しくなるかどうかは、人が変化し、美しくなるかどうかにかかっている。

あたしが見ていたのは、親父がとうの昔に去ったイスタンブルだった。イスタンブルはいつの間にか視界から消えてしまっていた。乙女の塔の体は霧に沈んだ。海はグラスのなかのラクのように白くなった。フェリーと漁船は岸に引き上げられ、安らいでいた。雲のような霧のなかで見えるものはただ、赤い翼をした一羽のカモメだった。カモメは翼を広げ、海から岸へ向かって空を滑っていた。虚空にその身をまかせていた。空全体をひとり占めし、カモメは連なる屋根に向かって降下していく。もう少し近づいたとき、あたしはそれがカモメではなく赤いショールだと気がついた。赤いショールは霧のなかから現れたかと思うと、姿を消した。はてラクを飲み過ぎたか？　何杯飲んだっけか？　あたしはひとり、くすくすと笑った。

誰かが大声を出している。「ドクター！　ドクター！」

聞き覚えのある声が、下のほうから怒鳴っとった。

あたしはバルコニーの手すり越しに頭を突き出した。床屋のカモが建物の入り口の歩道で待っている。

「カモ！」

「キュヘイラン爺！　会えてよかった」

あたしは手を振った。

「上がっておいで」

「後で行くよ」彼は言った。

「どうして？」

「ベイオウルに妻のマヒゼルを迎えに行くんだ」

「奥さんも連れてくればいい」

「ふたりでお邪魔するよ。女房もあんたらに会いたがってるし」

「あまり遅くならんようにな、そろそろ夕食の支度ができるから」

「学生の奴はもう来てるかい？」

「来とるよ」

「ジーネ・セヴダは？」

「じき来るだろう」

「もう行くよ。マヒゼルを待たせちゃまずい」

「行っといで。さっさと行けばそれだけ早く帰ってこられる」

カモは分厚いコートのポケットに両手を突っ込み、せかせかと遠ざかった。

もう角を曲がろうというときに、あたしは大声で呼びかけた。

「カモ！」

カモは立ち止まり、振り返った。霧のなかの影のようだった。存在と非存在が出会う交差点で、彼は心臓のゆっくりした鼓動と怒濤《どとう》のように流れる時間に挟まれていた。

「会いたかったよ」あたしは言った。

彼は微笑んだ。両腕を広げ、宙を抱擁した。カモは彼方からあたしを固く抱きしめた。それからくるりと背を向けると、大股で歩き出し、霧のなかに消えていった。

あたしは盃を宙に上げた。「健やかなれ、イスタンブルよ」あたしは言った。「健やかなれ」

テーブルにグラスを置いたとき、鼻血が出ていることに気がついた。ハンカチで唇に滴り落ちた血を拭う。服に血がつかなかったか確かめながら、少年の頃の暑い夏の日を思い出した。あたしはハイマナ山の山腹にある館のそばを馬で通りかかった。暑さでふうふうしとった馬を、館の前の泉で水を汲んどった娘のほうへ進めた。若い女は髪を三つ編みにしていた。リボンに下げた黄色のリラ硬貨が額を飾り、指をヘナで染めていた。つい最近、花嫁になったばかりの新妻だとすぐわかった。女は水の器を持ってくると、あたしのほうに差し出した。ごくごくと飲むと、冷たい水に疲れが洗われるようだった。馬も、桶《おけ》に満たしてもらった水を飲んだ。太陽を背に、あたしは出発した。丘を登り、一本の野生の梨の木にさしかかったところで、シャツに血が付いているのに気づいた。鼻から血が出とって、その血が白いシャツに滴っていた。そのときあたしは、自分があの新妻に恋をしたことを知った。血は愛の象徴《しるし》であり、死の象徴でもある。あたしはまだ死から遠く、愛に近い年頃だった。

煙草入れからシガレットペーパーを出した。紙を指に挟み、たっぷりと煙草の葉を一列に載せた。それを巻き、舌で紙の縁を湿らせ、くっつけた。紙の湿ったところをライターの炎で炙《あぶ》って乾かした。一服で一本を吸いつくそうというように、深々と吸い込んだ。鼻から煙を吹き出した。煙は鼻血にもいいだろう、止まったかと思えばまた流れてくる血を固めてくれる。あたしは後ろに寄りかかった。居間から流れてくる古いトルコの歌を聴こうと耳を澄ませた。だが、いくらもせんうちに、歌の調べは外から響いてくる銃声に呑み込まれた。

ブローニング、ベレッタ、ワルサー、スミス&ウェッソンの発射音が再び鳴り響いた。あたしはその騒音を消し去ってしまいたかったが、反面、それは希望でもあった。一発ごとに銃声が少しずつ大きくなっていくにつれ、さっきからずっと近づいてくるものが何なのかを知りたくなった。近づいてくるのは、生か、死か？　あたしは顔を上げた。時間の鳥が、途方もない闇のなかを滑るように飛んでいた。それは大きな翼を広げ、空間全体を満たしていた。過去の吹きすさぶ風に疲れ果てたその体を、現在《いま》という虚空にゆだねていた。片方の翼は苦しみに染まり、もう片方は美に染まっていた。立ち上がってこの手を伸ばしたら、あれに届くだろうか？　つま先立ちし、指をいっぱいに広げたら、時間の鳥の黒い羽毛に触れられるだろうか？

銃撃音が間近に迫り、鉄の門のすぐ外で止んだとき、あたしの望みは、たっぷりと葉を巻いた煙草が指のあいだに永遠にあり続けることだった。生も死も苦痛もいらんかった。ただ、鼻腔を満たす煙草の煙を味わいたかった。テーブルクロスのレースの刺繍、トーストしたパンの色、冷えたラクの香りのことを考えたかった。海風に吹かれ好き勝手に飛んでいく赤いショールの夢を見、裸足を毛の長いラグに沈めたかった。チーズとピクルスを食いたかった。音楽のボリュームを目いっぱい上げ、みんなに聴かせてやりたかった。そしてバルコニーに座って船たちに手を振るのだ。だがそんなことは起こらなかった。途切れた銃声を引き継ぐように、鉄の門の音が鳴りだした。鋸《のこぎり》を引くような鉄の門の軋む音が、通路いっぱいに響き渡った。

あたしはじっと待っとった。手を首筋に上げた。痛かった。そこを撫でた。頭を左右に動かした。伸びた爪を調べた。くしゃくしゃの髪を後ろに撫でつけた。額についた血の跡を拭った。破れたシャツの襟を整え、胸を張った。壁に触れ、でこぼこのコンクリートに指を這わせた。

指先から腕、そして全身へと冷たい風が広がっていく。その空気は水と海藻の匂いがした。喉が刺すように痛かった。耳鳴りがした。頭のなかで渦が巻いとった。時間の鳥が闇のなかで翼を大きく広げて滑空し、鉄の門の音が空《くう》をつんざいた。

あたしは天を仰ぎ、彼岸の霧に最後の眼差しを向けた。

黄色い霧は美しかった。

イスタンブルの時間を包み、そのなかに生と死をともに匿《かくま》う霧は、えも言われんほど美しかった。

地獄はわれらが苦しむ場所ではない、
われらの苦しみが誰の耳にも届かぬ場所だ。

――マンスール・アル＝ハッラージュ

訳者あとがき

『イスタンブル、イスタンブル』は、トルコ出身の作家で、国際ペンクラブ会長を務めるブルハン・ソンメズ氏による小説である。二〇一八年に第一回EBRD Literature Prize（欧州復興開発銀行文学賞）大賞を受賞し、注目を浴びた。この文学賞は、中東欧諸国をはじめ、EBRDのプロジェクト対象地域国の言語から英語に翻訳された優れた文学作品に贈られ、作家のみならず翻訳者の功績も評価の対象となるという特色がある。翻訳を担当したウミット・フセイン氏は英国国籍で現在はスペインに暮らし、トルコ語の書籍を英語に翻訳している。フセイン氏のインタビューによると、本作の翻訳中は毎日のようにソンメズ氏と電話で話し、一言一句確認をとりながら訳出を進めたという。日本語版の訳出中はソンメズ氏と毎日話すことは叶《かな》わなかったが、疑問点にメールで快く答えていただけ、トルコ語から英語を介した重訳ではあるものの、訳者の力の及ぶ範囲で、作品の世界を忠実に写し取れたのではないかと考えている。

現在はケンブリッジ大学に籍をおき、イスタンブルと英国を往復しながら作家活動に勤《いそ》しむソンメズ氏は、作中にも登場するトルコ東部ハイマナの寒村に生まれた。この地域はクルド人人口が多く、氏の母語もクルド語である。しかしその言語は当時トルコ政府によって使用を禁じられていたため、トルコ語を学校で身につけねばならなかった。氏は一九八〇年のトルコ軍事クーデター後の混乱のなかイスタンブルで法律を学ぶと、人権弁護士として政治活動に身を投じた。そうした活動のなかで警察の襲撃に遭い、死に瀕《ひん》する重傷を負って英国に亡命し、今に至っている。本作の主人公たちもまた、イスタンブルの牢獄《ろうごく》につながれた四人の政治犯である。作家自身と重なる彼らが投獄されるに至った背景について、ごくごくかいつまんで記しておきたい。

二十世紀初頭、第一次世界大戦でオスマン帝国が敗北すると、セーブル条約に基づく領土分割、主権喪失によって、トルコは国家存亡の危機に直面した。そこで立ち上がった救国の英雄ケマル・アタチュルクは、アナトリアを中心とする「トルコ人によるトルコ」という民族主義を掲げ、トルコ革命によってイスラームの宗教的指導者であるカリフを廃止し、世俗的な近代国家の樹立を成功させる。しかしこのトルコ共和国の成立は、オスマン帝国のいわゆる「緩やかな専制」下で暮らしてきた領土内の他民族にとって、トルコ化の強制の始まりであった。特に人口の約二〇%を占め、分離独立の動きを警戒されたクルド人は存在すら否定され、「山岳トルコ人」と呼ばれた。過酷な抑圧下におかれたクルド人たちは、人権の獲得と独立あるいは自治を求めて反乱を繰り返した。特にクルド労働者党（ＰＫＫ）は各地でゲリラ戦を繰り広げ、軍との衝突により四万人が犠牲になった。このＰＫＫと軍の抗争では、巻き込まれた不運な市民を含め官憲による逮捕者に対し、苛烈《かれつ》な拷問が日常的に行われた。その被害者の数は五十万人を超えたという。なお二〇一六年のクーデター未遂事件後の逮捕者数は三万人に上り、同様の人権蹂躙《じゅうりん》が起きていると危惧されている。『イスタンブル、イスタンブル』の背景にはこうした歴史があり、作家自身や作家の身近な人々の牢獄での体験が描き込まれている。

　本作に関するインタビュー記事で、イスタンブルを愛するあなたが、この美しい都市を描く舞台としてなぜ地下牢を選んだのか、と問われ、作家は「イスタンブルの人々は、やれ渋滞がひどい、やれ物価が高いと現在のイスタンブルを嘆く一方、過去の黄金時代のイスタンブルの素晴らしさを称《たた》える。その矛盾をイスタンブルの地下牢で地上のイスタンブルの美に憧れる囚人たちを通して描きたかった」と答えた。そして時間の流れも方角も意味を失う暗闇で、「過ぎ去った時間のすべてを現在に……今、人々が味わっている痛みのなかに集結させた」と説明している。痛みに耐えながら囚人たちが拷問の合間に思い浮かべる地上のイスタンブルは美しい。彼らがイスタンブルの物語として作り変えた『白鯨』や『デカメロン』も美しい。狭く暗く寒い地下牢で囚人たちが互いをいたわり合い、笑い合う姿は人間の究極の美しさだ。四人の囚人たちのなかで、最も人間に絶望している床屋のカモですら、傷つき苦しむ仲間に連帯し、この美に身を捧《ささ》げる。善でも正義でもなく、美をしぶとく守り抜くことが、人間を人間たらしめる、という声が響いてくる。

　作家は「『美』とは政治的なことばだ。美を守り、未来へつなごうと行動することが政治だ」と語っている。美は、イスタンブルだけでなく世界のあらゆる場所で破壊されつつある。訳者の住む東京では今、再開発によって歴史ある明治神宮外苑や日比谷公園の美しい木々が伐採されようとしている。東京の、あなたの住む街の、この国の美しさと醜さは、イスタンブルの美しさと醜さと同じように、私たちの未来を映す鏡だ。その美を守るために、私たちは何をなすべきか、この作品は問いかけている。

訳者はキュヘイラン爺の分身の物語にはっとした。地上で暮らす幸運な自分は、地下で苦しむ分身たちの存在に気づいていなかった。「今この瞬間も……拷問部屋であの人、ものすごく痛い思いをしてると思う?」そう問うたミーネ・バーデのように、どこかにいる他者の痛みに思いを馳《は》せる人間でありたい。私の分身は、たとえば入管の施設に収容された難民であり、貧困にあえぎ老体に鞭打《むちう》って働く高齢者であり、身を売るしか生きる術《すべ》のない少女たちだ。彼らを苦しみから助け出すために行動せよ、と物語が私を叱咤《しった》する。

キュヘイラン爺は、どれだけの悪を内包していようともイスタンブルを見捨てず、その身を捧げて救いたいと願い、蝕《むしば》まれた街を再び美でもって征服しようと呼びかける。彼のイスタンブルは遠い彼方《かなた》の街ではない。ここもまた、イスタンブルなのだ。

二〇二三年七月一日

最所篤子

追記
作中、ヤスミン・アブラが暗誦する海の詩の一節は、ボードレールの詩「人と海」の上田敏訳に拠った。

著者　ブルハン・ソンメズ Burhan Sönmez
クルド系トルコ人作家。1965年、クルドの小村に生まれ、イスタンブルで法律を学ぶ。人権弁護士として活動後、英国に政治亡命し、10年間の滞在中に小説を書き始めた。2009年にデビュー作『North（Kuzey）』を出版、2011年に『Sins and Innocents（Masumlar）』を発表。本作は2015年に刊行され、2018年EBRD（欧州復興開発銀行）文学賞を受賞。現在はイスタンブルと英国ケンブリッジを行き来しながら執筆活動を行い、これまでに5作の小説を発表している。2021年、国際ペンクラブの100周年会議で会長に選出された。

訳者　最所篤子 Atsuko Saisho
翻訳家。訳書にロッド・パイル著『月へ　人類史上最大の冒険』（三省堂）、ハンナ・マッケンほか著『フェミニズム大図鑑』（共訳、三省堂）、ジョジョ・モイーズ著『ワン・プラス・ワン』（小学館文庫）、同『ミー・ビフォア・ユー　きみと選んだ明日』（集英社文庫）、アンドリュー・ノリス著『マイク』、ピップ・ウィリアムズ著『小さなことばたちの辞書』（以上、小学館）など。英国リーズ大学大学院卒業。

イスタンブル、イスタンブル

2023年10月4日　初版第一刷発行

著　者　ブルハン・ソンメズ
訳　者　最所篤子
発行者　石川和男
発行所　株式会社小学館
〒101-8001 東京都千代田区一ツ橋2-3-1
編集 03-3230-5720／販売 03-5281-3555
DTP　株式会社昭和ブライト
印刷所　凸版印刷株式会社
製本所　牧製本印刷株式会社

ISBN978-4-09-356739-8